미녀와 야수

가브리엘 수잔 바르보 드 빌레느브 지음
잔 마리 르 프랭스 드 보몽 지음
김진언 옮김

玄人

옮긴이 **김진언**

대학에서 국문학을 전공 하고 세상 곳곳을 돌아다니며 삶의 경
험을 쌓았다. 그 경험을 바탕으로 지금은 인류가 남긴 가치 있는
책들을 찾아 우리말로 번역 중이며 문학과 삶에 대한 탐구를 계
속해 나가고 있다. 옮긴 책으로는 『세계 3대 명탐정 단편 걸작
선』,『무솔리니 나의 자서전』,『들꽃은 무엇을 입을까 고민하지
않는다』,『위대한 의사들』,『신을 찾아서』,『셜록 홈즈의 여인
들』 등이 있다.

「이 책은 한국출판문화산업진흥원의
출판콘텐츠 창작자금을 지원받아 제작되었습니다.」

미녀와 야수(완역판)

1판 1쇄 인쇄 2017년 2월 24일
1판 1쇄 발행 2017년 3월 2일

지은이 가브리엘 수잔 바르보 드 빌레느브
         잔 마리 르 프랭스 드 보몽
옮긴이 김진언
펴낸이 박현석
펴낸곳 玄 人
표지디자인 김창미

등 록 제 2010-12호
주 소 서울시 도봉구 덕릉로 62길 13, 103-608호
전 화 010-2012-3751
팩 스 0505-977-3750
이메일 gensang@naver.com

ISBN 978-89-97831-90-6

미녀와 야수
La Belle et La Bête

가브리엘 수잔 바르보 드 빌레느브 지음
잔 마리 르 프랭스 드 보몽 지음

국립중앙도서관 출판예정도서목록(CIP)

미녀와 야수 : 완역판 / 지은이: 가브리엘 수잔 바르보 드
빌레느브, 잔 마리 르 프랭스 드 보몽 ; 옮긴이: 김진언. --
서울 : 玄人, 2017
    p. ;   cm

원표제: Belle et la be□te
원저자명: Gabrielle-Suzanne Barbot de Villeneuve, Jeanne
-Marie LePrince de Beaumont
프랑스어 원작을 한국어로 번역
ISBN 978-89-97831-90-6 03860 : ₩12000

프랑스 소설 [--小說]

863-KDC6
843.5-DDC23   CIP2017003434

미녀와 야수

잔 마리 르 프랭스 드 보몽

먼 옛날 아주 부유한 상인에게 세 아들과 세 딸, 합쳐서 6명의 자녀가 있었는데 상인은 세상에 대한 감각이 매우 뛰어난 사람이었기에 자녀들의 교육에는 돈을 아끼지 않고 아이들에게 여러 선생님들을 붙여주었습니다.

세 딸 모두 아주 아름다운 아가씨들이었으나, 그 가운데서도 특히 막내딸은 소문이 자자할 정도의 미인이었습니다. 어렸을 때는 모두가 그저 '꼬마 미녀'라고만 불렀고, 결국은 그 '미녀(벨)'라는 것이 나중까지 그녀를 부르는 이름이 되었기에 언니들은 커다란 질투를 느끼고 있었습니다. 막내딸은 언니들보다 아름다울 뿐만 아니라 마음씨도 훨씬 더 고왔습니다. 두 언니는 자신들이 부자라는 사실을 아주 자랑스럽게 생각하며 품위 있는 척했기에 다른 상인의 딸들과는 사귀려하지 않았습니다. 신분이 높은 사람이 아니면 상대를 하지 않았습니다. 그리고 오늘은 무도회에, 내일은 연극관람이나 소풍에 가는 식으로 매일 돌아다녔으며,

막내가 틈만 나면 여러 가지 도움이 되는 책만 읽는 것을 한심하게 생각했습니다.

이 세 자매의 집이 부자라는 사실을 모르는 사람은 아무도 없었습니다. 소문이 자자했기 때문에 훌륭한 상인의 집에서 아내로 맞아들이고 싶다고 청혼하는 경우도 아주 많았습니다. 그러나 위의 두 자매는 공작의 집안이나, 아무리 낮아도 최소한 백작의 집안 정도가 아니면 무슨 일이 있어도 시집가지 않겠다고 말했습니다. 막내딸인 '벨(앞서 말씀드린 것처럼 이것이 막내딸을 부르는 이름이 되었기에)'은 자신을 아내로 맞아들이고 싶다고 말하는 사람들에게, 마음은 고맙지만, 이라고 정중하게 거절한 뒤, 아직은 나이가 너무 어리니 앞으로 2, 3년 정도는 더 아버지와 함께 살고 싶다고 답했습니다.

그런데 뜻밖의 일이 벌어져 그 상인은 전 재산을 잃고 말았습니다. 수중에 남은 것이라고는 도시에서 멀리 떨어진 곳에 있는 조그만 별장뿐이었습니다.

이에 상인이 눈물을 흘리며 자식들에게 말했습니다.

"그 별장으로 들어가서 농사를 짓지 않으면 살아갈 수 없게 되었구나."

두 언니들이 아버지에게 대답했습니다.

"저희는 무슨 일이 있어도 도시를 떠나지 않을 거예요. 여기에는 사이좋게 지내던 남자들이 아주 많으니, 설령 재산을 잃었다 할지라도 기꺼이 아내로 맞아줄 거예요."

하지만 그건 자신들만의 생각이었을 뿐, 두 사람은 커다란 착각을 하고 있었던 것이었습니다. 지금까지 언니들을 떠받들어 주던 남자들 모두 두 사람이 가난해졌다는 말을 듣고 더는 아는 척도 하지 않았습니다. 두 사람 모두 오만하기 짝이 없었기에 누구 한 사람 호의를 품고 있지 않았던 것입니다.

"가엾게 여길 필요는 조금도 없어. 그 오만하기 짝이 없던 콧대가 꺾여서 속이 다 후련해. 양치기라도 하면서 마음껏 고상한 척해보라고 해."

모두가 이렇게 말했습니다. 언니들에 대해서는 그렇게 말했지만, 동생에 대해서는 모든 사람들이 이렇게 말했습니다.

"하지만 벨은 정말 운이 없어. 참으로 마음씨 고운 아가씨인데. 가난한 사람들에게도 아주 친절하게 말을 해주었고, 다정하고 성실한 아가씨인데."

말뿐만이 아니라 신분이 높은 사람 가운데는 비록 한 푼도 없다 해도 전혀 상관없으니 막내딸을 아내로 맞아들이고 싶다고 청한 사람들도 꽤 여럿 있었습니다. 그에 대해서 막내딸은 이렇게 대답했습니다.

"가엾은 아버지께서 불행한 일을 당하셨는데 어떻게 아버지를 그냥 남겨두고 시집을 갈 수 있겠어요. 아버지를 따라 시골로 들어가서 위로도 해드리고 하시는 일도 도와드릴 생각이에요."

막내딸도 처음에는 다른 사람들과 마찬가지로 재산을 잃었다는 사실을 슬프게 생각했으나, 곧 이렇게 생각하게 되었습니다.

'아무리 울어봐야 눈물로 재산을 되찾을 수는 없는 법이니, 재산 없이도 행복하게 살아갈 수 있도록 노력하자.'

별장으로 들어가 살게 되면서 상인과 세 아들은 밭에 나가 있는 힘껏 열심히 일을 했습니다. 막내딸은 아침 4시부터 일어나 집 안 청소를 하고 모두의 식사를 준비하는 등 정신없이 바빴기에 처음에는 몸이 아주 힘들었습니다. 그 동안은 하인들이 그런 일을 해주어 익숙하지 않았기 때문에 몸이 피곤한 것은 당연한 일이었습니다. 그러나 2달쯤 지나자 일도 손에 익기 시작했고, 힘을 쓰는 일 덕분에 몸도 아주 건강해졌습니다. 일을 마치고 나면 책을 읽거나 피아노를 치기도 했으며, 때로는 실을 자으며 노래를 부르기도 했습니다. 그런데 두 언니들은 동생과 달리, 심심하고 심심해서 견딜 수가 없었습니다. 아침 10시에 일어나 하루 종일 밖을 돌아다니거나, 예전에 사귀던 사람들과 친구들, 그리고 그때 입었던 화려한 옷을 그리워하는 것을 자신들의 위안거리로 삼았습니다. 그리고 막내딸을 보고는 이렇게 말했습니다.

"저 막내는 정말 천박해. 저렇게 한심한 애도 없을 거야. 이렇게 처참한 상황에 놓였는데 거기에 만족하고 있다니."

그러나 아버지의 생각은 언니들과 달랐습니다. 막내딸이 사교계에 나가면 언니들보다 훨씬 더 눈에 띌 것이라는 사실을 잘 알고 있었기에 그녀의 훌륭한 마음씨에 감탄하지 않을 수 없었습니다. 특히 그녀의 강한 인내심을 기특하게 여기고 있었는데, 언니들이 하나에서부터 열까지 집안일은 전부 동생에게만 떠넘겨놓고 그것만으로는 부족하다는 듯 늘 동생에게 화풀이를 하고 있었기 때문이었습니다.

상인의 집안이 시골로 들어온 지도 1년이 지났습니다. 어느 날, 상인은 편지 1통을 받았습니다. 그것은 상인이 주문해두었던 물건을 가득 실은 배가 다행스럽게도 항구에 무사히 도착했다는 소식이었습니다. 그 소식을 듣자 두 언니들은 하늘에라도 오를

듯 기뻐했습니다. 드디어 따분하기 짝이 없는 이 시골에서 나갈 수 있을 것이라고 생각했기 때문이었습니다. 그랬기에 길을 떠나려는 아버지를 붙들고 옷이네, 모피로 만든 망토네, 머리 장식이네, 아무런

도움도 되지 않
는 것들만 선물
로 사오라고 졸
라댔습니다. 막
내딸은 도착한
물건 전부를 돈
으로 바꾸어도
언니들이 원하
는 선물 전부를
살 수는 없을 것
이라 생각했기
에 아무것도 부탁하지 않았습니다. 그러자 아버지가 물었습니다.

"왜 그러느냐? 너는 갖고 싶은 게 아무것도 없느냐?"

"저야 필요한 게 아무것도 없지만, 그렇게 말씀을 하시니 그럼 장미 한 송이만 구해다주세요. 여기에는 장미가 한 송이도 없으니."

정말 장미가 갖고 싶은 것은 아니었으나 아무것도 필요 없다고 하면 언니들의 행동을 비꼬는 듯한 말처럼 들릴지도 몰랐기에 이렇게 대답한 것이었습니다. 아무것도 필요하지 않다고 말하면, 그런 어리석은 짓은 하지 않겠다는 사실을 보란 듯이 자랑하기 위해서라고 언니들이 트집을 잡을지도 몰랐기 때문이었습니다.

이렇게 해서 아버지는 길을 떠나게 되었습니다. 그러나 그곳에 도착하자마자 상인의 물건을 놓고 사람들이 소송을 걸었기에

여러 가지로 고생만 하다 물건은 전부 빼앗겨버리고, 예전과 다름없이 가난한 모습으로 돌아오게 되었습니다.

집까지 이제 50㎞쯤 남은 곳에 다다르자 상인은 벌써부터 자녀들을 만날 수 있다는 기쁨에 마음이 설레었으나, 집에 도착하기까지는 숲을 하나 지나야만 했습니다. 그런데 그 숲은 아주 커다란 숲이었기에 거기서 길을 잃고 말았습니다. 눈이 펑펑 내리는 날로 거칠게 불어대는 바람 때문에 말에서 2번이나 떨어졌습니다. 어느 틈엔가 밤이 되어 이대로 가다가는 굶어 죽거나, 얼어 죽거나, 주위에서 울부짖고 있는 늑대의 밥이 될 수밖에 없을 것이라고 생각하며 오솔길의 멀리 앞쪽을 가만히 바라보니 문득 밝은 빛 하나가 눈에 들어왔습니다. 하지만 그것은 아주 멀리 있는 것처럼 보였습니다. 그 빛을 향해서 앞으로 나아가다보

니, 그 빛은 대낮처럼 밝은 하나의 커다란 궁전에서 흘러나오는
것이라는 사실을 알 수 있었습니다. 발걸음을 재촉해서 그 궁전까
지 다다랐으나 놀랍게도 그 궁전의 안뜰에는 사람의 모습이
하나도 보이지 않았습니다. 타고 온 말은 마구간이 열려 있는
것을 보고 그 안으로 들어갔는데 마른 풀과 메귀리를 보더니,
가엾게도 아무것도 먹지 못해 배가 고팠기에 펄쩍 뛰듯이 달려들
어 허겁지겁 먹기 시작했습니다. 상인은 그 말을 마구간에 묶어두
고 궁전 쪽으로 가보았습니다. 역시 누구의 모습도 보이지 않았습
니다. 그런데 넓은 홀로 들어가 보니 그곳의 난로에서는 새빨간
불이 활활 타오르고 있고, 식탁에는 맛있는 음식들이 가득 놓여
있었습니다. 하지만 포크와 나이프는 한 사람 것밖에 놓여 있지
않았습니다.

　비와 눈에 흠뻑 젖어버렸기에 불 옆으로 다가가 옷을 말리며
상인이 중얼거렸습니다.

　"이 집에 주인 혼자 사는지 하인이 있는지 그건 잘 모르겠지만,
이렇게 마음대로 들어왔다고 해서 화를 내지는 않겠지? 조금만
있으면 누군가가 나타날 것도 같은데."

　그리고 아주 오래도록 기다렸으나 11시를 알리는 종소리가
들려와도 누구 하나 모습을 드러내지 않았기에 너무나도 배가
고팠던 상인은 더 이상 참지 못하고 머뭇머뭇 구운 통닭을 집어
눈 깜빡할 사이에 먹어치우고 말았습니다. 거기다 포도주를 두어
잔 마시고 났더니 두려운 마음이 사라져 그 홀에서 나와 호화로운
가구로 꾸며져 있는 방들을 지나 마침내 멋진 침대가 놓여 있는

방까지 갔습니다. 밤 12시가 지나 있었고 피곤하기도 했기에 방의 문을 닫고 잠을 자기로 했습니다.

다음 날 아침에 일어나보니 10시였는데 놀랍게도 완전히 더러워져 있던 자신의 옷 대신, 어느 틈엔가 아주 아름다운 옷을 입고 있었습니다. 순간 상인은 이렇게 생각했습니다.

'이 궁전은 아마도 어떤 친절한 요정의 집인 것 같아. 그리고 내가 이런 처지에 빠지게 된 것을 불쌍하게 여기고 있는 거야.'

창밖을 내다보니 눈은 벌써 녹아 사라지고 없었으며, 거기에는 아름다운 꽃의 터널이 있었습니다.

어젯밤 늦게 밥을 먹었던 그 넓은 홀로 다시 가보니 식탁 위에 따뜻한 코코아가 든 컵이 놓여 있었습니다.

"요정님, 친절하게도 아침까지 신경을 써주시다니 정말 감사합니다."

상인이 커다란 목소리로 말했습니다.

코코아를 마시고 말을 꺼내오기 위해 밖으로 나갔습니다. 마침 장미덩굴로 이루어진 터널 아래를 지나던 순간, 장미꽃을 한 송이 선물로 가져다달라고 했던 막내딸의 말이 문득 떠올랐기에 꽃이 여러 송이 달린 가지를 하나 꺾었습니다. 가지를 꺾었다 싶은 순간 갑자기 커다란 소리가 들리더니, 보기에도 끔찍한 모습의 야수가 나타나 자기 쪽으로 걸어오고 있었기에 상인은 두려움에 하마터면 정신을 잃을 뻔했습니다.

가까이 다가온 그 야수가 고막이 터질 것 같은 목소리로 말했습니다.

"이 은혜도 모르는 놈! 우리 집으로 들어와서 목숨을 구할 수 있게 해주지 않았느냐. 그런데도 우리 집의 장미를 훔치다니, 이게 대체 있을 수 있는 일이란 말이냐! 이건 내가 이 세상에서 그 무엇보다도 아끼는 물건이다. 목숨을 내놓아라. 그것 외에는 이번 잘못을 갚을 길이 없다. 잠시 시간을 줄 테니 신께 용서를 빌도록 해라."

상인이 무릎을 꿇고 두 손을 모아 싹싹 빌며 떨리는 목소리로 야수에게 말했습니다.

"나리, 제발 용서해주시기 바랍니다. 제 딸 중 한 명이 선물로 장미를 원했기에 가지 하나를 꺾은 것입니다만, 나리께서 이것을 그렇게 소중히 여기고 계실 줄은 꿈에도 생각지 못했습니다."

그러자 야수가 대답했습니다.

"내 이름은 나리가 아니다. 나는 야수라 불리고 있다. 나는 아첨하는 놈들을 아주 싫어한다. 네가 생각하고 있는 그대로를 말해야 할 것이다. 네가 아무리 입에 발린 그럴 듯한 말을 해봐야 내 마음을 움직일 수는 없다. 그런데 딸이 있다고 했었지? 그 딸 가운데 한 명이 찾아와서 너 대신 기꺼이 죽겠다고 말한다면 네놈 목숨은 살려주기로 하겠다. 우물쭈물하지 말고 얼른 집으로 돌아가라. 하지만 네 딸들이 네놈 대신 죽기 싫다고 한다면, 너는 3개월 뒤에 반드시 이곳으로 돌아와야 한다."

상인은 자신의 딸 가운데 한 명을 이렇게 끔찍한 괴물에게 희생양으로 바칠 마음은 없었으나, 마음속으로는 이렇게 생각했습니다.

'그럼 딸들을 다시 한 번 만나볼 수는 있겠구나.'

이에 상인은 다시 돌아오겠다고 약속했습니다. 그러자 야수가 아무 때나 떠나도 좋다고 말하고, 다시 이렇게 덧붙였습니다.

"하지만 그렇게 빈손으로 돌려보내고 싶지는 않다. 네가 잤던 방으로 가보아라. 안이 빈 커다란 상자가 있을 것이다. 거기에 무엇이든 마음에 드는 물건을 넣어가지고 가라. 너희 집까지 실어다주기로 하겠다."

이렇게 말하는가 싶더니 야수는 모습을 감추어버리고 말았습니다.

'어차피 죽어야 할 목숨이니 가기 전에 가엾은 아이들이 앞으로 먹고사는 데 지장이 없도록은 해주어야겠구나.'

이렇게 생각한 상인이 어젯밤에 잤던 방으로 되돌아가 보니, 거기에 금화가 잔뜩 놓여 있었기에 조금 전 야수가 말했던 커다란 상자에 가득 담아 뚜껑을 덮었습니다. 그리고 마구간으로 가서 끌고 나온 말에 올라 궁전 밖으로 나왔는데, 이 궁전에 도착했을 때의 기쁨과는 달리 나갈 때의 슬픔은 어디에도 비할 데가 없는 것이었습니다.

말이 혼자서 숲길을 따라가 주었기에 상인은 곧 자신의 조그만 집에 도착할 수 있었습니다.

아들딸들이 주위로 모여들었으나 아들딸들에게 둘러싸여서도 상인은 기쁜 표정을 전혀 보이지 않았으며, 아들딸들을 가만히 바라보다 눈물을 흘리기 시작했습니다.

"자, 이 장미꽃을 받아라. 이 꽃 덕분에 아버지가 참으로 어처구

니없는 일을 당하게 되었구나."

상인은 이렇게 말하고 뒤이어 자신에게 닥친 커다란 재난을 아들딸들에게 들려주었습니다. 아버지의 이야기를 듣고 두 언니는 커다란 소리로 울기 시작했지만 막내 동생은 조금도 눈물을 흘리지 않았습니다. 그 모습을 본 언니들이 차마 입에 담지 못할 말로 동생을 비난했습니다.

"이 아이가 너무 건방져서 일이 이렇게 되어버리고 만 거예요. 왜 우리처럼 좋은 옷 같은 걸 부탁하지 않은 거지? 그래, 그럴 수 없었겠지. 아가씨께서는 고상한 척하고 싶으셨을 테니. 이 아이 때문에 아버지는 목숨을 잃게 되셨어. 그런데도 이 아이는 눈물 한 방울 흘리질 않네."

그러자 벨이 말했습니다.

"이제 와서 울어봐야 무슨 소용이에요? 게다가 왜 아버지께서 목숨을 잃게 되셨다며 눈물을 흘려야 한단 말이죠? 아버지께서 세상을 떠나실 일은 없을 거예요. 그 괴물은 딸 가운데 한 명이어도 상관없다고 말했으니, 제가 아버지 대신 가서 그 괴물에게 마음대로 하라고 할 거예요. 제가 죽으면 아버지의 목숨을 구할 수 있고, 그렇게 하면 아버지를 생각하는 저의 마음도 전할 수 있으니, 제게 그보다 더 기쁜 일은 없을 거예요."

"무슨 소리냐, 벨. 네가 죽게 그냥 내버려둘 것 같으냐? 우리가 그 괴물을 없애버리고 말겠다. 그놈을 죽이지 못하면 우리는 결코 돌아오지 않을 생각이다."

세 오빠가 말했습니다.

그러자 아버지가 말했습니다.

"그런 생각은 꿈에서도 하지 말아라. 그 괴물의 힘은 우리가 상상할 수 없을 정도로 크고 세단다. 녀석을 쓰러뜨릴 가능성은 조금도 없다. 벨, 너의 고운 마음씨는 참으로 고맙다만 내가 어떻게 너를 죽게 그냥 내버려둘 수 있겠느냐. 나는 이미 나이를 많이 먹었다. 앞으로 살 날이 그리 많이 남지는 않았을 게야. 그러니 지금 죽는다 한들 기껏해야 2, 3년 정도 손해를 보는 것에 지나지 않는다. 단지 생명에 미련이 있다면 그건, 사랑스러운 너희들을 세상에 남겨놓고 가야 한다는 생각 때문이다."

이 말을 듣고 벨이 말했습니다.

"저를 남겨두고 아버지 혼자 그 궁전에 가실 수는 없을 거예요. 무슨 말씀을 하셔도 저는 아버지를 따라가겠어요. 저는 틀림없이 나이가 어려요. 하지만 목숨이 그렇게 아깝다고는 생각지 않아요. 아버지께서 돌아가시면 그 슬픔 때문에 저 역시 살고 싶은 마음이 들지 않을 거예요. 그보다는 차라리 그 괴물에게 단번에 잡아먹히고 마는 게 나을 거예요."

아무리 말려도 벨은 자신이 그 훌륭한 궁전으로 갈 것이라며 말을 듣지 않았습니다. 그것을 본 두 언니들은 내심 기뻐서 견딜 수가 없었습니다. 그것은 평소부터 동생의 아름다운 마음씨에 질투가 나서 견딜 수 없었기 때문이었습니다.

상인은 딸을 잃게 되었다는 사실이 너무나도 슬퍼서 금화를 가득 담은 상자 따위는 까맣게 잊고 있었습니다. 그런데 잠을 자기 위해 자신의 방으로 들어가 보니, 놀랍게도 침대가 있는 벽 쪽에 그 상자가 놓여 있었습니다. 하지만 상인은 갑자기 커다란 부자가 되었다는 사실을 아들딸들에게는 말하지 않기로 했습니다. 위의 두 딸들이 도시로 돌아가자고 말할 것이 분명했으나, 자신은 이 시골에서 여생을 보내고 싶

었기 때문이었습니다. 그러나 막내딸에게만은 이 비밀을 털어놓았는데 그 말을 들은 벨이 아버지에게 이렇게 부탁했습니다.

"아버지가 안 계시는 동안에 신분 높은 사람들이 두어 명 찾아왔었는데 그 가운데 언니들을 마음에 두고 있는 사람들이 두 명 있었어요. 그러니 언니들을 그 사람들과 결혼할 수 있게 해주세요."

벨은 한도 끝도 없이 마음씨 고운 아가씨였기에 늘 언니들을 걱정했으며, 언니들이 아무리 심한 행동을 해도 진심으로 그들을 용서했습니다.

벨이 아버지를 따라 길을 나서려 하자 심술궂은 두 언니들은 양파로 눈을 문질러 눈물을 흘렸습니다만, 오빠들은 아비지처럼 진심으로 슬퍼하며 눈물을 흘렸습니다. 눈물을 흘리지 않은 것은 벨뿐이었는데, 자신이 눈물을 보이면 그만큼 다른 식구들이 더욱

슬퍼할 것이라고 생각했기 때문이었습니다.

아버지와 딸을 실은 말이 궁전으로 향했고, 저녁이 되자 얼마 전에 왔을 때와 마찬가지로 밝게 빛나는 궁전이 눈에 들어왔습니다. 말이 자기 혼자서 마구간으로 가버렸기에 상인은 딸을 데리고 넓은 홀로 들어갔는데, 그곳의 식탁에는 훌륭한 식사가 2인분 준비되어 있었습니다. 상인은 먹고 싶은 마음이 조금도 들지 않았으나, 벨은 아주 침착한 척 식탁에 앉아 아버지에게도 음식을 권했습니다. 그리고 벨은 이렇게 생각했습니다.

'이렇게 맛있는 음식을 차려준 걸 보니, 아무래도 내가 살찌기를 기다렸다가 잡아먹을 모양이로군.'

두 사람이 저녁식사를 마치고 나자 곧 커다란 소리가 들려왔습니다. 틀림없이 야수일 것이라 생각한 상인은 눈물을 흘리며 가엾은 딸에게 마지막 작별인사를 하려 했습니다. 벨은 소름이 돋을 것만 같은 야수의 모습을 보자 무서움에 온몸의 떨림이 멈추질 않았습니다. 그래도 애써 마음을 진정시키려 노력했습니다. 괴물이 벨에게 물었습니다.

"너 스스로 여기에 오겠다고 한 것이냐?"

벨이 떨리는 목소리로 대답했습니다.

"네, 그렇습니다."

"그거 참 대단한 결심을 했구나. 잘 와주었다. 그리고 노인, 당신은 내일 아침에 떠나도록 하시오. 하지만 두 번 다시 여기에 올 생각을 해서는 안 될 거요. 그럼 잘 자라, 벨"

"안녕히 가세요."

벨이 대답하자 야수는 곧 모습을 감추어버리고 말았습니다.

상인이 딸을 끌어안고 몸을 쓰다듬으며 말했습니다.

"아아, 얘야. 나는 정말 무서워서 견딜 수가 없구나. 하지만 내가 여기에 남도록 하겠다."

"그럴 수 없어요, 아버지."

벨이 단호한 목소리로 말했습니다.

"내일 아침이 되면 이곳을 떠나도록 하세요. 제 일에 대해서는 조금도 신경 쓰실 것 없어요."

그리고 아버지와 딸은 잠을 자러 갔습니다. 밤새도록 잠을 자지 못할 것이라 생각했지만, 침대에 눕자마자 어느 틈엔가 눈꺼풀이 무겁게 내려와 잠에 빠져버리고 말았습니다. 벨은 꿈속에서 한 여자가 나타나 이렇게 말하는 것을 들었습니다.

"당신은 정말 마음씨 고운 아가씨네요, 감탄했어요. 아버지의 목숨을 구하기 위해서 자신의 목숨을 내던진다는 건 훌륭한 행동이에요. 반드시 멋진 보답을 받게 될 거예요."

잠에서 깨어난 벨이 아버지에게 꿈에 대해서 이야기했습니다.

그 이야기를 들은 아버지는 마음이 약간 놓이는 듯했으나, 막상 사랑스러운 딸과 헤어져야 할 시간이 찾아오자 역시 슬픔에 엉엉 소리 내어 울고 말았습니다.

아버지를 보내고 넓은 홀로 돌아온 벨도 역시 자리에 앉아 울기 시작했습니다. 그러나 선천적으로 마음이 아주 강한 아가씨였기에 이제 살아 있을 시간도 얼마 남지 않았는데 슬퍼하고만 있을 수는 없다고 생각했습니다. 그날 밤이 되면 야수에게 잡아먹힐 것이라 생각하고 있었던 것입니다. 그랬기에 그 시간이 오기까지 이 아름다운 궁전 곳곳을 둘러보아야겠다고 생각했습니다. 그 궁전의 아름다움에는 자신도 모르게 빠져들 수밖에 없었는데, 놀랍게도 어느 방 앞에 가보니 그 문에 '벨의 방'이라고 적혀 있었습니다. 얼른 문을 열고 안으로 들어가 보니 방 안의 어느 한 군데 훌륭하지 않은 곳이 없었기에 시선을 빼앗겨버리고 말았습니다. 그 가운데서도 가장 놀란 것은 커다란 책장과 피아노와 수많은 음악책이 놓여 있다는 사실이었습니다.

"나를 따분하게 만들지는 않을 생각인 모양이로군."

벨이 중얼거렸습니다. 그리고 한편으로는 이런 생각이 들기도 했습니다.

'이곳에서 살아 있을 수 있는 날이 오늘 하루뿐이라면 이렇게 여러 가지로 준비를 해두지는 않았을 거야.'

이런 생각이 들자 다시 용기가 솟아올랐습니다.

이번에는 책장을 열어 책 한 권을 꺼내보니 금 글씨로 '무엇이든 소망하십시오, 명령하십시오. 당신은 이곳의 여왕님, 이 궁전의 주인이십니다.'라고 적혀 있었습니다. 벨은 크게 한숨을 내쉬고 이렇게 생각했습니다.

'아아, 가엾은 아버지를 만나고 싶어, 지금은 무엇을 하고 계실지 궁금해. 소망이라고는 그것뿐이야.'

마음속으로 이렇게 중얼거리고 커다란 거울 쪽으로 문득 시선을 돌려보니 놀랍게도 거기에 자신의 집이 비치고 있었습니다. 마침 아버지가 지친 모습으로 집에 도착하셨는데 언니들이 마중을 나와 있었습니다. 언니들은 잔뜩 흐린 얼굴에 참으로 슬프다는 듯한 표정을 짓고 있었지만, 동생이 사라졌다는 사실을 기뻐하는 마음이 얼굴에 그대로 드러나 있었습니다. 거울에 비친 집의 모습은 곧 사라져버리고 말았으나, 그 야수는 틀림없이 아주 친절하다, 무서워할 필요는 조금도 없다고 벨은 생각하지 않을 수 없었습니다.

점심이 되자 식탁에 맛있는 음식들이 놓여 있었습니다. 그것을 먹기 시작하자 어딘가에서 말로 표현할 수 없을 정도의 음악이 들려왔지만, 사람의 모습은 전혀 보이지 않았습니다.

저녁이 되어 식탁에 앉으려 하자 그 섬뜩한 소리가 들리더니 야수가 모습을 드러냈기에 벨은 역시 놀라고 말았습니다.

"벨, 밥을 먹는 동안 여기에 있어도 괜찮을까요?"

"당신이 주인이시니까요."

벨이 떨리는 목소리로 말했습니다.

"아니요, 이곳의 주인은 오직 당신뿐입니다. 싫으시다면 나가라고 말씀하시면 됩니다. 바로 나가도록 하겠습니다. 역시 저를

추하다고 생각하고 계시겠지요?"

"아니라고는 말하지 않겠어요. 저는 마음에도 없는 소리는 하지 않으니 솔직하게 말씀드리죠. 하지만 당신은 아주 친절하신 분인 것 같다는 생각이 들어요."

"그렇군요. 하지만 저는 추한 데다 지혜도 부족합니다. 저 스스로도 제가 어리석다는 사실을 잘 알고 있습니다."

"어머, 자기 스스로 지혜가 부족하다는 사실을 알고 있다면 그건 어리석은 게 아니에요. 정말 어리석은 사람은 자신의 지혜가 부족하다는 사실을 전혀 모르는 법이니까요."

"자, 어서 식사를 하세요. 여기는 당신의 집이니 그냥 편안하게 지내시면 돼요. 여기에 있는 건 전부 당신 것이에요. 당신이 즐거워하시지 않는다면 제가 슬퍼질 겁니다."

"정말 친절한 분이시네요. 그 다정한 마음, 정말 기쁘게 생각하고 있어요. 그런 마음씨를 생각하면 그렇게 추한 분이라고는 생각지 않게 돼요."

"네, 그야, 제 마음은 그렇지 않을지 모르겠지만 제 모습은 괴물입니다."

"당신보다 훨씬 더 괴물 같은 사람들도 아주 많은 걸요. 얼굴은 인간의 모습을 하고 있지만 눈에 보이지 않는 마음이 비뚤어져 있고 더러워져 있어서 은혜도 모르는 사람들에 비하자면, 비록 얼굴은 추하지만 전 당신이 훨씬 더 좋아요."

"내게 지혜가 있었으면 좋았을 텐데! 그랬다면 감사의 말을 아주 잘 전할 수 있었을 텐데! 하지만 저는 어리석습니다. 그저 고맙다고 말하는 것 외에는 달리 표현할 방법을 알지 못합니다."

벨은 아주 맛있게 저녁식사를 마쳤습니다. 야수도 더는 무섭지 않았습니다. 하지만 야수가 이렇게 말했을 때는 온몸에 소름이 돋아 정신이 아득해지는 것만 같았습니다.

"벨, 제 아내가 되어주시지 않으시겠습니까?"

벨은 한동안 대답을 할 수가 없었습니다. 싫다고 말하면 야수의 기분을 상하게 할 것만 같다는 생각이 들었습니다. 그래도 벨은 부들부들 떨면서 분명하게 말했습니다.

"싫어요."

그러자 야수가 가엾은 표정을 지으며 크게 실망해서 한숨을 내쉬었는데, 그 슬픈 듯한 한숨이 무시무시한 소리가 되어 궁전 안 전체에 울려 퍼졌습니다. 그러나 야수가 곧 슬픈 목소리로

벨에게 인사를 하고 방에서 나갔기에 벨은 안심하고 가슴을 쓸어내렸습니다. 방에서 나갈 때도 야수는 자꾸만 뒤를 돌아 벨을 바라보았습니다.

벨은 혼자 남자 그 야수가 불쌍해서 견딜 수 없다는 생각이 들었습니다.

"저렇게 추한 모습을 하고 있다니, 정말 불쌍해. 마음은 한없이 다정한 분이신데."

벨은 그 궁전에서 3개월 정도 아주 편안하게 지냈습니다. 야수가 매일 밤 찾아와서 벨이 식사를 하는 동안 여러 가지로 이해심 깊은 이야기를 들려주었지만, 거기에 재치라고는 조금도 없었습니다.

날이 갈수록 그 야수의 좋은 점을 하나하나 알게 되었습니다. 자꾸 보아 익숙해지니 그 추한 모습에도 신경이 쓰이지 않게 되어, 야수가 찾아오는 시간이 걱정되기는커녕 언제 9시가 되나 기다려져 자꾸만 시계를 쳐다보게 되었습니다. 늘 9시가 되면 야수가 찾아오기 때문이었습니다.

벨에게는 딱 한 가지 괴로운 일이 있었습니다. 그것은 야수가 방에서 나가기 전에 언제나 자신의 아내가 되어달라고 말하고, 싫다고 대답하면 슬픔을 견딜 수 없다는 듯한 표정을 짓는 일이었습니다. 그랬기에 어느 날 벨이 물었습니다.

"제가 괴로워하고 있다는 사실을 모르시겠나요? 당신의 아내가 될 수 있다면 그렇게 하겠지만, 저는 정직한 사람이니 분명하게 말씀드리겠어요. 언젠가 그렇게 될지도 모른다는 생각은 하지 마세요. 하지만 언제까지고 당신의 친구로 남아 있을게요. 그것으로 참아주실 수는 없으신가요?"

"그럴 수밖에 없을 듯합니다. 제 처지는 저도 잘 알고 있으니. 두 번 다시 쳐다보기도 싫은 모습을 하고 있다는 사실은 저도 잘 알고 있지만, 저는 당신이 세상 누구보다도 좋습니다. 그러니 당신이 이 궁전에 있어주시는 것만으로도 제게는 과분할 정도의 행복입니다. 제발 부탁이니 여기서 나가지 않겠다고 약속해주시기 바랍니다."

이 말을 듣자 벨은 부끄럽다는 생각이 들었습니다. 거울을 통해서, 자신을 잃은 아버지가 커다란 슬픔에 잠겨 병에 걸린 모습을 보았기에 만나러 가보고 싶다는 생각이 들었기 때문이었습니다.

"절대로 떠나지 않겠다고 약속할 수는 있지만, 꼭 한 번만 더 아버지를 보고 싶어서 견딜 수가 없어요. 그걸 허락해주시지 않으신다면 저는 커다란 슬픔에 목숨을 잃을지도 몰라요."

"당신을 슬프게 하느니 차라리 제가 세상을 떠나는 편이 낫습니다. 알겠습니다. 아버님 댁으로 보내드리도록 하겠습니다. 아버님 곁에서 살도록 하세요. 하지만 이 불쌍한 괴물은 슬픔을 견디지 못해 세상을 떠나고 말 겁니다."

벨이 눈물을 흘리며 대답했습니다.

"아니요, 그렇게 하지는 않을 거예요. 저도 당신이 얼마나 좋은지 몰라요. 그러니 저 때문에 당신이 세상을 떠나는 일이 있어서는 안 돼요. 일주일만 있다가 반드시 돌아오도록 할게요.

당신 덕분에 언니들은 시집을 갔고, 오빠들은 군대에 갔다는 사실을 알게 되었는데, 그렇다면 아버지 혼자 계실 거예요. 그러니 제발 일주일만 아버지 곁에 있게 해주세요."

"그렇게 하지요. 내일 아침에 아버님 댁으로 보내드리겠습니다. 하지만 약속을 잊으셔서는 안 됩니다. 돌아올 때는 잠들기 전, 테이블 위에 반지를 빼서 올려놓기만 하시면 됩니다. 그렇게 하시면 언제든 이곳으로 돌아오실 수 있습니다. 그럼, 안녕히 주무세요, 벨."

이렇게 말하고 야수는 언제나처럼 한숨을 쉬었습니다. 벨은 야수를 슬프게 했다는 생각에 그를 가엾게 여기며 잠자리에 들었습니다.

다음 날 아침에 눈을 떠보니 아버지의 집이었습니다. 침대 옆에 있는 벨을 울리자 하녀가 들어왔는데 벨의 모습을 보고 깜짝 놀라 '어머나'하고 소리를 질렀습니다. 그 소리를 듣고 아버지가 달려왔는데 그렇게도 그리워하던 딸의 모습이 있었기에 너무나도 기뻐서 아버지와 딸은 한동안 서로를 꼭 끌어안았습니다.

딸도 처음에는 너무나도 기뻐서 모든 것을 잊고 있었지만, 잠시 후 잠옷을 입은 채로 갈아입을 옷이 아무것도 없다는 사실을 깨달았습니다. 그 순간 하녀가, 옆방을 지나다 지금 막 발견했는데 금실로 수를 놓고 다이아몬드를 여러 개 박아놓은 옷들이 커다란 상자 속에 가득 들어 있다고 말했습니다. 벨은 야수의 세심한 마음씀씀이를 고맙게 생각하며 자신을 위해서는 그 가운데 가장

소박한 옷을 고르고 나머지는 잘 보관해두라고 하녀에게 말했습니다. 나머지는 언니들에게 보내주어야겠다고 생각했기 때문이었습니다. 그런데 벨이 그렇게 말하자마자 상자는 사라져버리고 말았습니다. 그것을 본 아버지가 말했습니다.

"야수는 오직 너 혼자서만 그 옷을 입기 바라는 모양이로구나."

그러자 순간 옷과 상자가 다시 그곳에 나타났습니다.

벨은 옷을 갈아입었습니다. 그 동안에 언니들의 집으로 하인을 보내 소식을 전하게 했기에 언니들이 각자의 남편을 데리고 서둘러 찾아왔습니다.

두 언니들은 모두 아주 불행한 생활을 하고 있었습니다. 큰언니가 결혼한 사람은 신분이 높은 젊은이로 얼굴도 아주 아름다웠으나, 자신의 얼굴이 늘 자랑거리였기 때문에 아침부터 밤까지 거울만 들여다보며 얼굴을 치장했고, 아내의 얼굴은 언제나 무시하기만 했습니다. 둘째 언니가 결혼한 사람은 아주 똑똑한 사람이었지만 자신의 똑똑한 머리를 너무 자랑했기에 자신의 아내를 비롯해서 주위의 모든 사람들을 피곤하게 만들었습니다.

아버지의 집으로 와서 벨의 여왕 같은 자태와 비할 데 없이 아름다운 모습을 보고 두 언니의 남편들은 분하고 분해서 견딜 수가 없었습니다. 벨은 두 언니를 아주 다정하게 대했지만 아무리 다정하게 대해도 언니들은 질투가 나서 참을 수가 없었습니다. 거기다 벨이 더할 나위 없이 행복한 자신의 생활을 들려주자 질투심은 더욱 커져만 갈 뿐이었습니다.

너무나도 분했기에 두 언니는 정원으로 나가 엉엉 울면서

서로에게 이렇게 말했습니다.

"제일 어린 주제에 어째서 우리보다 행복하게 살고 있는 거지? 저런 애보다는 우리가 훨씬 더 사랑스럽잖아."

"아주 좋은 생각이 떠올랐어. 어떻게 해서든 일주일 이상 여기서 머물게 하는 거야. 그 괴물은 멍청하니까 왜 약속을 지키지 않느냐고 화를 내며 틀림없이 저 아이를 잡아먹을 거야."

큰언니가 이렇게 말했습니다.

"아주 좋은 생각이야. 그렇게 하려면 우리가 사랑하고 있는 척해야 돼."

둘째 언니가 대답했습니다.

그렇게 하기로 하고 집으로 들어간 두 언니가 벨에게 여러 가지로 다정한 말을 건넸기에 벨은 너무나도 기뻐서 눈물이 날 정도였습니다. 그렇게 일주일이 지나자 두 언니 모두 동생과의 이별이 너무나도 가슴 아파 이성을 잃은 사람처럼 슬퍼하는 척했기에 벨은 일주일 더 있다 가겠다고 약속해버리고 말았습니다.

하지만 틀림없이 야수가 아주 슬퍼할 것이라는 생각이 들자 마음에 걸려서 견딜 수가 없었습니다. 벨은 진심으로 야수를 생각하게 되었기에 야수를 만날 날이 늦어졌다는 사실을 견딜 수가 없었던 것입니다. 아버지의 집으로 온 지 열흘째 되던 날 밤, 벨은 꿈을 꾸었습니다. 자신은 궁전의 정원에 있었습니다. 주위를 둘러보니 야수가 풀밭 위에 쓰러져 죽어가고 있었습니다. 야수가 원망스럽다는 듯, 은혜를 잊은 벨의 행동을 나무랐습니다.

깜짝 놀라 눈을 뜬 벨은 훌쩍훌쩍 눈물을 흘리기 시작했습니다.

"그처럼 친절하게 대해줬는데 그를 슬프게 하다니, 나도 정말 나쁜 사람이야. 야수가 아무리 추한 얼굴을 하고 있어도, 아무리 지혜가 부족하다 할지라도 그건 야수 탓이 아니야. 고운 마음씨를 가지고 있다는 게 무엇보다 중요한 일이야. 어째서 그 야수의 아내가 되려고는 하지 않았던 걸까? 그 야수와 결혼하면 언니네 부부들보다 훨씬 더 행복한 사이가 될 수 있을 거야. 남편이 아무리 잘생겼다 해도, 또 아무리 똑똑하다 해도 그게 아내의 행복이 되는 것은 아니야. 착한 마음씨, 훌륭한 생각, 친절한 행동을 가지고 있다는 점이 무엇보다 중요한 사실이야. 그 야수는 그런 좋은 점들을 하나도 남김없이 전부 가지고 있어. 사랑스럽다 고는 생각지 않지만 나는 야수를 존경하고 있고, 좋아하고 있고, 또 고맙게 생각하고 있어. 절대로 그를 불행하게 만들 수는 없어. 그렇게 하면 나는 평생 은혜도 모르는 사람이라며 나 스스로를 탓하게 될 거야."

이렇게 말한 벨은 자리에서 일어나 반지를 빼 테이블 위에 올려놓고 다시 잠자리에 들었습니다. 침대에 눕자마자 이번에도 바로 잠에 들고 말았습니다. 다음 날 아침에 눈을 떠보니 다행스럽 게도 야수의 궁전에 와 있었습니다. 벨은 야수를 기쁘게 해주기 위해서 아름다운 옷으로 갈아입고 밤 9시가 되기를 기다렸는데 좀처럼 시간이 흐르지 않아 애가 탈 정도였습니다. 그런데 9시가 되어서도 야수는 전혀 모습을 드러내지 않았습니다.

자신이 약속한 날에 돌아오지 않아서 죽은 것일지도 모르겠다

는 생각에 가슴이 뛰어 커다란 목소리로 야수를 부르며 궁전 안을 돌아다녔습니다. 벨은 벌써 늦어버린 것일지도 모르겠다는 생각에 기운이 빠져버리고 말았습니다. 구석구석까지 찾아본 뒤, 문득 꿈을 꿨던 일이 떠올라 정원의 수로가 있는 곳으로 서둘러 발걸음을 옮겼습니다. 꿈속에서 야수가 그 수로 근처에 있는 모습을 보았기 때문이었습니다. 거기까지 가보니 아니나 다를까, 야수가 정신을 잃고 쓰러져 있었습니다. 벨은 숨이 끊어진 것이라 생각했기에 그 추한 모습도 전부 잊고 야수의 몸을 끌어안 았습니다. 아직 심장이 뛰고 있었습니다. 벨이 수로에서 물을 떠 야수의 머리에 뿌려주었습니다. 그러자 야수가 눈을 뜨더니 벨의 모습을 보고 말했습니다.

"약속을 잊으셨더군요. 당신을 빼앗겼다는 마음에 너무나도 슬퍼서 이대로 아무것도 먹지 말고 죽어버려야겠다고 생각했습 니다. 하지만 다시 한 번 얼굴을 보게 되었으니 이제는 죽어도 여한이 없습니다."

"안 돼요. 죽지 마세요. 다시 건강을 되찾아서 저의 남편이 되어주세요. 그래요, 지금 이 자리에서 분명히 약속하겠어요. 저는 왜 그렇게도 어리석었던 걸까요? 당신과는 친구로밖에 지낼 수 없을 거라 생각했는데, 이렇게 괴로움을 맛보고 나서야 비로소 깨닫게 되었어요. 당신 없이는 저도 살아갈 수 없을 거예요."

벨이 이렇게 말한 순간 궁전이 갑자기 반짝이기 시작하며 불꽃이 피어오르고 음악이 울려 퍼지더니, 축제가 벌어진 것이 아닐까 여겨지는 풍경이 눈앞에 펼쳐졌습니다. 그러나 벨은 그런

아름다운 풍경 따위 한가로이 바라보고 있을 수 없었으며 숨이
끊어져가고 있는 야수가 걱정이 되어 얼른 야수 쪽을 바라보았습니
다. 그런데 어느 틈엔가 야수의 모습은 사라지고 없었으며,
벨의 발아래에는 눈부실 정도로 아름다운 왕자 한 명이 무릎을
꿇고 앉아 있을 뿐이었습니다. 그리고 그 왕자가 벨에게 말했습니
다.

"마법을 풀어주셔서 감사합니다."

그 왕자의 아름다움이 벨의 마음을 사로잡은 것만은 틀림없는
사실이었으나, 벨은 그래도 야수는 어디로 간 것이냐고 왕자에게
묻지 않을 수 없었습니다.

"당신의 발아래에 있는 사람이 바로 야수입니다. 저는 나쁜
요정의 마법에 걸려서 그런 모습이 되었는데, 누군가 아름다운
아가씨가 제 아내가 되겠다고 말해주기 전까지는 그 모습으로
살 수밖에 없었던 것입니다. 게다가 솜씨 좋게 말하는 것도 금지되
어 있었습니다. 저의 착한 마음에 감동해주신 것은 이 세상에서
오직 당신뿐입니다. 그러니 설령 저의 왕관을 바친다 할지라도,
당신에게서 받은 은혜를 전부 갚지는 못할 것입니다."

벨은 놀라서 꿈이 아닐까 생각하면서도 이 아름다운 왕자에게
손을 내밀어 그를 일으켜 세웠습니다. 두 사람은 사이좋게 궁전
안으로 들어갔습니다. 안으로 들어가 보니 넓은 홀에 아버지는
물론 언니네 부부들과 오빠들까지도 와 있었기에 벨은 더 없이
커다란 기쁨을 느꼈습니다. 꿈속에서 보았던 아름다운 여자가
그 사람들을 데려온 것이었습니다.

그 여자는 이름 높은 요정이었는데, 그 요정이 벨에게 말했습니다.

"자, 이리로 오세요. 당신은 정말 좋은 사람을 고르셨네요. 축하드려요. 당신은 얼굴이 아름다운 사람이나 머리가 좋은 사람 대신 마음씨가 고운 사람을 선택했는데, 바로 그런 마음을 가지고 있었기 때문에 그 세 가지 장점을 전부 가지고 있는 사람을 만나게 된 거예요. 당신은 아주 훌륭한 왕비가 될 수 있을 거예요. 왕비가 되었다고 해서 지금의 마음을 잊어서는 안 돼요."

그리고 이번에는 언니들에게 말했습니다.

"그리고 당신들, 저는 당신들의 마음을 잘 알고 있어요. 마음이 얼마나 비뚤어져 있는지 아주 잘 알고 있어요. 두 사람 모두 석상으로 만들어드리죠. 하지만 석상이 되어서도 정신만은 그대로 살아 있을 거예요. 그런 모습으로 동생이 사는 궁전의 입구에서 있으세요. 동생이 행복하게 살아가는 모습을 당신들의 눈으로 직접 보세요. 제가 당신들께 내리는 벌은 그게 전부예요. 당신들이 자신의 잘못을 깨닫는 순간이 오면 그때는 원래의 모습으로 되돌려드리겠어요. 언제까지고 석상으로 있는 건 아닌지 모르겠네요. 오만한 마음이나 욕심 많은 성격이나 게으른 버릇 같은 건 비교적 쉽게 고칠 수 있지만 비뚤어진 마음과 질투심 강한 마음은 쉽게 고칠 수 있는 것이 아니니까요."

이렇게 말하고 요정이 마법의 지팡이를 휘두르자 거기에 모여 있던 사람들 모두 눈 깜빡할 사이에 왕자의 나라로 가게 되었습니다. 왕자의 신하들이 크게 기뻐하며 왕자를 맞아들였습니다.

왕자는 벨을 바로 왕비로 삼았으며, 두 사람은 오래오래 행복하게 살았는데, 이 모든 것은 두 사람의 마음이 아주 훌륭했기 때문이었습니다.

미녀와 야수

가브리엘 수잔 바르보 드 빌레느브

1

여기서 멀리 떨어진 어느 지방에 상업이 아주 번성하여 풍요로운 커다란 마을이 있었습니다. 그 마을사람 가운데 운이 아주 좋은 상인이 한 명 있었습니다. 운명은 그가 바라는 대로 언제나 최고의 은혜를 베풀어주었습니다. 헤아릴 수 없이 많은 재산을 가진 상인은 자식복도 많았습니다. 가족을 이루고 있는 여섯 명의 아들과 여섯 명의 딸 가운데 결혼을 한 사람은 아직 한 사람도 없었습니다. 아들들은 나이가 어렸기에 아직 서두를 필요가 없었습니다. 딸들은 헤아릴 수 없이 많은 재산을 매우 자랑스럽게 생각했고, 당연히 거기에 의지하고 있었기 때문에 결혼 상대를 고르는 일이 그렇게 쉽지는 않았습니다.

명문귀족 청년들까지 딸들을 떠받들었기 때문에 그녀들은 허영심을 품게 되었습니다. 그런데 생각지도 못했던 불행이 행복한 생활에 어려움을 가져다주기 위해 찾아왔습니다. 집에 불이

난 것이었습니다. 집 안 가득 넘쳐나던 호화로운 가구, 이야기
책, 지폐, 금, 은, 값비싼 상품 모두, 그러니까 상인의 전 재산이
이 불길한 화마에 휩싸여 그것이 세차게 타올랐기에 거의 아무것
도 건져낼 수가 없었습니다.

　이 첫 번째 불행은 다른 수많은 불행의 예고에 지나지 않았습니
다. 지금까지는 무슨 일을 해도 성공을 거두기만 하던 아버지였으
나, 바다에 나가 있던 여러 척의 배가 난파된 것인지, 해적을
만난 것인지, 배의 전부를 잃고 말았습니다. 거래를 하고 있던
사람들은 모두 약속을 어겼으며, 외국에 보냈던 대리인들도 하나
같이 배신을 했습니다. 그 결과 상인은 더할 나위 없이 호화롭던

생활에서 갑자기 끔찍할 정도의 가난 속으로 떨어져버리고 말았습니다.

남은 것이라고는 평소 살고 있던 마을에서 멀리 떨어진 곳에 있는 조그만 시골집뿐이었습니다. 소란과 풍문을 피해 멀리로 몸을 숨길 필요가 있었던 아버지는 커다란 변화에 어리둥절해진 가족들을 데리고 그곳으로 갔습니다. 사람이 사는 마을에서 멀리 떨어진 이런 쓸쓸한 곳에서 생활하게 되자, 특히 불행한 아버지의 딸들은 한심하다는 생각이 들어서 견딜 수가 없었습니다. 한동안 딸들은 이렇게 생각했었습니다.

'아버지의 생각이 세상에 알려지면 귀찮을 정도로 사랑을 고백해오던 남자들도 우리가 상냥해질 거라 생각하고 기뻐할 거야. 모든 남자들이 우리에게 선택받기 위해서 열심히 노력할 거야. 원하기만 하면 결혼 상대는 얼마든지 구할 수 있어.'

그런 달콤한 계산 착오는 오래 가지 않았습니다. 아버지의 빛나는 재산이 번개처럼 사라진 순간 딸들도 자신들의 가장 커다란 매력을 잃어, 이러쿵저러쿵 까다롭게 굴 수 있는 시기는 벌써 끝나버리고 만 것입니다. 열렬한 숭배자들은 운이 다한 순간에 사라져버리고 말았습니다. 딸들의 매력에 마음이 끌린 사람은 단 한 명도 없었던 것입니다.

친구들 역시 남자들과 마찬가지로 타산적이었습니다. 집안이 가난에 떨어진 순간, 모두가 친하게 지내기를 거부했습니다. 심지어는 이번의 재난을 자업자득이라고 말할 정도의 잔인함까지 보였습니다. 아버지가 가장 잘 대해줬던 사람들이 누구보다도 앞장서서 그를 비난했습니다. 거듭된 불행은 상인 스스로가 초래한 것으로 평소의 행위가 좋지 않았기 때문이다, 낭비를 했기 때문이다, 돈을 물 쓰듯 쓰고 자식들도 그렇게 가르쳤기 때문이라고 떠들어댔습니다.

그랬기 때문에 비탄에 잠긴 일가는 도시를 떠날 수밖에 없었습니다. 거기에서는 모든 사람들이 그들의 불행을 비웃고 기뻐했기 때문이었습니다. 돈을 마련할 아무런 수단도 없는 채로 가족들이 들어가 살게 된 시골집은 거의 길도 없는 숲 한가운데에 있는, 이 세상에서도 가장 쓸쓸한 곳이라고 해도 좋을 만한 집이었습니다. 그렇게 소름이 돋을 정도로 외진 곳에서 얼마나 커다란 괴로움을 맛보았겠습니까? 그 어떤 힘든 일이라도 하겠다는 각오가 필요했습니다. 하인을 고용할 수 있는 상황이 아니었기에 불행한 상인의 아들들이 분담해서 집안일과 힘쓰는 일을 했습니다. 전원에서 생활에 필요한 양식을 얻기 위해 할 수 있는 모든 일을 모두가 앞장서서 했습니다.

딸들에게도 해야 할 일들이 있었습니다. 마치 농가의 아가씨들처럼 시골 생활에 필요한 여러 가지 일들에 화사한 손을 쓰지 않을 수 없었습니다. 입을 것이라고는 털실로 짠 옷들 뿐, 허영심을 채워줄 만한 도구는 무엇 하나 없었습니다. 시골이 제공해주는 것을 식량으로 삼을 수밖에 없었으며 간소한 필수품밖에 바랄 수 없었지만, 세련되고 우아한 것에 대한 동경심을 버릴 수 없었던 딸들은 도회와 그곳에서의 황홀한 생활을 끊임없이 그리워했습니다. 기쁨과 즐거움 속에서 눈 깜빡할 사이에 지나가버린 유년기를 떠올리는 것은 무엇보다 괴로운 일이었습니다.

이렇게 같은 불행을 함께 나누는 동안에도 막내딸은 언니들보다 훨씬 더 인내심 강하고 의연한 태도를 보였습니다. 그 나이에서는 찾아볼 수 없을 정도의 정신력으로 용기 있는 결심을 했습니다. 처음부터 마음속 깊은 슬픔을 드러내지 않았던 것은 아니었습니다. 그렇게 커다란 불행을 아무렇지도 않게 생각할 사람이 과연 있을까요? 하지만 아버지의 불행을 한탄한 뒤에는 원래의 밝은 성격을 되찾아 자신에게 주어진 유일한 처지를 긍정적으로 받아들이고 사교계 사람들은 잊을 수밖에 없었습니다. 사람들이 은혜를 모른다는 점은 그녀와 그녀의 가족들 모두 잘 알고 있었고, 역경 속에서 그런 사람들의 우정을 기대해서는 안 된다는 사실도 충분히 알고 있었습니다.

다정하고 명랑한 성격을 타고난 막내딸은 아버지와 언니, 오빠들의 마음을 달래주기 위해 신경을 썼으며, 즐겁게 기분전환을 시켜주기 위해서 여러 가지 일들을 생각해냈습니다. 상인은 예전에 그녀와 그녀의 언니들을 위해서 아낌없이 교육을 받게 해주었는데 막내딸은 이러한 역경 속에서 그것을 잘 활용했습니다. 여러 가지 악기를 멋지게 연주하며 노래를 불러 언니들에게 본보기를 보였으나, 그런 동생의 쾌활함과 강한 인내심은 언니들을 더욱 우울하게 만들 뿐이었습니다.

커다란 불행에서 다시 일어나지 못하고 있는 언니들은 그렇게 행동하는 동생을 보고 정신이 비천하고 마음이 저속하기 때문이라고 생각했으며, 하늘이 그녀들을 내몰아 맞이하게 된 이런

처지에서도 밝게 생활하는 것은 절조가 없기 때문이라고까지 생각했습니다.

"어머, 정말 축복받은 아이도 다 있네. 막일을 하기 위해서 태어난 아이 같아. 저렇게 천박한 성격으로 사교계에 있었다면 좋은 일은 하나도 없었을 거야."

큰언니가 말했습니다.

그러나 그 말은 옳지 않은 것이었습니다. 막내가 사교계에 있었다면 언니들 중 누구보다 반짝였을 것입니다. 흠잡을 데 없는 미모가 그녀의 젊음을 장식했으며, 언제나 변함없는 고운 마음이 그녀를 아주 매력적으로 느끼게 해주었습니다. 인정이 많고 한편으로는 고결하기도 한 그 마음을, 그녀의 행동 하나하나 에서 느낄 수 있었습니다. 막내딸도 언니들과 마찬가지로 가족을 실의에 빠뜨린 커다란 변화를 괴롭게 생각했으나, 여성에게서는 흔히 볼 수 없을 정도의 정신력으로 그 슬픔을 숨기고, 역경을 극복할 수 있었습니다. 이처럼 강인한 인내심 때문에 오히려 무신경한 사람으로 보인 것이었습니다. 그러나 질투심에 사로잡혀 내린 판단은 간단히 깨져버리고 마는 법입니다.

사정을 아는 사람들은 막내딸의 참모습도 알고 있었기에 다른 언니들보다 그녀에게 눈길을 주고 있었습니다. 사람들은 그녀를 입에 침이 마르도록 칭찬했으며, 마음씨 때문에 사람들의 눈에 띄었고, 그 아름다움 때문에 특별히 벨(미녀)이라는 이름으로 불리게 되었습니다. 언제나 그 이름으로 불렸는데, 언니들의 질투심과 미움을 사기에는 그것만으로도 이미 충분했습니다.

매력적이어서 누구에게나 경의를 품게 하던 딸은 당연히 언니들보다 훨씬 더 좋은 결혼을 할 것이라 예상되었지만, 오직 아버지에게 닥친 불행에만 신경이 쓰여 마음이 아팠기 때문에 즐거운 기억이 아주 많았던 도시에서의 출발을 늦추려 하기는커녕 서둘러 도시를 떠나기 위해 온갖 방법을 강구했을 정도였습니다. 외딴 곳에서도 막내딸은 사교계 한가운데 있었던 때와 마찬가지로 평온했습니다. 휴식시간이 찾아오면 꽃으로 머리를 장식하며 마음을 달랬습니다. 시골에서의 생활이 유복했던 때의 가장 커다란 즐거움을 잊게 해주었으며, 먼 옛날의 양치기 소녀들이 느꼈던 것과 같은 순수한 즐거움을 매일 맛보게 해주었습니다.

그로부터 2년이 지나 가족들이 시골 생활에 익숙해지기 시작했을 무렵의 일이었습니다. 예전과 같은 생활로 되돌아갈 수 있을지

도 모른다는 희망이 조용하던 생활에 혼란을 가져다주었습니다. 아버지가 받은 편지에 의하면 잃어버린 것이라 여겨졌던 배 가운데 한 척이 수많은 짐을 싣고 무사히 항구에 도착했다는 것이었습니다. 그 편지에는 또, 상인이 없는 틈을 이용해서 중개인들이 짐을 헐값에 팔아치우는 부정행위로 상인의 재산을 가로챌 우려가 있다고도 적혀 있었습니다. 상인이 이 소식을 아들딸에게 알리자, 그들은 모두 유배와도 같은 이곳의 생활에서 당장에라도 벗어날 수 있을 것이라고 확신했습니다. 특히, 아들들보다 더 성급한 딸들은 조금 더 확실한 정보를 기다리려 하지도 않고 모든 것을 내던진 채 당장이라도 출발하고 싶다고 말했습니다. 그러나 신중한 아버지는 자식들에게 조금 침착하라고 말했습니다. 밭일을 중단하면 커다란 손해를 입을 시기였기에 아버지의 존재는 특히 더 중요했지만, 상인은 수확에 관한 일은 아들들에게 맡기고 혼자 먼 여행을 떠나기로 결심했습니다.

막내딸 이외의 다른 딸들은 예전의 호화로웠던 생활로 곧

돌아갈 수 있을 것이라 확신하고 있었습니다. 설령 자신들이 태어난 그 커다란 도시로 돌아갈 수 있을 만큼의 커다란 재산은 아니라 할지라도, 다른 번화한 도시에서 살아갈 수 있을 만큼은 손에 넣을 수 있을 것이라 생각하고 있었습니다.

'거기서 좋은 집안의 사람들과 사귀게 되고 인기를 얻게 될 거야. 프러포즈를 받자마자 결혼해야지.'

언니들은 이렇게 생각했습니다. 2년 동안 맛보아왔던 고생은 벌써 거의 잊었으며, 기적이 일어나 가난한 생활에서 쾌적하고 풍요로운 생활로 이미 돌아가고 있는 것 같다는 생각이 들었기에 제정신이라면 생각할 수도 없을 선물을 아버지에게 졸라댔습니다. 시골에서 사는 동안에도 그녀들의 사치스러운 취향과 허영심은 변하지 않았던 것입니다. 보석을 사달라고, 장식품을 사달라고, 모자를 사달라고 아버지를 졸랐습니다. 서로 경쟁하듯 졸라댔기에 욕망은 더욱 커져만 갈 뿐. 그러니 아버지의 재산이라 불리는 것이 실제로 손에 들어온다 할지라도 절대로 딸들을 만족시킬 수는 없을 터였습니다.

벨은 욕망에 사로잡히지도, 경솔하게 행동하지도 않았기에 아버지가 언니들의 요구를 들어주면 자신이 청을 해도 소용없는 일이 될 것이라는 사실을 바로 알 수 있었습니다. 그래도 아버지는 벨의 침묵에 놀라서, 탐욕스러운 언니들의 말을 가로막으며 이렇게 물었습니다.

"벨아, 너는 뭐 갖고 싶은 게 없느냐? 무엇을 사다주었으면 좋겠느냐?"

사랑스러운 그 딸이 아버지를 다정하게 안으며 대답했습니다.

"사랑하는 아버지, 제가 갖고 싶은 건 언니들이 부탁한 그 어떤 장신구보다 더 귀한 것이에요. 제가 바라는 건 오직 그것뿐이에요. 제 바람이 이루어진다면 더없이 기쁠 그 소망은 바로 아버지께서 무사히 돌아오시는 것이에요."

사심 없는 마음을 그대로 보여주는 이 대답은 다른 사람들을 부끄럽게 만들고, 당황하게 만들었습니다. 언니들은 분노에 휩싸였으며 그 가운데 한 사람이 모두를 대표해서 가시 돋친 목소리로 쏘아붙였습니다.

"아직 어린 계집애 주제에 말은 아주 그럴 듯하게 하는구나. 그런 멋진 열의로 눈에 띄고 싶은 거겠지. 정말 한심해서 봐줄 수가 없어."

그러나 아버지는 벨의 마음씨에 눈시울이 뜨거워지고, 그 말에 기쁜 마음을 나타내지 않고는 견딜 수가 없었습니다. 딸이 바란 단 하나의 소망에 크게 감동하며, 그 외에 다른 갖고 싶은 것은 없냐고 물었습니다. 또한 그녀에게 반감을 품고 있는 다른 딸들의 마음을 달래주기 위해서라도, 그렇게 장신구에 무관심한 것은 그녀의 나이에 어울리지 않는 일이며, 모든 일에는 거기에 어울리는 시기가 있는 법이라고 이야기해주었습니다. 그러자 벨이 말했습니다.

"네, 알겠어요. 아버지의 명령이시니, 그럼 장미꽃 한 송이를 부탁드릴게요. 저는 장미를 아주 좋아하는데 이 외딴 곳에 들어온 이후로는 한 번도 본 적이 없어서 늘 안타깝게 생각하고 있었으니

까요."

　이렇게 해서 벨은 아버지의 말에 따르면서도 아버지가 자신을 위해서는 한 푼도 쓰지 않게 했습니다.

　그러는 사이에 마침내 떠나기로 한 날이 찾아와, 선량한 노인은 눈물을 흘리며 대가족을 남겨두고 출발했습니다. 새로운 행운의 가능성이 부르고 있는 대도시로 서둘러 갔습니다. 그러나 기대했던 것과 같은 이익은 거기에 없었습니다. 배가 도착한 것은 사실이었으나 상인이 죽었다고 생각한 동업자들에게 **빼앗겨** 물건은 하나도 남아 있지 않았습니다.

그랬기에 상인은 당연히 자신의 소유가 되어야 할 물건들을 '충분하고 평온하게 점유'하기는커녕, 자신의 권리를 주장했기 때문에 온갖 비난의 말을 들어야만 했습니다. 그러한 것들도 전부 극복하기는 했지만 10개월 동안이나 고생을 하면서 많은 돈을 써야 했기에 이익은 거의 없었습니다. 채무자들은 돈을 갚을 수 없는 상황이 되었고, 소송비용도 거의 되찾을 수 없었습니다.

이렇게 해서 커다란 돈에 대한 꿈은 점점 사라지고 말았습니다. 게다가 번거롭게도 파산에 박차를 가하지 않기 위해서는 가장 좋지 않은 계절에, 위험한 날씨 속에서 출발하지 않으면 안 되었습니다. 도중에 상인은 바람 때문에 한껏 시달려야 했으며, 지쳐서 거의 죽을 뻔했습니다. 그래도 집에서 얼마 떨어지지 않은 곳까지 오자 다시 힘이 솟았습니다. 처음 집을 나섰을 때부터 허황된 기대를 좇을 생각은 없었습니다만, 그런 기대를 마음속에 품지 않았던 벨이 옳았다는 생각이 들었습니다.

숲을 빠져나가는 데 몇 시간이나 걸려서 시간도 이미 늦어졌습니다만, 상인은 그래도 앞으로 나아가려 했습니다. 그런데 눈 깜빡할 사이에 밤이 되어버려 살을 에는 듯한 추위에 몸은 얼어버렸고 말과 함께 눈 속에 갇혀버리고 말았습니다. 어디로 가야 좋을지 몰랐기에 상인은 점점 죽음을 의식하게 되었습니다. 숲에는 오두막이 여럿 있었지만 그 길에는 하나도 없었습니다. 겨우

눈에 띈 것이라고는 나무가 썩어 생긴 구멍 정도였는데 그 속에
몸을 숨긴 것은 행운이라고 할 수 있었습니다. 그 나무가 노인을
추위로부터 지켜주어 생명을 구할 수 있었습니다. 그렇게 멀지

않은 곳에서 동굴을 발견한 말도 본능적으로 그곳으로 달려갔습니다.

이런 상태로 견뎌야 하는 밤은 한도 끝도 없이 길게 느껴지는 법입니다. 더구나 배고픔에 시달려야 했으며, 끊임없이 가까이를 지나는 야수들의 울부짖음에 겁을 먹었기에 한시도 안심할 수 없었습니다. 밤이 지났지만 괴로움과 불안은 여전히 계속되었습니다. 햇빛을 보고 기뻐한 것도 잠시, 온 땅이 큰 눈에 뒤덮인 것을 보고는 눈앞이 캄캄해졌습니다. 어느 쪽으로 가야 좋은 건지, 한 줄기 오솔길조차 보이지 않았습니다. 녹초가 되어 걸으며 몇 번이고 넘어진 끝에 간신히 길처럼 보이는 것을 찾아내 조금은 편안히 걸을 수 있게 되었습니다.

어디가 어디인지도 모르는 채로 걷다가 더할 나위 없이 아름다운 성으로 이어진 가로수 길에 우연히 접어들게 되었습니다. 눈은 그 성만 피해서 지나간 듯했습니다. 가로수 길을 이루고 있는 것은 네 줄로 나란히 심어진 매우 커다란 오렌지 나무였는데 꽃과 열매가 가득 달려 있었습니다. 거기에 수많은 조각상이 순서도, 균형미도 없이 놓여 있는 것이 보였습니다. 어떤 것은 길 위에, 어떤 것은 나무들 사이에 서 있었는데 하나같이 처음 보는 재료였고, 크기와 빛깔은 인간과 비슷했으며 여러 가지 자세와 여러 가지 복장을 하고 있었으나 대부분은 병사들의 모습을 하고 있었습니다. 첫 번째 정원에 도착해보니 훨씬 더 많은 조각상들이 있었습니다. 노인은 추위가 몸속까지 사무쳤기에 그것들을 하나하나 바라볼 여유조차 없었습니다.

건물 안으로 들어서자 마노로 만들어진 계단과 조각이 새겨진 황금 난간이 가장 먼저 눈에 띄었습니다. 호화로운 가구가 놓여 있는 몇 개의 방을 지나자 따뜻한 공기가 몸을 감싸 피로가 조금은 풀렸습니다. 뭐가 됐든 먹을 것이 필요했습니다만, 누구에게 말을 해야 좋을까요? 한없이 넓고 호화로운 그 건물에 조각상 이외에는 사는 사람이 없는 듯 보였습니다. 존재하는 것이라고는 깊고 깊은 침묵뿐. 그렇다고 해서 황폐질 대로 황폐해진 고성(古城)인 것 같지는 않았습니다. 넓은 홀도 침실도 복도도 전부 문이 열려 있었으며 그곳은 하나같이 멋진 곳이었지만 살아 있는 생물의 숨결은 조금도 느껴지지 않았습니다. 노인은 커다란 건물의 방들을 돌아다니는 것만으로도 지쳐, 홀에서 발걸음을 멈췄는데 거기에 있는 난로에서는 불이 새빨갛게 타오르고 있었습니다. 곧 모습을 드러낼 누군가를 위해 피운 것이리라 생각하며 난로 곁으로 다가가 몸을 녹였으나 아무도 오지 않았습니다. 난로 옆에 있는 소파에 앉아 기다리고 있자니 기분 좋은 졸음이 덮쳐와 잠에 빠져버렸기에 누군가가 갑자기 들어와도 그것을 알 수 있을 만한 상태가 아니었습니다.

피곤이 가져다준 잠을 중단시킨 것은 배고픔이었습니다. 하루 이상이나 노인을 괴롭혀왔던 배고픔은, 이 호화로운 성에 들어와서 몸을 움직였기 때문에 더욱 커다란 것이 되어 있었습니다. 잠에서 깨어나 눈을 떠보니 테이블에 식사가 아름답게 놓여 있었기에 기쁨과 놀라움으로 가득했습니다. 가볍게 먹는 정도로는 도저히 만족할 수 없었습니다. 게다가 더할 나위 없이 고급스럽

게 차려진 수많은 요리는, 하나같이 먹어보고 싶다는 마음이 들게 하는 것들뿐이었습니다.

상인은 이처럼 극진하게 대접해주는 사람들에게 커다란 소리로 감사의 말을 전한 뒤, 집안사람들이 모습을 드러낼 때까지 조용히 기다리기로 했습니다. 식사 전에는 피로가 잠을 불러왔던 것처럼 이번에는 먹은 음식이 같은 효과를 발휘해서 그를 더욱 오래, 더욱 깊은 잠에 빠지게 했기에, 두 번째에는 적어도 4시간은 잠을 잤습니다. 눈을 떠보니 조금 전의 테이블을 대신해서 반암으로 만들어진 다른 테이블이 놓여 있고, 케이크와 말린 과일과 리큐어 등 간식이 정성스럽게 준비되어 있었습니다. 그것도 역시 그에게 대접하기 위한 것이었습니다. 이에 노인은 준비해준 사람의 따뜻한 마음에 감사하며 자신의 식욕과 기호와 세련된 취향에 맞는 음식을 전부 먹었습니다.

그러는 동안에도 누구 하나 모습을 드러내지 않았습니다. 말을 걸 상대도, 이 성이 인간의 것인지 신의 것인지 가르쳐줄 사람도 없었기에 노인의 오감은 문득 공포에 사로잡혔습니다. (원래 겁이 많은 사람이었습니다.) 그는 다시 모든 방으로 가서, 이렇게 친절하게 대해준 정령들에게 몇 번이고 감사의 말을 전한 뒤, 모습을 드러냈으면 좋겠다고 공손하고 정중하게 청했습니다. 그렇게 열의를 보였지만 소용없는 일이었습니다. 하녀의 그림자조차 보이지 않았으며, 성에 사는 사람이 있는지 가르쳐줄 하인도 없었습니다. 어떻게 해야 좋을지 궁리를 하는 동안, 상인은 이런 생각에 이르게 되었습니다. 이유는 알 수 없지만 어떤 영적인 존재가 이 성과 이곳을 가득 메우고 있는 재산을 자신에게 준 것이라고.

그런 생각이 영감처럼 떠올랐기에 노인은 곧 성 안을 다시 돌아다니며 거기에 있는 온갖 재물을 자신의 것으로 삼았습니다. 뿐만 아니라 자식들 한 사람 한 사람의 몫까지 마음대로 결정했으며, 각자에게 어울리는 방에 표시를 하고는 모두가 이번 여행의 선물을 틀림없이 기뻐할 것이라고 자랑스럽게 생각하며 정원으로 나갔습니다. 둘러보니 거기에는 한겨울의 추위에도 불구하고 봄이 한창 무르익었을 때처럼 진귀한 꽃들이 향기롭게 피어 있었습니다. 공기는 따끈따끈하고 포근했으며 온갖 새들의 지저귐이 시냇물 소리와 어우러져 멋진 하모니를 이루고 있었습니다.

노인은 여러 가지 신기한 일들에 황홀함을 느끼며 이렇게 중얼거렸습니다.

"이렇게 멋진 장소라면 딸들도 어려움 없이 적응할 수 있을 거야. 아마 도시를 그리워하는 일도, 여기보다 도시가 좋다고 생각하는 일도 없을 거야. 그럼 바로 출발하기로 하자."

그리고 평소와는 달리 흥분해서 이렇게 외쳤습니다.

"아이들이 기뻐할 생각을 하니 벌써부터 설레는구나. 얼른 돌아가서 이 기쁜 소식을 전해줘야지."

이 아름다운 성에 발을 들여놓았을 때, 노인은 지독한 추위에 몸이 얼어붙을 것 같았으나 그래도 잊지 않고 말의 고삐를 풀어 앞뜰에서 보이는 마구간으로 데려갔었습니다. 마구간으로 가는 작은 길에는 장미덩굴이 아치 모양으로 울타리를 이루고 있었습니다. 그렇게 아름다운 장미는 본 적이 없었던 노인은 그 향기 덕분에 벨에게 장미 한 송이를 약속했다는 사실을 떠올렸습니다. 한 송이를 따고, 다시 여섯 개의 꽃다발을 만들려고 한 순간이었습니다. 무시무시할 정도로 커다란 소리가 들려와 뒤를 돌아본 그는 커다란 공포에 사로잡히고 말았습니다. 바로 옆에 섬뜩한 야수가 서 있었기 때문이었습니다. 머리끝까지 화가 난 듯한 그 야수가 코끼리의 코처럼 생긴 것으로 노인의 목을 꽉 누르더니 소름이 돋을 것 같은 목소리로 이렇게 말했습니다.

"내 장미를 꺾어도 된다고 누가 그랬지? 네가 성에서 쉬는 것을 눈감아주고 그렇게도 친절하게 대해주었는데 그래도 아직 부족하단 말이냐? 감사하기는커녕 뻔뻔스럽게도 나의 장미까지 훔치다니. 무례하기 짝이 없는 태도를 보인 네놈을 혼내주겠다."

갑자기 괴물이 나타났다는 사실에 이미 한껏 겁을 먹고 있던 노인은 이 말을 듣는 순간 죽을 만큼 무서워져서 그 운명의 장미를 얼른 집어던지고 땅바닥에 엎드려 외쳤습니다.

"아아, 나리. 저를 가엾게 여겨주시기 바랍니다. 감사할 줄 모르다니, 당치도 않으신 말씀이십니다. 수많은 은혜에 온몸으로 감사하고 있습니다. 하지만 나리께서 이처럼 조그만 일에 노하실 줄은 꿈에도 생각지 못했습니다."

괴물이 불같이 화를 내며 되받아쳤습니다.

"닥쳐라! 이 꼴도 보기 싫은 떠버리야. 너의 아첨도, 네가 나를 부르는 호칭도 내게는 전부 소용없는 것이다. 나는 나리 따위가 아니다. 야수다. 네 죄는 죽음으로 갚아야 할 것이다."

너무나도 냉혹한 이 선고에 깜짝 놀란 상인은 복종만이 죽음에서 벗어날 수 있는 유일한 길이라고 생각하여 진심으로 반성하는 모습을 보이며 말했습니다.

"뻔뻔스럽게도 제가 장미를 꺾은 것은, '벨'이라 불리는 막내딸에게 선물로 줄 생각이었기 때문입니다."

그리고 죽음을 늦추기 위해서였는지, 동정으로 적의 마음을 움직일 생각이었던 것인지, 자신에게 닥친 여러 가지 불행에 대해서 이야기하고 여행을 떠난 이유, 벨을 위해서 가져가려 했던 조그만 선물에 대해서도 잊지 않고 이야기했습니다. 다른 딸들의 욕망을 채워주려면 임금의 재산으로도 부족할 테지만, 벨은 장미 이외에 아무것도 바라지 않았다는 사실, 마침 여기에 있던 그 장미가 벨을 기쁘게 해주고 싶다는 마음을 품게 했다는 사실, 그것을 꺾어도 문제는 없을 것이라고 생각했었다는 사실 등을 덧붙여 이야기하고, 다시 고의로 그런 것이 아니니 자신의 잘못을 용서해달라고 간절히 빌었습니다.

한동안 생각에 잠겨 있던 야수가 전보다는 조금 평온해진 투로 이렇게 말했습니다.

"그럼 너를 용서해주기로 하겠다. 단, 너는 딸 가운데 한 명을 내게 주어야 한다. 누군가가 너를 대신해서 이 죄를 갚아야 한다."

"무슨 말씀이십니까? 어찌 제게 그런 요구를 하신단 말씀이십니까? 제가 어떻게 그런 약속을 지킬 수 있겠습니까? 설령 제가 딸 하나를 희생으로 삼아 제 목숨을 구걸하는 그런 사람이라 할지라도, 어떤 구실로 우리 아이를 여기까지 데려올 수 있겠습니

까?"

상인이 대답했습니다. 그런 상인의 말을 가로막으며 야수가 말했습니다.

"구실 따위는 필요 없어. 내가 바라는 것은 네가 데리고 오는 그 딸이 자신의 뜻에 따라서 여기로 오는 거야. 그게 아니라면 데려올 필요도 없어. 딸들 중에 위험을 무릅쓰고서라도 네 목숨을 구하려 할 정도로 용기가 있고, 너를 사랑하는 아이가 있는지 잘 생각해봐. 내가 보기에 너는 정직한 사람 같으니 데리고 올 딸이 결정되면 1개월 뒤에 반드시 돌아오겠다고 맹세해라. 딸은 여기에 두고 너는 그대로 돌아가면 돼. 그게 싫다면 아이들에게 영원한 작별을 고하고 너 혼자 여기로 오겠다고 약속해라. 너는 내 것이 될 테니."

야수가 이를 갈며 말을 이어나갔습니다.

"하지만 이 제안을 받아들이는 척하고 도망쳐야겠다고는 꿈에 도 생각하지 마. 미리 말해두겠는데, 만일 그런 생각을 했다가는 내가 너를 찾아내서 설사 10만 명의 사람들이 나타나 너를 지키려 할지라도 너희 가족 모두와 함께 너를 없애버리고 말 테니."

노인은 딸들의 애정을 시험해봤자 소용없는 일이라고 생각했 지만, 그래도 우선은 괴물의 제안을 받아들였습니다.

"당신께서 저를 찾아오실 필요도 없이 날이 차면 제가 돌아와서 슬픈 운명에 제 몸을 맡기도록 하겠습니다."

그는 이렇게 약속했습니다. 이렇게 분명하게 약속을 했으니 상인은 야수에게 인사를 하고 그 자리에서 물러날 수 있을 줄

알았습니다. 야수 옆에 있는 것은 고통 이외에 아무것도 아니었기 때문에. 주어진 시간은 얼마 되지 않았지만 그것마저 취소해버리는 게 아닐까 하는 불안을 감출 수가 없었습니다. 상인이 길을 떠나겠다는 뜻을 전했으나 야수는 다음날까지 떠나서는 안 된다고 말했습니다.

"날이 밝으면 이미 말이 준비되어 있을 것이다. 그 말이 너를 순식간에 데려다줄 거야. 그럼, 저녁을 먹고 명령을 기다리도록."

가엾은 그 사내는 숨이 붙어 있는 것 같지도 않은 심정으로 진수성찬을 먹었던 그 방으로 되돌아갔습니다. 커다란 난로 앞에는 벌써 저녁이 차려져 있어서, 어서 앉으라고 그를 유혹하고 있었습니다. 하지만 더는 세련되고 호화로운 요리에서조차 아무런 매력도 느낄 수 없었습니다. 상인은 불행에 기운이 완전히 빠져버렸기에, 야수가 어딘가에 숨어서 자신을 감시하고 있는 것이 아닐까 하는 불안에 사로잡히지 않았다면, 또한 야수의 후의를 무시해도 그의 분노를 사지는 않을 것이라는 사실을 알고 있었다면 식사를 하는 일은 없었을 것입니다. 더욱 커다란 재난을 피하기 위해서 괴로워하기를 잠시 중단하고 슬픈 마음이 허락하는 범위 안에서 모든 요리를 충분히 맛보았습니다.

식사를 마치자 옆방에서 커다란 소리가 들려왔습니다. 틀림없이 성의 무시무시한 주인일 것이라고 생각했습니다. 상인에게는 그를 피할 자유가 없었기에 그 소리에 떨리는 마음을 진정시키려 했습니다. 그때 야수가 나타나 저녁은 잘 먹었느냐고 물었습니다. 노인은 부들부들 떨면서 공손하게, 배려해주신 덕분에 많이 먹었

다고 대답했습니다. 그러자 괴물이 말했습니다.

"약속해라, 조금 전의 맹세를 잊지 않겠다고. 그리고 명예를 걸고 그 약속을 지켜 네 딸 가운데 한 명을 데리고 오겠다고."

그런 대화를 나누는 것 자체가 고통이었기에 노인은 약속한 대로 하겠다고 맹세하고 이렇게 선서했습니다.

"한 달 뒤에 혼자서, 혹은 조건을 말했는데도 따라올 정도로 아버지를 사랑하는 딸이 있다면 그 딸을 한 명 데리고 반드시 오겠습니다."

그러자 야수가 말했습니다.

"다시 한 번 경고하겠는데, 네가 딸에게 어떤 희생을 요구하고 있는 것인지, 딸이 어떤 위험에 처하게 될 것인지를 사전에 잘 설명해야 한다. 내가 어떤 모습을 하고 있는지 사실 그대로 가르쳐주도록. 딸이 지금부터 무엇을 하려 하는 것인지도 잘 이해시켜야 한다. 무엇보다 딸의 결심에 흔들림이 있어서는 안 돼. 여기까지 따라오고 난 뒤에 다시 생각해봐야 소용없는 일이야. 딸이 약속을 취소하는 일이 벌어져서는 안 돼. 만일 그런 일이 벌어진다 해도 그녀에게는 되돌아갈 자유가 없어. 너 역시 함께 끝장이야."

이런 이야기에 완전히 질려버린 노인은 모든 것을 야수의 명령대로 하겠다고 다시 한 번 약속을 되풀이했습니다. 괴물은 그 대답에 만족한 듯 그만 자러 가라고 명령하고, 해가 떠올라 금으로 만들어진 벨이 울릴 때까지 일어나서는 안 된다고 말했습니다.

그리고 괴물이 말을 이었습니다.

"출발하기 전에 아침을 먹도록. 벨을 위해서 장미 한 송이를 가져가도 좋아. 너를 싣고 갈 말은 안뜰에 준비해놓도록 하지. 네게 조금이라도 성의가 있다면 한 달 후에 다시 만날 수 있겠지. 잘 가게. 약속을 지키지 않으면 내가 너를 만나러 갈 거야."

이 괴로운 대화가 더 길어지지나 않을까 염려한 노인이 공손하게 머리를 깊이 숙이자 야수가 말했습니다.

"여기로 다시 오는 길은 걱정할 필요 없어. 내일 너를 싣고 갈 말이, 정해진 시간에 집까지 데리러 갈 테니. 딸과 네가 타기에는 그거면 충분할 거야."

2

잠을 잘 기분은 아니었으나 명령을 무시할 수도 없었습니다. 노인은 어쩔 수 없이 잠자리에 들어 태양이 방 안을 비추기 시작할 때까지 일어나지 않았습니다. 아침식사를 일찍 마치고 정원으로 내려가, 가지고 가라고 야수가 명령했던 장미를 꺾었습니다. 그 꽃을 보자 눈물이 줄줄 흘러내렸습니다. 하지만 또 다른 불행을 부를지도 모른다고 두려워한 노인은 슬픔을 억누르며 서둘러 약속한 말이 있는 곳으로 갔습니다. 말을 보니 안장 위에 따뜻하고 가벼운 코트가 놓여 있었습니다. 승마감은 자신의 말보다 훨씬 쾌적했습니다. 노인이 앉은 것을 느끼자마자 말이 믿을 수 없는 속도로 달리기 시작했습니다. 한순간에 그 불길한 성이 보이지 않게 되자 노인은 전날 그 성을 발견했을 때와 같은 기쁨이 느껴졌습니다. 물론 그곳으로 다시 돌아가야 한다는 괴로운 의무가 거기서 멀어져가고 있다는 기쁨을 엉망으로 만들어버리기는 했지만.

이야기 속 나라에서나 볼 수 있는 속도와 가벼운 몸놀림으로 준마가 노인을 싣고 가는 동안, 노인은 이렇게 중얼거렸습니다.

"내가 대체 무슨 약속을 한 거지? 차라리 가족의 피를 원하고 있는 그 괴물에게 내가 단번에 목숨을 잃었다면 좋았을 것을. 내가 한 매정하고 어리석은 약속 덕분에 녀석이 나의 목숨을 살려주었어. 딸의 목숨을 희생으로 삼아 살아남으려 하다니, 이게 있을 수 있는 일이란 말인가? 눈앞에서 그 아이를 잡아먹고 말 텐데, 나는 그런 곳으로 딸을 데려갈 만큼 나쁜 놈이란 말인가?
······."

하지만 그 말이 채 끝나기도 전에 갑자기 이렇게 소리 질렀습니다.

"정말 한심하군! 내가 가장 걱정해야 할 것은 그런 일이 아니야. 설령 마음속에서 아버지로서의 정을 매정하게 죽였다 할지라도 나 혼자서는 그런 비열한 짓을 완전히 해낼 수 없어. 딸 가운데 누군가가 자신이 어떻게 될 줄 알면서도 그 일에 동의해줄 필요가 있는데, 아무리 생각해봐도 매정한 아버지를 위해서 자신의 목숨을 바치지는 않을 것 같아. 그리고 나는 딸들에게 그런 말을 할 필요가 없어. 그건 옳지 않은 짓이야. 딸들 모두 나를 사랑하고 있으니 자기 몸을 바치겠다고 할 아이가 하나쯤은 있을지도 몰라. 하지만 야수를 처음 본 순간 그런 용기도 사라져버리고 말 거고, 그래도 나는 할 말이 없어. 아아, 야수가 너무나도 가혹하구나."

그가 한탄했습니다.

"일을 일부러 이렇게 꾸민 거야. 아주 조그만 잘못이었건만 자신의 분노에서 벗어나 용서를 받기 위한 방법으로 불가능한 조건을 제시하다니. 벌과 함께 모욕을 주려했던 거야."

그리고 계속해서 말했습니다.

"이제 그만 생각하기로 하자. 더는 망설이지 말자. 덧없는 목숨을 건지기 위해서 아버지로서의 사랑이 흔들리느니 차라리 광기 어린 야수의 사나움에 내 몸을 맡기기로 하자. 돌아가자,

그 불길한 성으로. 살아 있어봐야 더욱 비참해질 뿐이니 비싼 대가를 치르고 여생을 보장받으려 하지도 말고, 주어진 한 달의 기한을 기다리지도 말고 오늘 당장 돌아가서 불행한 인생을 마감하기로 하자."

이렇게 말하고 왔던 길로 되돌아가려 했으나 말이 아무래도 발걸음을 되돌리려 하지 않았습니다. 상인은 어쩔 수 없이 말이 달리는 대로 가면서, 적어도 딸들에게는 아무런 말도 하지 않겠다고 마음속으로 결심했습니다. 그의 집이 벌써 멀리로 보이기 시작했습니다. 상인은 더욱 굳게 결심하며 이렇게 말했습니다.

"내게 닥친 위험을 딸들에게는 절대로 말하지 않을 거야. 다시 한 번 딸들을 안을 수 있다는 기쁨을 맛보기로 하자. 내 마지막 당부의 말도 해두어야지. 딸들에게는 자매들과 사이좋게 지내라고 당부해야지. 아들들에게는 딸들을 잘 보살펴달라고 말해두어야지."

상인이 집에 도착한 것은 바로 그런 생각들에 잠겨 있을 때였습니다. 그의 말이 어젯밤에 집으로 돌아왔기에 가족들은 걱정을 하고 있었습니다. 아들들은 구역을 나누어 숲 여기저기를 찾아다녔으며, 소식을 기다리던 딸들은 초조함에 문 밖으로 나가 처음 만나는 사람에게서 소식을 전해 들으려 하고 있었습니다. 호화로운 외투를 입은 사람이 훌륭한 준마를 타고 왔기에 딸들은 그 사람이 아버지라는 사실을 얼른 알아보지 못했습니다. 그 모습을 처음 보았을 때 딸들은 아버지가 보낸 사람일 것이라고 생각했으며, 안장에 묶여 있는 장미꽃을 보고 안심했습니다.

비탄에 잠긴 아버지가 바로 옆에 왔을 때 비로소 아버지를 알아본 딸들은, 무엇보다 무사히 건강하게 돌아와서 정말 다행이라고 기뻐했습니다. 그런데 아버지의 얼굴에는 슬픈 빛이 감돌고 있었으며, 그 눈에서는 눈물이 끊임없이 넘쳐나고 있었습니다. 기쁨은 단번에 불안으로 바뀌고 말았습니다. 모두가 당황해서 슬퍼하는 이유를 물었으나 아버지는 아무런 대답도 하지 않고, 그저 벨에게 운명의 장미를 건네주며 이렇게 말할 뿐이었습니다.

"자, 네가 바라던 것이다. 그 대가는 너에게도, 다른 아이들에게도 아주 값비싼 것이 될 게다."

큰딸이 말했습니다.

"역시 생각했던 대로네요. 조금 전에도 아버지는 틀림없이 저 아이의 선물만 가져오실 거라고 얘기했었어요. 이런 계절에 구하기도 힘든 것을 억지로 손에 넣으셨으니 저희 다섯 명 모두의 선물을 위해서도 하지 않았던 고생을 하셨겠지요? 이 장미는 틀림없이 오늘밤 안으로 시들 테지만, 그게 무슨 상관이겠어요. 아버지는 그 어떤 대가를 치르더라도 행운아인 벨을 기쁘게 해줄 생각이셨을 테니."

"그래, 확실히 이 장미는 너무 비싼 대가를 치렀구나. 너희들이 바라던 장신구의 가격을 전부 합쳐도 부족할 정도로 말이다. 하지만 돈으로 산 건 아니다. 가지고 있던 돈을 털어서 장미를 샀다면 그나마 나았을 텐데."

이 이야기가 자녀들의 호기심을 자극했기에 사건에 대해서 말하지 않겠다던 아버지의 결심은 사라져버리고 말았습니다.

이번 여행이 좋은 결과를 낳지 못했다는 사실, 재산의 환영을 좇아 고생을 했던 사실, 괴물의 성에서 일어났던 일들을 전부 자녀들에게 털어놓았습니다. 모든 사실이 밝혀지자 희망과 기쁨이 절망으로 바뀌었습니다.

　모든 계획이 한순간에 물거품이 되어버린 것을 깨닫고 딸들은 비통한 소리로 외쳤으나, 건실한 남자 형제들은 단호하게 말했습니다.

"아버지를 그 불길한 성으로 다시 돌아가시게 할 수는 없어. 뻔뻔스럽게도 아버지를 데리러 온다면 끔찍한 야수를 지상에서 지워버릴 정도의 용기는 우리에게도 있어."

노인은 아들들의 말을 듣고 감동했으나, 이렇게 말했습니다.

"폭력을 써서는 안 된다. 내가 한 약속이니 그 약속을 깰 바에는 스스로 목숨을 끊을 생각이다."

그래도 아들들은 아버지의 목숨을 지키기 위한 방법이 없을지 생각했습니다. 열의와 용기로 넘쳐나는 그들은 자신들 가운데 한 사람이 야수의 분노에 맞서기 위해 성으로 가는 것이 어떨까 생각했습니다. 하지만 야수는 아들이 아니라 딸 가운데 한 명을 원한다고 분명하게 말했습니다. 용감한 형제들은 자신들의 생각을 실행에 옮길 수 없다는 사실을 안타까워하며, 어떻게 해서든 여자 형제들에게도 같은 생각을 품게 하려 노력했습니다. 하지만 벨에 대한 언니들의 질투심은, 그것만으로도 용감한 행동을 하는 데 극복하기 어려운 장애물이 되어 있었습니다.

언니들이 말했습니다.

"우리가 저지르지도 않은 잘못 때문에 끔찍한 방법으로 죽어야 하다니, 그건 말도 안 돼. 그건 우리가 벨을 위해서 희생을 하는 거나 다를 바 없는 일이잖아. 다른 사람들은 저 아이를 위해서 우리를 희생시켜도 된다고 생각하고 있을지 몰라도, 의무는 그런 자기희생을 명령하는 것이 아니야. 한심하게도 저 아이가 얌전한 척하거나, 우리에게 늘 가르치려드는 듯한 투로 말한 것의 결과가 바로 이거야. 어째서 우리처럼 조그만 물건이나 장신구를 청하지 않은 거지? 물론 선물로 받지는 못했지만, 적어도 부탁을 하는 건 돈이 드는 일도 아니고, 뻔뻔스러운 부탁을 해서 아버지의 목숨을 위험에 처하게 했다고 자신을 책망할 이유가 우리에게는 없어. 저 아이는 무슨 일에 있어서나 우리보다 혜택을 받고 있으니 욕심이 없는 척해서 눈에 띄려고 하지만 않았다면 아버지는 저 아이를 기쁘게 해주기 위한 돈 정도는 손에 넣으셨을 거야. 그런데 이상한 생각을 해서 저 아이가 우리 모두에게 불행을 가져다주는 원인이 되어버렸어. 불행을 불러들인 건 저 아이인데 피해를 보는 건 우리들이야. 누가 속을 줄 알고? 벨이 불러들인 불행이니 벨이 알아서 처리해야 돼."

너무나도 커다란 괴로움에 벨은 정신을 잃을 것만 같았으나 울음과 탄식을 억누르며 언니들에게 말했습니다.

"이런 불행을 맞이하게 된 책임은 제게 있어요. 그걸 보상하는 건 저 혼자만의 일이에요. 제 잘못 때문에 모든 사람들이 괴로워하는 건 틀림없이 부당한 일이에요. 아아, 하지만 그건 전혀 뜻하지 않은 잘못이었어요. 한여름에 장미꽃 한 송이를 바란 것뿐인데 극형과도 같은 벌을 받게 될 줄 제가 어떻게 예상할 수 있었겠어요. 하지만 이미 저지른 잘못을 지울 수는 없어요. 제게 잘못이 있든 없든, 그걸 제가 갚는 건 아주 당연한 일이에요. 다른 사람을 탓하고 싶지는 않아요."

이렇게 말한 벨이 결연한 태도로 말을 이었습니다.

"그 끔찍한 계약에서 아버지를 해방시키기 위해 제 몸을 그 위험에 던지겠어요. 제가 야수를 만나러 가겠어요. 당신의 죽음으로 생명을 주시려 했던 분의 목숨을 지킬 수 있다면, 또 그렇게 해서 여러분들의 불만을 잠재울 수 있다면 그보다 더 기쁜 일도 없을 거예요. 제 결심이 바뀔 일은 절대 없을 테니 안심하세요. 제발 부탁이니 앞으로 한 달 동안만은 언니들의 비난을 듣지 않고 살 수 있게 해주세요.”

아직 나이 어린 소녀가 보여준 의연한 태도에 모두는 매우 놀랐으며, 벨을 진심으로 사랑하는 오빠들은 그 결의에 감동했습니다. 벨은 언제나 깊이 배려하는 마음으로 사람을 대했기에 오빠들은 그런 벨을 잃는다고 생각하자 괴로운 마음이 들었습니다. 그래도 아버지의 생명은 구해야만 합니다. 효도를 해야 한다는 생각이 모두를 침묵하게 만들었습니다. 이미 결정된 일이라고 완전히 납득하게 된 오빠들은 고매한 생각에 반대하기는커녕, 그저 눈물을 줄줄 흘리며 동생의 고결한 결심을 칭찬하기만 할 뿐이었습니다. 너무나도 잔혹한 방법으로 목숨을 바치려 하고 있는 벨은 아직 겨우 열여섯 살, 목숨을 아낄 만한 자격이 충분히 있는 만큼 그 결심은 더욱 훌륭한 것이었습니다.

아버지만은 막내딸의 생각에 찬성하려 들지 않았습니다. 하지만 부끄러움을 모르는 언니들은, 아버지는 벨을 위해서만 마음을 움직이신다, 불행을 부른 것은 벨인데 그 잘못을 갚는 것이 언니들 중 누군가가 아니라는 점을 아버지는 불만스럽게 생각하고 계신다고 책망했습니다.

그처럼 부당한 말을 들었기에 아버지는 마음을 바꾸지 않을

수 없었습니다. 게다가 벨까지, 자신이 대신 가는 것을 아버지가 허락하지 않는다 할지라도, 반대한다 할지라도 그렇게 할 생각이다, 자기 혼자 야수를 만나러 갈 생각이다, 아버지를 구하지 못한다면 자신이 견딜 수 없을 것이라고 단호하게 말했습니다.

벨이 아주 태연한 모습을 보이며 말했습니다.

"모르는 일이잖아요? 어쩌면 제게 주어진 무시무시한 운명에는, 그것이 끔찍하게 보이는 것과 같은 정도로 행복한 다른 하나의 운명이 감춰져 있을지도."

벨의 이야기를 들은 언니들은 그 공상적인 생각에 기쁨의 미소를 지었습니다. 동생이 엉뚱한 생각을 하고 있다는 사실이 기뻐서 견딜 수 없었던 것입니다. 한편 벨의 그런 이야기에 설득당한 노인은, 예전에 이 딸이 그의 목숨을 구하고 가족 전원을 행복하게 해줄 것이라는 예언을 들은 적이 있었다는 사실이 떠올랐기에 벨의 뜻에 반대하지 않기로 했습니다. 언제부턴가 가족 모두 벨이 떠나는 것을 거의 당연하다는 듯 이야기하게 되었습니다. 벨은 이야기가 흥겨운 것이 되도록 마음을 썼는데, 가족 앞에서 어떤 행복을 기대하는 듯한 모습을 보인 것은 오로지 아버지와 오빠들을 위로하기 위해서, 더 이상 걱정을 끼치지 않기 위해서였습니다. 벨은 자신에 대한 언니들의 태도를 기분 좋게 생각하지는 않았습니다. 얼른 사라져줬으면 좋겠다고 조바심치는 마음을 느낄 수 있었으며, 실제로 언니들은 한 달이 좀처럼 지나지 않는다고 생각하고 있었기 때문이었습니다. 그래도 벨은 자신이 가지고 있던 조그만 도구와 장신구들을 아낌없이 나누어

주었습니다.

언니들은 이번에도 벨의 고결함을 상징하는 물건들은 기꺼이 받았지만, 그래도 미워하는 마음은 조금도 누그러들지 않았습니다. 음험한 질투심 때문에 동생을 가엾다고도 생각지 않는 그 언니들이 펄쩍 뛸 듯이 기뻐한 것은 동생을 데리러 온 말의 울음소리가 들려왔을 때였습니다. 아버지와 오빠들은 크게 슬퍼하며 이 비극적인 순간을 견딜 수 없어서 말의 목을 베어버려야겠다고 생각했으나 평정심을 잃지 않은 벨이 이제 와서 그런 어리석은 짓을 해봐야 일이 해결되지는 않을 것이라며 그들을 말렸습니다. 오빠들과의 인사가 끝나자 벨이 언니들을 안고 참으로 마음 아프게 하는 인사를 했기에 언니들 역시 자신도 모르게 눈물을 흘리며 겨우 몇 분 동안은 오빠들과 마찬가지로 슬퍼하는 듯한 마음이 들 정도였습니다.

이렇게 해서 때늦은 슬픔이 아주 잠깐 계속되는 동안 노인은 딸의 재촉에 말에 올랐으며, 딸은 마치 즐거운 여행이라도 떠나는 듯한 모습으로 서둘러 말의 뒤쪽에 앉았습니다. 말은 달린다기보다는 마치 날아가는 것 같았습니다. 굉장한 속도였지만 무서운 마음은 조금도 들지 않았습니다. 특이하게 보이는 그 말은 아주 조용히 달렸기 때문에 서쪽에서 불어오는 산들바람 같은 동요 외에는 아무것도 느낄 수 없었습니다.

길을 가는 동안 아버지가 딸에게, 말에서 내리게 해주겠다, 나 혼자 야수를 만나러 가겠다고 몇 번이나 말했지만 전부 소용없는 일이었습니다.

아버지가 벨에게 말했습니다.

"잘 생각해보아라, 가엾은 딸아. 지금이라면 아직 늦지 않았다. 그 괴물은 네가 생각하는 것보다 훨씬 더 무섭단다. 네 결심이 아무리 굳은 것이라 할지라도 그놈을 보는 순간 절망하고 말 거야. 그렇게 되면 너는 더 이상 살아날 가망이 없다. 나는 물론 너까지 목숨을 잃게 될 거다."

벨이 신중하게 대답했습니다.

"만약에 제가 행복해질 수 있다는 기대를 품고 그 무시무시한 야수를 만나러 가는 거라면 실제로 만났을 때 기대가 깨질 수도 있을 거예요. 하지만 저는 머지않아 죽을 거라 생각하고 있고, 그건 틀림없는 사실일 테니 저를 죽게 할 상대가 제 마음에 들든, 혹은 제게 소름이 돋게 하든 그런 건 아무래도 상관없는 일이잖아요?"

이런 이야기를 주고받는 동안 밤이 찾아왔으나 말은 어둠 속에서도 역시 발걸음을 늦추지 않고 똑같이 달렸습니다. 그러던 순간 갑자기 깜짝 놀랄 광경이 밤의 어둠을 날려버렸습니다. 온갖 종류의 불꽃—조명탄, 회전불꽃, 태양불꽃 등 화약으로 만들 수 있는 더할 나위 없이 아름다운 모든 불꽃—들이 두 나그네의 눈에 들어온 것이었습니다. 생각지도 못했던 즐거움을 가져다준 그 빛은 숲 전체를 비추며 아주 적당한 온기를 대기로 내뿜었습니다. 이 나라에서는 낮보다 밤에 한층 더 추위가 혹독하게 느껴지기 때문에 그런 따뜻함이 슬슬 필요할 때였습니다.

그렇게 멋진 빛을 받아가며 아버지와 딸은 오렌지 가로수 길로 들어섰습니다. 두 사람이 도착하자 불꽃놀이가 멈췄습니다. 불꽃 대신 모습을 드러낸 것은 손에 횃불을 밝히고 있는 수많은 조각상이었습니다. 그리고 궁전의 정면은 헤아릴 수 없이 많은 칸델라로 덮여 있고, 좌우대칭이 되게 놓인 칸델라는 사랑의 호수나 관을 쓴 장식글자를 이루고 있었는데 L과 B가 두 개씩 겹쳐 있는 것이 보였습니다. 안뜰로 들어서자 축포가 두 사람을 환영했으며, 또 여러 가지 수많은 악기가 부드럽고 우렁찬 소리로

황홀한 음악을 연주했습니다.

벨이 장난스럽게 말했습니다.

"야수는 아마도 배가 많이 고픈가봐요. 먹잇감의 도착을 이렇게 성대하게 축하하는 걸 보니."

곧 자신의 목숨을 빼앗을 것이라 여겨지는 일이 점점 가까워지고 있었기에 벨은 동요하고 있었으나, 차례차례로 나타나서는 더할 나위 없이 아름다운 광경을 펼치는 화려한 축제에 정신이 팔려 아버지에게 이렇게 말하지 않을 수 없었습니다.

"제 죽음을 위한 준비는 세상에서 가장 위대한 임금님의 결혼식보다 더 화려하네요."

말은 입구의 계단 앞까지 와서 멈추었습니다. 딸이 가볍게 말에서 내리자 아버지도 땅으로 내려서 바로 딸을 데리고 현관으로 들어가 예전에 극진한 대접을 받았던 홀로 향했습니다. 두 사람이 거기서 본 것은 커다란 난로의 불과 그윽한 향기를 내뿜는 촛불, 그리고 호화로운 식사가 놓인 테이블이었습니다.

노인은 야수가 손님에게 음식을 대접하는 방법을 잘 알고 있었기에 식사는 우리들을 위한 것이니 먹어도 된다고 딸에게 말했습니다. 벨은 아무런 거부감도 없이 식사를 했습니다. 식사를 한다고 해서 죽음의 순간이 빨리 다가오는 일은 없을 것이라는 사실을 잘 알고 있었기 때문이었습니다. 오히려 그렇게 하면 싫은 것을 참고 억지로 괴물을 만나러 온 것이 아니라는 사실을 이해시킬 수 있을 것이라고 생각했습니다. 자신이 성실한 태도로 대하면 야수의 태도도 부드러워질지 모른다, 이번 사건이 처음 걱정했던 것만큼 비참한 결과로 끝나지는 않을지도 모른다는 생각조차 들었습니다. 무시무시한 야수에 대한 생각 때문에 한껏 겁을 먹고 있었지만 그 야수는 전혀 모습을 드러내지 않았습니다. 궁전 안의 모든 것이 기쁨과 화려함으로 넘쳐나고 있었습니다. 기쁨과 화려함 모두 벨의 도착이 낳은 것이라 여겨진 만큼, 그것은 도저히 장례를 위한 준비라고는 여겨지지 않았습니다.

벨의 기대는 오래 가지 않았습니다. 괴물의 소리가 들려왔기 때문입니다. 그 어마어마한 몸무게와 비늘이 서로 부딪치는 무시무시한 소리와, 소름이 돋을 것처럼 울부짖는 소리가 만들어내는, 온몸의 털이 곤두설 것 같은 소리가 괴물의 도착을 알린 것입니다. 벨은 공포에 사로잡혔고 노인은 딸을 안으며 날카로운 비명을 질렀습니다. 하지만 벨은 바로 감각의 고삐를 다부지게 잡아 동요에서 벗어났습니다. 야수가 다가오는 모습을 보고 속으로는 몸이 부들부들 떨려오는 듯했으나, 흔들림 없는 발걸음으로 다가가 공손하게 깊은 경의를 담아 인사를 했습니다. 그런 태도를 괴물은 기분 좋게 받아들였습니다. 그가 벨을 가만히 바라보다, 결코 화가 난 것은 아니었으나 아무리 용감한 사람이 들어도 오금이 저릴 정도의 목소리로 말했습니다.

"오랜만이군, 노인."

그리고 벨 쪽을 바라보며 같은 목소리로 말했습니다.

"안녕, 벨."

노인은 딸에게 어떤 나쁜 일이라도 일어나는 것이 아닐까 두려웠기에 아직 대답조차 하지 못하고 있었습니다. 그러나 벨은

담담하게 조용하고 야무진 목소리로 말했습니다.

"안녕하세요, 야수 씨."

"너는 스스로 원해서 여기에 온 것이냐? 아버지는 돌려보내고 너만 여기에 남아야 하는데, 그래도 상관없느냐?"

야수가 이렇게 묻자 벨은 그렇게 하라고 대답했습니다.

"오호! 그렇다면 아버지가 떠나고 난 뒤에 너는 어떻게 될 것이라 생각하고 있느냐?"

"당신 마음대로 하세요. 제 목숨을 마음대로 쓰셔도 좋아요. 당신이 결정하신 운명에 그대로 따를 생각이니."

벨이 말했습니다.

"너의 순종적인 모습이 마음에 드는구나. 너는 억지로 끌려온 게 아니니 나와 함께 여기에 머물러야 한다."

야수가 말하고 다시 상인에게 이렇게 덧붙였습니다.

"노인이여, 당신은 내일 아침 해가 떠오르자마자 바로 출발하도록 하시오. 종소리로 알려줄 테니 아침식사를 마치고 나면 한시도 지체해서는 안 되오. 이번에도 같은 말로 당신을 집까지 데려다주겠소. 단, 가족들에게 돌아간 뒤에는 두 번 다시 내 성에 찾아와서는 안 되오. 당신은 영원히 출입금지라는 사실을 잊어서는 안 되오."

그리고 이번에는 벨을 바라보며 야수가 말을 이었습니다.

"너희 아버지를 옆에 있는 의상실로 데려가도록 해라. 거기서 너희 언니, 오빠들이 좋아할 만한 것을 무엇이든 좋으니 마음껏 고르도록 해라. 여행 가방이 2개 준비되어 있으니 거기에 가득 찰 때까지 담아라. 모두가 너를 잊지 않도록 값비싼 것들을 선물하도록 해라."

재물을 아끼지 않는 괴물의 대범함과는 상관없이, 벨은 아버지가 곧 출발해야 한다는 사실에 마음이 흔들려 아주 슬픈 생각이 들었습니다. 그래도 그녀는 야수의 명령에 따를 준비를 했습니다.

"잘 자거라, 벨. 안녕히 주무시오, 노인."

야수는 이렇게 말하고 들어왔을 때와 마찬가지로 두 사람을 남겨놓고 나갔습니다.

둘만 남게 되자 노인은 딸을 꼭 끌어안고 눈물을 줄줄 흘렸습니다. 딸을 괴물이 있는 곳에 남겨두고 떠나야 한다는 것은 그 어떤 고문보다 괴로운 일이었습니다. 딸을 이런 곳에 데려오는 게 아니었다, 문이 열려 있으니 딸을 데리고 돌아갔으면 좋겠는데……. 하지만 벨은 그런 계획은 위험할 뿐만 아니라 나중에 커다란 일이 벌어질지도 모른다며 아버지를 달랬습니다.

야수의 말에 따라 의상실로 들어간 두 사람은 호화로운 물건들을 보고 깜짝 놀랐습니다. 방 안 가득 들어차 있는 수많은 장신구들은 더할 나위 없이 훌륭한 것들뿐이어서, 한 나라의 여왕조차도 이보다 더 아름답고 우아한 것은 바랄 수 없을 것이라 여겨질 정도였습니다. 상점 가운데서도 그보다 더 좋은 물건을 갖추고 있는 곳은 없을 듯했습니다.

벨은 가족의 지금 상태가 아니라 선물을 주는 야수의 부유함과 대범함을 기준으로 삼아, 거기에 가장 잘 어울리는 것이라 생각되는 장신구를 고른 다음, 이번에는 수정으로 된 문에 황금 틀이 더해진 찬장으로 가서 문을 열어보았습니다. 겉모양이 그만큼 화려했기에 보기 드물고 귀중한 보물이 있을 것이라고는 예상하고 있었지만, 온갖 종류의 보석들이 산더미처럼 쌓여 있었기에 벨의 눈은 그 눈부심을 견딜 수가 없을 정도였습니다. 벨은 명령에 따르기 위해서 망설임 없이 어마어마한 양의 보석을 취해 오빠들과 언니들에게 주려고 만들어두었던 선물 더미에 그것을 더했습니다.

마지막 찬장의 문을 열어보니 금화가 가득 들어차 있는 금고와 다를 바 없었기에 벨은 생각을 바꾸었습니다.

"제 생각에는요, 여행 가방을 두 개 모두 비우고 현금으로 가득 채우는 게 좋을 것 같아요. 아버지는 그걸 모두에게 원하는 만큼 나눠주세요. 그렇게 하면 누구에게도 비밀을 말하지 않아도 되고, 부를 안전하게 아버지의 것으로 삼을 수 있을 거예요. 보석류가 훨씬 더 값어치가 있지만 그걸 활용하기는 쉽지 않을 거예요. 그것을 사용하려면 누군가에게 팔거나 맡길 수밖에 없는

데, 그러면 상대방은 아버지에게 선망의 시선을 던지게 될 거예요. 누군가를 믿어버리면 그것 때문에 목숨을 잃게 될지도 몰라요."

딸이 아버지에게 계속해서 말했습니다.

"하지만 금화라면 귀찮은 사건에 휩싸이는 일 없이 간단하게 땅과 집을 손에 넣기도 하고 값비싼 가구나 장신구나 보석도 살 수 있을 거예요."

아버지는 딸의 말이 옳다고 생각했습니다. 하지만 딸들에게 액세서리와 장신구도 선물하고 싶었기 때문에 금화 넣을 공간을 만들기 위해, 자신이 쓰려고 골라두었던 물건들을 가방에서 꺼냈습니다. 거기에 많은 양의 현금을 넣었습니다만, 가방은 좀처럼 가득 차지 않았습니다. 여행 가방은 신축성이 있는 주름상자처럼 되어 있었기에 넣으면 넣을수록 부피가 늘어났습니다. 조금 전에 가방에서 꺼냈던 보석을 다시 넣을 수 있었으며, 결국에는 아버지가 원하던 것 이상의 물건을 넣을 수 있었습니다.

아버지가 딸에게 말했습니다.

"현금이 이렇게 많으니 보석류는 상황을 봐가면서 팔면 되겠구나. 네 말대로 재산에 대해서는 누구에게도, 네 언니나 오빠에게도 말하지 않을 생각이다. 내가 부자가 되었다는 사실을 알면, 그 아이들은 시골에서의 생활을 그만두자고 귀찮을 정도로 조를 거야. 하지만 시골은 내가 조용한 행복을 발견한 유일한 장소다. 세상에 가득한 거짓 친구들의 배신 같은 걸, 거기서는 맛본 적이 없었으니."

하지만 여행 가방이 너무 무거워서 코끼리라도 버틸 수 없을

것이라 여겨졌기에 지금까지 그린 희망은 그림의 떡이 아닐까
노인은 생각했습니다.

아버지가 말했습니다.

"야수에게 농락당한 것 같구나. 녀석은 보화를 주는 척하면서
그것을 가져갈 수 없게 한 거야."

벨이 대답했습니다.

"아직 속단하기는 일러요. 야수가 선물을 마음껏 가져가라고
한 건, 아버지가 뻔뻔스럽게 졸랐거나, 욕심 가득한 눈빛을 그에게
던졌기 때문이 아니에요. 장난이라고 하기에도 너무 유치해요.
괴물이 먼저 말을 꺼냈으니 재화가 아버지의 것이 되도록 틀림없
이 방법을 생각해두었을 거예요. 저희는 여행 가방을 닫아 여기에
두기만 하면 될 거예요. 어떤 마차로 그것을 옮기면 될지는 야수가

잘 알고 있을 테니."

이렇게 신중한 생각은 쉽게 할 수 있는 것이 아닙니다. 노인은 그 의견에 공감하고 딸과 함께 홀로 돌아갔습니다. 둘이서 소파에 앉아 있자니 곧 아침식사가 나왔습니다. 아버지는 전날 밤보다 훨씬 더 잘 먹었습니다. 조금 전의 일로 절망감이 옅어지고 차분함도 되찾아가고 있었기 때문이었습니다. 만약 야수가 두 번 다시 성에 올 생각을 말아라, 이제는 딸을 영원히 못 볼 줄 알라는 등의 잔혹한 말만 하지 않았다면 아버지는 슬퍼하지 않고 출발할 수 있었을지도 모릅니다. 어떤 방법으로도 돌이킬 수 없는 재난은 죽음밖에 없는데, 노인은 아직 그 선언을 명확하게 받은 것은 아니었습니다. 또한 그런 말을 들었다 할지라도 취소가 불가능하지는 않으리라 내심 생각했기에 그렇게 기대하는 마음으로 성의 주인에게 충분한 만족감을 품고 출발하기로 했습니다.

벨은 그다지 만족하지 못했습니다. 도저히 행복한 미래가 준비되어 있을 것이라고는 여겨지지 않았으며, 괴물이 가족에게 산더미처럼 보내는 값비싼 선물은 자기 목숨에 대한 대가가 아닐까, 둘만 남게 되면 자신은 곧 잡아먹혀 버리고 마는 것이 아닐까 하는 불안한 생각이 들었기 때문이었습니다. 어쨌든 자신을 기다리고 있는 것은 영원한 감옥이고, 유일한 길동무는 무시무시한 야수라고 비관하고 있었습니다.

3

멍하니 그런 생각에 잠겨 있자니 두 번째 종이 작별의 시간을 고했습니다. 두 사람은 안뜰로 나갔고 아버지는 거기서 말 두 마리를 발견했습니다. 한 마리는 두 개의 여행 가방을 싣고 가고, 다른 하나는 아버지가 타고 갈 말이었습니다. 고급스러운 외투가 걸려 있고 안장에 마실 것 등을 가득 담은 자루가 놓여 있는 말은 전에도 탔던 것과 같은 말이었습니다. 야수의 세심한 마음씀씀이를 화제로 삼고 싶었으나 말이 울부짖으며 발로 땅바닥을 긁어 작별의 시간이 왔음을 알렸습니다.

상인은 우물쭈물하다 야수를 화나게 할까 두려웠기에 딸에게 영원한 작별인사를 했습니다. 두 마리 말이 바람보다 빨리 달려 한순간에 벨의 시야에서 모습을 감췄습니다. 눈물을 흘리며 자신에게 주어진 방으로 들어간 벨은, 거기서 한동안 더할 나위 없이 커다란 슬픔에 빠져 있었습니다.

그러는 동안 벨은 참을 수 없을 정도의 졸음이 밀려와 편안하게 자고 싶다는 생각이 들었습니다. 한 달도 더 전부터 깊은 잠을 자지 못했기 때문이었습니다. 달리 할 일도 없었기에 침대에 누우려 한 순간, 나이트테이블 위에 놓인 따뜻한 코코아가 눈에 들어왔습니다. 밀려드는 잠 때문에 몽롱한 정신으로 그것을 마시고 나자 순간 눈이 감기고 잠에 빠져버리고 말았습니다. 운명의 장미를 받아든 그 순간 이후, 이렇게 편안히 잠을 잔 적은 없었습니다.

잠에 빠진 벨은 자신이 궁전 안의 한없이 넓은 연못가에 서 있는 꿈을 꾸었습니다. 연못 양 옆으로는 2줄씩, 오렌지나무와 꽃이 핀 아주 커다란 은매화 나무가 심어져 있었습니다. 그 연못가에서 벨은 밖으로 나갈 희망도 없이 죽을 때까지 여기서 살아야 한다는 자신의 서글픈 신세와 불행을 한탄했습니다.

그러자 사랑의 신을 그려놓은 것 같은 아름다운 청년이 마음에 울리는 목소리로 말했습니다.

"벨, 자신이 지금 보이는 것처럼 그렇게 불행하다고 생각해서는 안 됩니다. 다른 곳에서는 부당하게 받지 못했던 상을 당신은 여기서 받게 될 겁니다. 마음의 눈을 떠서 거짓된 겉모습 속에 숨겨진 저의 참모습을 봐주셨으면 합니다. 저와 함께 있는 것이 경멸해야 할 일인지, 당신에게 어울리지 않는 그 가족과 함께 있는 것보다 나은 일인지, 저를 보고 판단해주십시오. 당신의 소망은 무엇이든 이루어질 테니 소원을 빌어보세요. 저는 당신을 진심으로 사랑하고 있습니다. 당신만이 저를 행복하게 할 수 있고, 그것으로 당신도 행복해질 수 있을 겁니다. 스스로를 배신해서는 안 됩니다. 당신은 아름다움에 있어서도 그런 것처럼, 마음의 여러 가지 자질에 있어서도 다른 여자들보다 훨씬 뛰어나니 저희는 완벽한 행복을 손에 넣을 수 있을 겁니다."

더할 나위 없이 매력적인 그 환상은 이렇게 말한 뒤, 그녀의 무릎 아래에 나타나 여러 가지 기쁜 약속과 진심으로 가득한 말들을 해주었습니다.

"제발 한시라도 빨리 저를 행복하게 해주셨으면 좋겠습니다.

그건 오직 당신만이 할 수 있는 일입니다."

뜨거운 목소리로 이렇게 말했습니다.

"대체 제가 무엇을 할 수 있다는 말이죠?"

벨이 진지하게 물었습니다.

"오직 감사하는 마음에 따르기만 하면 됩니다. 자신의 눈을 믿어서는 안 돼요. 무슨 일이 있어도 저를 버리는 말아주십시오. 제가 견디고 있는 끔찍한 고통에서 저를 구원해주세요."

그 청년은 이렇게 대답했습니다.

이 첫 번째 꿈 이후, 벨은 호화로운 서재에 한 귀부인과 함께 있는 것 같다는 느낌이 들었는데 그 위엄으로 가득한 태도와 놀라울 정도의 아름다움에 깊은 경의를 품고 있었습니다. 귀부인이 다정한 목소리로 가만히 말했습니다.

"사랑스러운 벨. 뒤에 남겨두고 온 가족들 생각에 슬퍼할 필요는 없어요. 빛나는 운명이 당신을 기다리고 있으니. 거기에 어울리는 사람이 되고 싶다면, 겉모습의 유혹에 지지 않도록 조심해야 해요."

벨은 5시간 이상이나 계속해서 잤습니다. 그녀가 잠을 자는 동안 그 청년은 여러 장소에서 여러 가지 모습으로 나타났습니다. 어떨 때는 벨을 위해서 우아한 잔치를 열기도 하고, 또 어떨 때는 더없이 깊은 애정을 고백하기도 했습니다. 참으로 포근하기 짝이 없는 잠이었습니다. 가능하다면 계속해서 잠을 자고 싶었지만, 밝은 빛 때문에 눈이 떠졌고 다시 잠을 잘 수가 없었습니다. 그리고 벨은 조금 전에 맛본 즐거움은 단지 꿈일 뿐이라고 생각했습니다.

괘종시계가 벨의 이름을 멜로디에 맞춰서 12번 불러 정오를 알렸기에 벨은 어쩔 수 없이 자리에서 일어났습니다. 가장 먼저 눈에 들어온 것은 여성용 필수품을 완벽하게 갖춘 화장대였습니다. 벨이 스스로도 이유를 알 수 없는 어떤 종류의 기쁨을 느끼며 몸단장을 마치고 홀로 나가보니 마침 점심식사 준비가 막 끝난 참이었습니다.

혼자서 먹는 식사는 빨리 끝나는 법입니다. 자기 방으로 돌아가 소파에 몸을 던지니 꿈에서 보았던 청년의 모습이 마음속에 떠올랐습니다.

"그 사람은 나를 행복하게 해줄 수 있다고 말했어. 아마 그 무시무시한 야수는 이 성의 주인으로 그 사람을 감옥에 가둬버린 걸 거야. 어떻게 해야 구해낼 수 있을까? 겉모습을 믿어서는 안 된다고 자꾸만 말했는데 무슨 뜻인지 하나도 모르겠어. 아아, 난 왜 이렇게 어리석은 걸까? 잠에서 깨어나 눈을 뜨면 사라져버리고 마는 환상에 불과한데 그걸 해명할 이유를 찾으려 고심하다니! 그런 것에 마음을 빼앗기고 있을 때가 아니야. 지금 내가 놓인 처지만을 생각해서 따분함에 지지 않도록 즐거움을 발견해야지."

그로부터 얼마 지나지 않아서 벨은 성에 있는 수많은 방들을 구경하기 시작했는데 그렇게 아름다운 곳은 본 적이 없었기에 완전히 매료되어버리고 말았습니다. 첫 번째 방으로 들어서자 거기는 벽에 거울을 붙여놓은 커다란 서재였습니다. 여러 각도에서 모습을 볼 수 있었습니다. 가장 먼저 눈에 띈 것은 장식이 달린 촛대에 걸려 있는 팔찌였습니다. 그 속에 조금 전 꿈에서 본 그 잘생긴 기사와 똑같이 생긴 사람의 초상화가 들어 있었습니다. 이건 아무래도 착각이 아닌 듯했습니다. 그 사람의 얼굴은 이미 너무나도 선명하게 벨의 머릿속에, 그리고 아마도 그녀의 마음속에까지 새겨져 있었기 때문이었습니다. 벨은 서둘러 그 팔찌를 팔에 찼습니다. 그렇게 해도 되는 건지는 생각할 겨를도 없었습니다.

그 서재에서 회랑으로 들어가 보니 수많은 그림 가운데 조금 전과 같은 사람의, 실물 크기의 초상화가 있었습니다. 그 초상화가 자신을 아주 사랑스럽다는 듯 바라보고 있는 것 같았기에 초상화가 그 사람 자신이라도 되는 양 여겨졌고, 한편으로는 자신의 마음을 들여다보고 있는 것 같다고도 여겨졌기에 벨은 얼굴을 붉혔습니다.

계속해서 걸어가 보니 여러 가지 악기가 가득 들어 차 있는 방이 나왔습니다. 악기는 어떤 것이든 대부분 다룰 수 있었기에 시험 삼아 몇 가지를 연주해보았는데 하프시코드가 자신의 목소리와 잘 어울렸기에 그것이 가장 마음에 들었습니다. 그 방에서 나와 이번에는 그림이 있던 곳과는 다른 회랑으로 들어갔습니다. 거기에는 방대한 양의 책들이 놓여 있었습니다. 벨은 책을 좋아했지만 시골에 들어가 살게 되면서부터는 그런 즐거움이 사라져버리고 말았습니다. 가난에 빠진 아버지가 가지고 있던 책들을 전부 팔아버렸기 때문이었습니다. 이곳에서라면 자신의 왕성한 독서욕도 간단히 만족시킬 수 있고 혼자 지내야하는 따분함도

느끼지 않을 수 있을 듯했습니다. 전부를 둘러보기도 전에 하루가 지나버리고 말았습니다. 밤이 다가오자 모든 방에 향기로운 촛불이 밝혀졌습니다. 그 촛불을 얹어놓은 투명하거나, 혹은 여러 가지 색으로 꾸며진 샹들리에는 크리스털글라스가 아니라 다이아몬드와 루비로 만들어진 것이었습니다.

언제나 정해진 시간이 되면, 언제나 똑같이 정성스럽게, 언제나 세련된 방법으로 식사가 준비되었습니다. 벨 앞에 사람의 그림자라고는 전혀 없었습니다. 너는 혼자가 될 거라고 아버지가 말한 그대로였습니다. 그런 고독에도 익숙해졌을 무렵, 벨의 귀가 야수의 기척을 느끼기 시작했습니다. 아직 혼자서 야수와 만난 적도 없었고, 만나면 어떻게 될지도 몰랐으며, 야수가 자신을 잡아먹으러 올 우려조차 있었기 때문에 두려움을 느끼지 않을 수 없었습니다. 그러나 눈앞에 나타난 야수의 태도에 사나운 기색은 전혀 없었기에 벨의 공포심은 점점 사라져갔습니다. 그 이상한 모습의 거인이 둔중한 목소리로 말했습니다.

"안녕, 벨."

벨이 부드러운, 그러나 조금은 떨리는 목소리로 같은 인사를 했습니다.

괴물이 여러 가지 질문을 하고, 시간을 어떻게 보냈냐고 물었기에 벨은 이렇게 대답했습니다.

"당신의 궁전을 구경하며 하루를 보냈는데 너무 넓어서 헤아릴 수 없이 많은 방과 그 안에 있는 아름다운 것들을 전부 보기에는 시간이 부족했어요."

"너는 이곳의 생활에 잘 적응할 수 있을 것 같니?"

야수가 물었습니다.

"이렇게 멋진 곳에서 사는 건 그렇게 어려운 일이 아니에요."

아가씨가 예의 바르게 대답했습니다. 같은 화제에 대해서 1시간가량이나 이야기를 나누는 동안 벨은 야수가 소름이 돋을 것 같은 목소리를 억지로 짜내고 있다는 사실과 야수에게는 난폭함이 아닌 우둔한 경향이 있다는 사실을 간단히 꿰뚫어볼 수 있었습니다.

야수가 같이 잠을 자게 해줄 수 있느냐고 직접적으로 물어왔습니다.

"아아, 이젠 모든 게 끝이야."

뜻밖의 질문에 공포심이 되살아난 벨이 자신도 모르게 비명처럼 소리를 질렀습니다.

"아니, 절대로 그렇지 않아. 그러니 무서워하지 말고 분명하게 대답해줘. 그렇게 해줄 건지, 말 건지, 분명하게 말해줘."

야수가 온화한 목소리로 말했습니다.

"그럴 수 없어요."

벨이 떨면서 대답하자 온순한 야수가 말했습니다.

"그래, 알았다. 네가 원하지 않으니 나는 그만 물러나기로 하지. 잘 자렴, 벨."

"안녕히 주무세요, 야수 씨."

두려움에 떨고 있던 아가씨는 진심으로 마음이 놓여 이렇게 대답했습니다.

폭력에 대한 두려움이 사라졌기에 아가씨는 크게 기뻐하며 안심하고 침대에 누워 잠이 들었습니다. 잠시 후, 사랑스러운 수수께끼 속 청년이 벨의 정신 속으로 되돌아왔습니다. 그가 부드러운 목소리로 이렇게 말하는 듯했습니다.

"소중한 벨, 당신을 다시 만날 수 있다는 건 커다란 기쁨입니다. 하지만 당신에게 차가운 대접을 받는 건 참으로 괴로운 일입니다. 길고 긴 짝사랑을 각오해야 한다는 점은 저도 잘 알고 있습니다."

벨의 상념 속 풍경이 바뀌어 청년이 그녀에게 왕관을 내밀고 있는 것 같다는 생각이 들었습니다. 꿈결 속이라 그런지 그는 정말 여러 가지 모습으로 나다났습니다. 그녀의 발아래 무릎을 꿇고 있는가 싶다가도 커다란 기쁨에 취한 듯했고, 때로는 줄줄 눈물을 흘려 그녀의 마음 깊은 곳을 흔들어놓기도 했습니다. 기쁨과 슬픔이 한데 뒤섞인 꿈은 하룻밤 내내 계속되었습니다. 눈을 떴을 때 사랑스러운 그 사람의 모습이 마음속에 선명하게 새겨져 있었기에 벨은 그 초상화를 찾아가서 다시 한 번 둘의 모습을 대조해, 자신의 느낌이 틀리지 않았음을 확인하려 했습니다. 서둘러 그림이 있는 회랑으로 달려가 보고, 바로 그 사람이라는 사실을 지금까지보다 훨씬 더 분명히 알 수 있었습니다. 얼마나 오랜 시간 그 그림을 황홀하게 바라보았는지 모릅니다. 하지만 벨은 자신의 나약함이 부끄럽게 여겨져 팔에 차고 있는 팔찌의 초상화를 보는 것만으로 참아야겠다고 생각했습니다.

그렇게 해서 낭만적인 상상에 마침표를 찍기로 한 벨은 정원으로 나갔습니다. 날씨에 이끌리듯 산책을 나가보니, 눈에 마법이 걸린 것처럼 이렇게 아름다운 모습은 자연 속에서 본 적이 없었습니다. 나무들 사이에 장식된 멋진 조각상과 수많은 분수가 공간을 꾸미고 있었는데 그것들은 거의 시야에서 사라질 정도로 높이 솟아 있었습니다.

벨이 가장 놀란 것은 꿈속에서 수수께끼의 청년과 만났던 곳과 같은 곳이 거기에 있다는 사실이었습니다. 그 가운데서도 오렌지나무와 은매화 나무에 둘러싸인 커다란 연못을 보았을 때는, 더 이상 허구라 여겨지지 않는 그 꿈을 어떻게 생각해야 좋을지 모르겠다는 생각이 들었습니다. 야수가 누군가를 궁전에 가두어둔 것이라고 생각하면 모든 일을 설명할 수 있을 것처럼 여겨지기도 했습니다. 그날 밤에라도 당장 해명을 해야겠다며 평소와 다름없는 시간에 찾아올 야수에게 물어보기로 결심했습니다. 그날은 체력이 허락하는 한 곳곳을 돌아다녔으나 그래도 궁전 전부를 볼 수는 없었습니다.

전날 보지 못했던 방들도 다른 방에 뒤지지 않을 만큼 볼 만한 가치가 있는 곳들이었습니다. 벨의 주위에는 악기와 진귀한 물건들이 가득 들어차 있었으며, 또 다른 서재 안에는 바느질을 할 때 쓰는 도구가 있었습니다. 그 방에는 포대, 매듭을 만들기 위한 베틀의 북, 재단가위, 온갖 종류의 바느질 작업을 위해 만들어진 작업장 등, 다시 말해서 모든 것이 갖춰져 있었습니다. 그 멋진 방에 있는 창문 가운데 하나를 통해서 장엄하고 화려한 회랑이 보였는데, 거기서는 이 세상에서도 가장 아름다운 나라를 볼 수 있었습니다.

그 회랑에는 진귀한 새들로 가득한 새장이 일부러 가져다놓은 것처럼 놓여 있었는데 벨이 다가가자 그 새들 모두가 멋진 합창을 해주었습니다. 또 그 새들이 그녀의 어깨 위에 앉으려 다가왔는데, 애정이 깊은 그 동물들은 벨에게서 가장 가까운 곳까지 다가오려 서로 경쟁을 했습니다.

벨이 새들에게 말을 걸었습니다.

"아름다운 새장 속의 새들아, 멋진 새들아. 너희들이 내 방에서 이렇게 멀리 떨어진 곳에 있다니, 정말 안타깝구나. 옆에 있으면 너희들의 노래를 종종 들을 수 있을 텐데."

　이렇게 말하며 문을 연 벨은 깜짝 놀라지 않을 수 없었습니다. 성 안의 건물을 구성하고 있는, 하나로 이어진 방들을 빙 돌아서 간신히 도착한 그 아름다운 회랑에서 멀리 떨어져 있어야 할 자신의 방에 도착해 있었기 때문이었습니다. 옆방에 새들이 있다는 사실을 그때까지 감추고 있던 마룻귀틀의 문이 열린 것이었습니다. 새들의 소리를 듣고 싶지 않을 때는 그 문이 소리를 막아주었기에 아주 편리했습니다.

　다시 계속해서 걸어가 보니 깃털이 달린 다른 동물들의 떼가 보였습니다. 종류와 색도 여러 가지인 앵무새들이었습니다. 벨이 모습을 드러내자 모두가 일제히 말을 하기 시작했습니다. 어떤 앵무새는 안녕하고 인사를 했으며, 어떤 앵무새는 아침을 달라고 했고, 귀여운 세 번째 앵무새는 벨에게 키스를 해달라고 졸라댔습니다. 몇 마리의 앵무새들은 오페라의 아리아를 노래했으며, 다른 몇 마리는 훌륭한 작가들의 시를 낭송하는 등 모두가 벨을 즐겁게 해주려 했습니다. 새장 속의 새들에게도 뒤지지 않을 만큼 우아하고 사람을 잘 따르는 앵무새들의 존재가, 벨을 진심으로 기쁘게 해주었습니다. 이야기를 나눌 상대가 생긴 것은 더할 나위 없이 기쁜 일이었습니다. 벨에게 있어서 침묵은 고통이기 때문이었습니다. 몇 마리의 앵무새에게 질문을 해보니 동물이라 여겨지지 않을 정도로 재치 있는 대답이 돌아왔습니다. 벨이 마음에 든 앵무새를 한 마리 고르자 다른 앵무새들이 편애를

한다고 질투하며 쉬지 않고 불만을 털어놓았습니다. 벨은 모두를 쓰다듬어주고 언제든 보고 싶으면 놀러 와도 된다고 그들을 달래주었습니다.

거기서 멀지 않은 곳에 여러 가지 체격을 가진 원숭이의 커다란 무리가 있었습니다. 큰 원숭이, 작은 원숭이, 꼬리가 감긴 원숭이, 인간의 얼굴을 한 원숭이, 그 외에 턱수염이 하얀색이나 녹색이나 검은색이나 연분홍색인 원숭이들도 있었습니다.

벨이 마침 그곳을 지나가자 원숭이들이 자기들의 방 출입구로 나와 그녀를 맞이해주었습니다. 공손하게 인사를 하고, 몇 번이고 공중제비를 돌았으며, 그녀의 방문을 얼마나 영광으로 생각하고 있는지를 몸짓으로 보여주었습니다. 성대하게 환영을 해주려고 원숭이들이 그물 위에서 춤을 추었는데 훌쩍훌쩍 공중을 날아다니는 그 훌륭한 솜씨와 가벼운 몸놀림은 달리 비교할 데가 없을 정도였습니다. 벨은 원숭이들에게 아주 만족했지만, 수수께끼의 청년에 대해서 알 수 있을 만한 단서가 아무것도 없다는 점은 불만이었습니다. 수수께끼에 대해 알기를 포기하고 꿈에서 본 것은 그저 망상에 지나지 않는다고 생각하며 여러 가지 방법으로 잊으려 애를 써보았으나 아무래도 잊을 수가 없었습니다. 벨은 원숭이들을 쓰다듬고 다정하게 어루만지며 몇 마리인가 따라와서 시중을 들어주지 않겠느냐고 말했습니다.

그 순간 마치 기다리고 있었다는 듯이 궁정에서 일하는 사람의 옷을 입은 두 커다란 암원숭이가 정중하게 앞으로 나와 벨의 양 옆에 섰습니다. 그리고 두 마리의 활발한 원숭이가 그녀의

드레스 자락을 들어 시종과 같은 역할을 해주었습니다. 시신의 복장을 한 유쾌한 원숭이가 정중하게 장갑을 낀 손을 내밀자 벨은 이 기묘한 무리들의 시중을 받으며 식당으로 향했습니다. 식사를 하는 동안에는 새들이 악기처럼 내내 지저귀어 앵무새들의 노랫소리에 정확하게 반주를 했습니다. 그것은 최신 유행의 가장 아름다운 아리아였습니다.

연주회 동안 벨의 하인을 자청한 원숭이들은 단번에 각자의 지위와 역할을 결정하고 바로 임무 수행에 들어갔습니다. 의례에 따라서 여왕을 모시는 궁정의 신하에 어울리는 기량과 경의로 벨의 시중을 들었습니다.

식사가 끝나자 또 다른 한 무리가 새로운 볼거리로 벨을 즐겁게 해주기 위해서 찾아왔습니다. 매우 보기 드문 방법으로 비극을 연기하는 여러 종류의 배우들이었습니다. 신사인 수원숭이와 숙녀인 암원숭이들은 자수와 진주와 다이아몬드로 한껏 장식한 무대의상을 입고 각자의 대사에 꼭 맞는 몸짓을 했습니다. 대사를 말하는 것은 앵무새들이었는데 아주 분명하고 아주 적절한 순간에 말을 했기에 새들이 연기자들의 가발이나 망토 속에 숨어 있다는 사실을 알지 못했다면 이 새로운 종류의 연기자들이 입을 빼끔거리기만 하고 있다는 사실은 눈치채지 못했을 것입니다. 이들 연기자를 위해서 특별히 만들어진 듯한 그 연극을 벨은 아주 흥미롭게 보았습니다. 비극이 끝나자 배우 중 하나가 벨 앞으로 와서 멋들어지게 인사를 하고, 너그럽게 봐주셔서 감사하다고 말했습니다. 그 후로는 벨의 시중을 들기 위해서 따라왔던 원숭이들만 남았습니다.

저녁을 먹고 나자 평소와 다름없이 야수가 찾아와 벨과 이야기를 나누었습니다. 같은 질문과 같은 대답 뒤에 "잘 자렴, 벨." 하고 대화는 끝나버렸습니다. 의복을 담당하는 암원숭이들이 여주인의 옷을 벗겨주고 침대에 들어가게 한 뒤, 새들이 있는 방의 창을 열어주는 배려도 빈틈없이 해주었습니다. 새들이 낮에보다 조용하게 노래를 불러 잠으로 유혹하고 오감을 쉬게 했는데, 멋진 연인과 재회하는 기쁨을 벨에게 주기 위해서였습니다.

벨이 지루함을 느낄 틈도 없이 며칠이 지났습니다. 한순간, 한순간이 새로운 즐거움으로 채색되어 있었습니다. 원숭이들은 솜씨 좋게도 서너 번의 연습만으로 각자가 한 마리씩의 앵무새를 조련해 나갔습니다. 앵무새는 통역이 되어, 원숭이가 몸짓으로 어떤 동작을 취하면 그것과 같은 속도와 정확함으로 벨의 질문에 답했습니다. 이렇게 되자 매일 밤 야수와의 만남을 참아야 한다는 것만이 유일하게 벨의 마음을 무겁게 하는 일이었는데 그것은 짧은 시간에 끝나는 일이었습니다. 게다가 벨이 온갖 종류의 즐거움을 맛볼 수 있는 것은 틀림없이 그 야수 덕분인 듯했습니다.

그 괴물이 온순했기에 벨은 꿈에서 만나는 사람에 대해서 뭔가 이야기를 해줄 것도 같다는 생각이 들어 가끔 물어볼까도 싶었습니다. 하지만 야수가 자신을 사랑하고 있다는 사실을 너무나도 잘 알 수 있었고, 그런 질문은 야수의 질투를 살 우려가 있었기 때문에 조심하기 위해서 입을 다물어 호기심을 만족시키려 하지는 않았습니다.

벨은 마법의 궁전에 있는 모든 방을 몇 번이고 거듭해서 둘러보았습니다. 신기한 것, 진귀한 것, 호화로운 것에는 자연스럽게 눈이 가는 법입니다. 벨은 아직 한 번밖에 본 적이 없는 커다란 살롱으로 발걸음을 옮겼습니다. 그 방에는 네 면에 창이 있고, 그 가운데 열려 있는 것은 두 군데뿐이었는데 희미한 빛밖에 보이지 않았습니다. 벨은 방을 조금 더 밝게 해야겠다고 생각했습니다. 그런데 창을 열면 빛이 들어오리라 생각했던 그곳에는 막힌 공간이 있을 뿐이었습니다. 그곳은 넓기는 했지만 어두컴컴했으며 보이는 것이라고는 멀리서 들어오는 희미한 빛뿐이었습니다. 그것도 아주 두꺼운 베일을 통해서 벨이 있는 곳까지 오는 듯했습니다. 무엇을 하는 곳일까 생각하고 있자니 갑자기 환하게 빛이 비추어 눈이 부셨습니다. 막이 오르고 그 뒤에서 나타난 것은 멋진 조명이 비추고 있는 극장이었습니다. 계단식 객석과 관람부스에 위치한 관람석에는 자태와 용모가 더할 나위 없이 아름다운 남녀들이 앉아 있었습니다.

그때 조용한 교향곡이 들려왔습니다. 그것이 끝나자 원숭이와 앵무새가 아닌 진짜 배우들이 매우 아름다운 비극을 생생하게 연기했으며, 그 다음의 짧은 연극 역시 장르는 달랐지만 첫 번째 연극에도 뒤지지 않을 만큼 훌륭한 것이었습니다. 벨은 연극 관람을 좋아했습니다. 도회를 떠난 이후 유일하게 그리워했던 오락이 바로 연극 관람이었습니다. 옆에 있는 관람부스의 융단이 어떤 천으로 되어 있는지 보려 했으나, 벨은 자리의 경계에 있는 유리에 막혀버리고 말았습니다. 그것으로 알게 되었는데 현실이

라고 생각했던 것은 사실 트릭에 지나지 않으며, 크리스털을
사용해서 여러 가지 사물을 반사하여 세상에서 가장 아름다운
거리에 있는 극장의 모습을 그녀가 있는 곳으로 보내오는 구조였
습니다. 아주 먼 곳에서 반사를 시켜 보내오는 광학기술의 걸작이
었습니다.

　연극이 끝난 뒤에도 벨은 한동안 자리에 앉아 사교계의 사람들
이 나가는 모습을 바라보았습니다. 그곳이 어두워졌기에 벨의
마음도 자연스럽게 다른 장소로 옮겨갔습니다. 극장을 발견했다
는 사실이 기뻐서 앞으로도 자주 이용을 해야겠다고 생각하고
정원으로 나갔습니다. 거듭되는 기적에 익숙해진 벨은 그것이
일어나는 것도 전부 자신을 위해서, 자신을 즐겁게 해주기 위해서
라는 생각에 기쁜 마음이 들었습니다.

4

저녁을 먹고 나자 평소와 다름없이 야수가 찾아와 오늘 하루는 무엇을 하며 보냈냐고 물어보았습니다. 벨은 여러 가지 오락에 대한 이야기를 자세하게 들려주고, 극장에 갔었던 일도 이야기했습니다.

그러자 둔중한 짐승이 말했습니다.

"너는 그런 걸 좋아하는구나. 무엇이든 좋아하는 것을 바라렴, 그것이 손에 들어올 테니. 너는 정말 아름다워."

벨은 예의를 다하려 하는 야수의 그 어리숙한 방법에 마음속으로 쓴웃음을 지었습니다. 하지만 웃음을 지을 수 없는 건 언제나 던지는 질문입니다.

"너와 같이 자도 되겠니?"

바로 이 질문으로 벨의 기분을 어둡게 만들었습니다.

"아니요."

이렇게 거절하면 그것으로 대화는 끝났지만, 이 만남에서 야수가 보인 온순한 모습에도 벨은 안심할 수 없었습니다. 벨은 그 사실이 매우 걱정스러워졌습니다.

'앞으로는 어떻게 되는 거지?'

마음속에서 스스로에게 물어보았습니다.

'만날 때마다 내게 자신과 함께 자고 싶냐고 묻는 것은 야수가 아직도 나를 사랑하고 있기 때문이야. 여러 가지로 친절하게 대해주는 것이 그 증거야. 야수는 자신의 요구를 끈질기게 강요하

지도 않고 거절당해도 조금도 원망스럽게는 생각하지 않지만, 그래도 언제 인내심의 한계를 느낄지, 또 그 때문에 내가 언제 죽게 될지 알 수 없는 일이야. 그렇게 되지 않을 거라고 누가 보장할 수 있겠어.'

그런 생각에 빠져 있는 동안 정신이 멍해지기 시작했으며, 침대에 들어갔을 때에는 벌써 날이 밝으려 하고 있었습니다. 모습을 드러내기 위해서 오로지 이 순간만을 기다리고 있던 수수께끼의 청년이 벨의 지각을 부드러운 말로 책망했습니다. 벨이 슬픈 듯 생각에 잠겨 있는 모습을 보고 이곳의 무엇이 마음에 들지 않는 것이냐고 물었습니다.

"그 괴물 외에 마음에 들지 않는 건 아무것도 없어요. 매일 밤 만나고 있으니 곧 익숙해지겠지만, 야수가 저를 사랑하고 있기 때문에 어떤 난폭한 짓을 하지나 않을까 걱정이에요. 야수가 제게 어설픈 말로 칭찬을 하는 것도 제가 결혼해주길 바라기 때문이라고 생각해요."

벨이 말하고 다시 수수께끼의 청년에게 물었습니다.

"당신은 야수의 소원대로 하는 게 좋겠다고 생각하시나요? 아아, 설령 야수가 추한 모습과 똑같은 정도로 매력적이었다 해도 당신 때문에 제 마음으로 들어오는 문은 야수에게도, 다른 누구에게도 닫혀버리고 말았어요. 부끄러워하지 않고 고백하겠어요. 제가 사랑하는 건 당신뿐이에요."

멋진 고백에 왕자는 황홀한 마음이 들었지만 단지 이렇게 대답할 뿐이었습니다.

"당신을 사랑해주는 사람을 사랑하세요. 겉모습에 속아서는 안 돼요. 그리고 저를 감옥에서 꺼내주세요."

어떤 설명도 없이 반복되는 이 말을 듣고 벨은 견딜 수 없이 괴로워졌습니다.

"당신은 제가 어떻게 해주기를 바라시는 거죠? 어떤 희생을 치르더라도 당신을 자유롭게 해드리고 싶어요. 하지만 당신이 그 방법을 가르쳐주시지 않는 한 제 마음은 헛바퀴만 돌 뿐이에요."

수수께끼의 청년이 뭔가 대답을 하기는 했지만 너무나도 막연해서 그녀로서는 조금도 이해할 수가 없었습니다. 기괴하기 짝이 없는 것들이 눈앞으로 헤아릴 수도 없이 스치고 지나갔습니다. 괴물이 보석으로 반짝이는 옥좌에 앉아 옆자리에 앉으라고 자신

을 부르는 모습이 보였습니다. 바로 뒤에는 수수께끼의 청년이
황급히 야수를 옥좌에서 끌어내리고 자신이 그 자리에 앉았습니
다. 다시 야수가 힘을 내자 이번에는 수수께끼의 청년의 모습이
사라져버렸습니다. 무슨 말인가를 하는 목소리가 검은 베일 너머
에서 들려오기는 했지만, 베일이 목소리를 변질시켜 어딘가 으스
스한 기분이 들게 했습니다.

잠을 자는 내내 이런 식으로 시간이 흘렀습니다. 편안한 잠을 방해받았지만 벨은 언제나 벌써 눈을 떠야 하는 걸까 하고 생각했습니다. 눈을 뜨면 그녀의 마음을 차지한 사람이 사라져버리고 말기 때문이었습니다. 몸단장을 마치고 나면 여러 가지 일들과 책과 동물들이, 연극 상연 시간까지 그녀를 즐겁게 해주었습니다. 벌써 연극을 보러 갈 시간이 되었습니다. 그런데 그녀가 간 곳은 같은 극장이 아니라 오페라 극장이었습니다. 자리에 앉자마자 공연이 시작되었습니다. 공연물은 아주 훌륭한 것이었고, 관객들도 그에 못지않게 훌륭했습니다. 거울은 관람부스 속 사람들이 입고 있는 옷의 섬세한 부분까지 또렷하게 비추고 있었습니다. 벨은 인간의 모습을 보자 반가운 마음이 들었습니다. 그들 중에는 아는 사람의 모습도 있었습니다. 그 사람들에게 말을 걸거나 이쪽의 목소리를 전할 수 있었다면 아주 즐거웠을 것입니다.

낮 동안에는 전에 없이 즐거운 시간을 보냈지만 그 이외의 시간은 궁전에 온 뒤로 보낸 나날과 똑같았습니다. 저녁이 되면 야수의 방문이 있었고, 그 후에는 평소와 다름없이 방으로 돌아갔습니다. 밤도 언제나처럼 즐거운 꿈으로 가득했습니다. 눈을 뜨면 같은 숫자의 하인들이 벨의 시중을 들었습니다. 점심식사를 마치고 난 뒤 시간을 보내는 방법은 여러 가지였습니다.

전날에는 두 번째 창문을 열었더니 오페라 극장이었습니다. 여러 가지 오락을 즐기고 싶었기에 세 번째 창문을 열었더니 생 제르맹 정기시장에서 즐길 수 있도록 되어 있었습니다. 당시의 정기시장은 지금보다 훨씬 더 화려했습니다. 아직은 사교계 사람들이 나올 시간이 아니었기에 벨은 시간을 들여 무엇이든 보기도 하고 감상하기도 할 수 있었습니다. 더할 나위 없이 진귀한 물건들과 자연의 경이로운 산물, 미술품도 보였습니다. 아무리 작고 사소한 물건이라도 벨의 눈에 들어왔습니다. 우선은 인형극을 보았는데 충분히 즐거웠습니다. 오페라 코미크는 참으로 훌륭한 것이어서 벨은 아주 만족했습니다. 밖으로 나오니 멋진 차림을 한 사람들이 상점가를 돌아다니는 모습이 보였습니다. 벨은 그 가운데서 프로 도박사들을 발견했습니다. 그들은 마치 직장에 다니듯 이곳으로 찾아옵니다. 개중에는 승부를 겨룬 상대방의 솜씨에 당해서 손해를 보았기에 들어올 때의 활기를 잃고 나가는 사람도 있었습니다. 승부는 운에 맡긴 채 돈을 거는 것이 아니라, 이익을 위해서 도박을 하는 신중한 도박사들도 그 빠른 손놀림을 벨에게 숨길 수는 없었습니다. 지고 있는 사람에게 속임수를 가르쳐주고 싶었지만, 아주 멀리 떨어져 있기 때문에 그럴 수는 없었습니다. 벨은 모든 것을 분명히 듣고 볼 수 있었지만, 상대방에게 자신의 목소리를 전하거나 자신의 모습을 보여줄 수는 없었습니다. 그녀가 보고 있는 장면과 듣고 있는 소리를 보내주고 있는 반사경은, 반대편으로 그러한 것들을 보낼 수 있을 만큼 정교하지는 않았기 때문이었습니다. 그 모든 것들은 대기와 바람을 넘어 텔레파시처럼 그녀가 있는 곳에 이르렀습니다. 벨은 그 사실을 잘 헤아리고 있었기에 억지스러운 시도는 하지 않았습니다.

이제 방으로 가야 할 시간이라고 생각하기 전에 이미 밤 12시가

지나 있었습니다. 배라도 고팠다면 그 사실을 깨달았을 테지만, 벨이 있는 관람부스에는 여러 가지 리큐어와 온갖 간식이 가득 든 바구니가 여러 개 있었습니다. 저녁은 짧은 시간에 가볍게 마치고 얼른 자야겠다고 서둘렀습니다. 벨이 조급해한다는 사실을 안 야수는 인사만 하고 방문을 마쳤습니다. 벨이 충분히 잘 수 있도록, 그리고 수수께끼의 청년이 자유롭게 나올 수 있도록 하기 위해서였습니다. 다음날 이후부터도 역시 똑같은 나날이었습니다. 그녀에게 있어서 창은 새로운 오락을 차례차례로 제공해주는 화수분과도 같은 보고였습니다. 아직 3개가 더 있는 창 가운데 하나는 이탈리아 극장의 환락을, 다른 하나는 유럽 가운데서도 가장 미모가 뛰어난 남녀들이 모이는 튈르리 궁의 모습을 보여주었습니다. 마지막 창도 거기에 뒤지지 않을 만큼 멋진 것으로, 그것을 들여다보면 전 세계에서 일어나고 있는 일들을 확실하게 알 수 있었습니다. 그 영상은 재미있고, 내용도 아주 다양했습니다. 당시 유명한 외교사절의 내방, 저명인의 결혼, 혹은 흥미로운 세상의 변화를 볼 수 있었습니다. 얼마 전에 터키 친위보병의 반란이 있었을 때도 벨은 그 창에 있었기에 그것을 마지막까지 지켜볼 수 있었습니다.

언제라도 거기에 가면 즐거운 일이 있다는 사실을 알았기에 처음 이곳에 왔을 무렵 야수를 기다리며 느꼈던 불안도 완전히 사라지고 없었습니다. 야수의 추한 모습을 보는 것도 이제는 익숙해졌고, 어리숙한 질문도 신경이 쓰이지 않게 되었습니다. 그랬기에 이야기를 나누는 시간이 조금 더 길어졌다면 야수를 만나는 것도 조금 더 즐거워졌을 겁니다. 그러나 언제나 같은 내용에 말주변도 없어서 '네.'나 '아니요.'로만 대답할 수밖에 없는 네다섯 가지의 질문은 도저히 좋아할 수 없는 것이습니다.

모든 것이 벨의 생각을 이루어주기 위해서 열심히 노력하고 있는 듯 여겨졌기에 아무도 보지 않는다는 사실을 알면서도 벨은 몸단장에 신경을 쓰게 되었습니다. 물론 그렇게 해서 자신을 기쁘게 해주는 것은 하나의 의무이기도 했습니다. 전 세계의 온갖 의상을 입어보는 것은 기쁜 일이었으며, 의상실에는 그녀가 원하는 것이라면 무엇이든 있었고, 매일 새로운 것이 눈에 띄었기에 간단히 그렇게 할 수 있었습니다. 여러 가지로 차려 입은 벨에게, 세계의 어느 국민들도 멋지게 생각할 것이라는 사실을 거울이 가르쳐주었습니다. 동물들도 원숭이는 몸짓과 손짓으로, 앵무새는 말로, 그리고 새들은 노래로, 각자 자신들이 가진 재능으로 끊임없이 그렇게 되풀이해서 알려주었습니다.

그처럼 감미로운 생활이 벨의 소망을 채워주는 듯했습니다. 그러나 인간은 무엇에든 싫증이 나는 법, 아무리 커다란 행복도 오래 계속되거나, 언제나 같은 일이 반복되거나, 불안도 희망도 없으면 지루하게 느껴지는 법입니다. 벨은 그 사실을 잘 알게 되었습니다. 가족들에 대한 생각이, 정점에 있던 그녀의 행복에 그늘이 지게 하기 시작했습니다. 행복하게 살고 있다는 사실을 가족들에게 알리지 못하는 한 그녀의 행복은 완전한 것이 아니었습니다.

야수를 매일 만나기 때문인지, 아니면 그의 속마음이 다정하다

는 사실을 깨달았기 때문인지 벨은 야수와 친해졌기에 어떤
한 가지 사실을 물어봐도 좋을 것이라는 생각이 들었습니다.
우선 무슨 일이 있어도 절대로 화를 내지 않겠다는 약속을 받아낸
뒤에 과감하게 물은 것은, 이 성에 있는 것은 우리 둘뿐인가
하는 질문이었습니다.

괴물이 약간 거친 목소리로 말했습니다.

"그래, 틀림없는 사실이야. 여기에 있는 생물은 너와 나, 그리고
원숭이와 그 외의 동물들뿐이야."

야수는 이렇게만 말하고 평소보다 일찍 자리를 떴습니다.

벨이 이렇게 물은 것은 오직 그녀의 연인이 이 성에 있는
건지 없는 건지를 알아내기 위해서였습니다. 그를 직접 만나서
이야기를 나눌 수 있다면 얼마나 좋을까요? 그것은 자신의 자유와
그녀를 둘러싸고 있는 온갖 즐거움을 포기하고서라도 손에 넣고
싶은 행복이었습니다. 그 멋진 청년이 그녀의 상상 속에서만
존재한다면, 벨에게는 이 궁전이 언젠가는 자신의 무덤이 될
감옥처럼 여겨질 터였습니다.

밤이 되자 그런 슬픈 생각이 새삼스럽게 엄습해 왔습니다.
벨은 커다란 연못가에 있는 것 같다는 기분이 들었습니다. 비탄에
잠겨 있자니 수수께끼의 청년이 벨의 슬퍼하는 모습에 마음이
매우 아팠는지 자신의 손으로 벨의 손을 부드럽게 감싸듯 하며
말했습니다.

"사랑스러운 벨, 무엇이 당신을 괴롭히고 있나요? 무엇이 당신
을 불안하게 만들고 있나요? 당신에 대한 제 사랑의 이름으로

제발 말씀해주세요. 당신이 바라는 것은 무엇이든 이루어질 것입니다. 여기서는 당신이 유일한 군주, 모든 것이 당신의 명령에 따릅니다. 당신은 어째서 슬픔에 잠겨 계신 겁니까? 당신을 슬프게 만든 건 야수의 모습입니까? 그렇다면 녀석을 쫓아내도록 하겠습니다."

이렇게 말한 수수께끼의 청년이 단검을 뽑아들더니 지금 당장이라도 괴물의 목을 찌르겠다는 듯한 모습을 보였습니다. 괴물은 몸을 지키려 하기는커녕, 청년이 하는 대로 얌전히 공격에 몸을 맡기려 하고 있었습니다. 꿈결에 잠겨 있던 벨은 청년의 의도를 깨닫자마자 바로 일어나 야수를 지키기 위해 달려가려 했는데, 자신이 말리기 전에 수수께끼의 청년이 그 일을 실행에 옮기는 것이 아닐까 걱정되었습니다. 어떻게 해서든 야수를 지키기 위해 그녀가 있는 힘껏 외쳤습니다.

"그만둬요, 짐승 같은 사람! 나의 은인을 죽이려 하다니! 차라리 나를 죽여요."

벨의 외침은 들은 척도 하지 않고 야수에게 집요할 정도로 폭력을 가하던 청년이 분노를 그대로 드러내며 말했습니다.

"결국 당신은 이제 저를 사랑하지 않는다는 말이로군요. 저의 행복을 방해하는 이 괴물의 편을 들다니."

그녀가 여전히 그를 말리며 대답했습니다.

"당신은 은혜도 모르시나요? 저는 당신을 제 목숨보다 더 사랑하고 있고, 그 사랑을 멈추느니 차라리 죽어버리고 말 거예요. 제게 있어서는 당신이 이 세상의 전부이니 이 세상의 어떤 행복과 비교하는 것도 옳지 않고, 저는 그렇게 하지 않을 거예요. 이 세상의 행복 같은 건 아무런 미련도 없이 버리고 아무리 거친 황야에라도 당신을 따라갈 거예요. 하지만 그런 참된 사랑도 저의 감사하는 마음만은 어떻게 할 수 없어요. 제게 있어서는 이 모든 일들이 야수 덕분이에요. 야수는 제 소망을 살펴서 무엇 하나 부족함 없이 보살펴주고 있어요. 당신과 만나 행복을 얻게 된 것도 야수 덕분이에요. 당신이 조금이라도 야수를 모욕하는 것을 용납하느니 저는 차라리 죽음을 택하겠어요."

이런 갈등 뒤, 눈앞에 있던 것들이 사라지고 며칠 전 밤에 만났던 귀부인이 보이는가 싶더니 그 사람이 이렇게 말했습니다.

"힘을 내세요, 벨. 기품 있는 여성의 모범이 되도록 하세요. 당신이 아름다운 것만큼이나 지혜롭다는 사실을 보이도록 하세요. 의무를 위해서 당신의 마음을 희생하기를 망설여서는 안 돼요. 당신이 걷고 있는 길은 행복으로 가기 위한 참된 길이예요. 거짓된 겉모습에 속지 않도록 하면 당신은 행복해질 수 있을 거예요."

잠에서 깨어나 이 꿈을 가만히 되새겨보니 거기에는 비밀이 숨겨져 있는 것 같다는 생각이 들었습니다. 하지만 그것은 아직 풀 수 없는 수수께끼였습니다. 낮 동안에는 아버지를 보고 싶다는 마음이, 꿈속에 나타나는 괴물이나 수수께끼의 청년이 느끼게 하는 불안보다 더 강하게 느껴졌습니다. 이렇게 밤에는 마음이 편하지 않았으며, 낮에도 만족스러움을 느끼지 못하게 된 벨은 더할 나위 없는 풍요로움 속에 있으면서도 연극을 보는 정도

외에는 우울한 마음을 달랠 방법이 없었습니다. 이탈리아의 극장으로 가보았습니다만 첫 번째 막에서 바로 자리를 떴으며, 다음에는 오페라 공연을 보았으나 역시 바로 나와버리고 말았습니다. 어디에 있어도 마음이 답답해서 여섯 개의 창문을 각각 여섯 번 이상이나 열어보았지만 한순간도 마음은 편하지 않았습니다. 밤도 낮과 마찬가지여서 마음은 언제나 안정되지 않았습니다. 슬픔이 그녀의 미모와 건강까지도 해치게 되었습니다.

벨은 몸과 마음을 시들게 하는 그런 괴로움을 야수에게는 애써 숨기고 있었습니다. 괴물은 그녀의 눈에 눈물이 맺히는 것을 몇 번이나 보았지만 그녀가 가벼운 두통이 있을 뿐이라고 말했기에 그 이상은 물으려 하지 않았습니다. 하지만 어느 날 밤, 흐느껴 우는 소리를 야수가 듣고 말았기에 벨은 어쩔 수 없이, 슬퍼하는 이유를 알고 싶어 하는 야수에게 가족들이 보고 싶다고 말했습니다.

이 말을 들은 야수는 스스로의 몸조차 지탱할 힘을 잃고 쓰러져 한숨을 내쉬며, 아니 그보다는 오히려 죽을 만큼 끔찍한 소리로 외치며 말했습니다.

"뭐라고, 벨? 너는 이 불행한 야수를 버리겠다는 말이냐? 믿을 수 없어. 네가 그렇게 은혜를 모르는 사람이었다니. 행복을 느끼기에 뭔가 부족한 점이라도 있는 건가? 너를 이렇게 소중히 생각하고 있으니 나를 싫어하지는 않을 것이라 생각했는데. 너는 매정한 사람이야. 나보다 아버지의 집과 언니들의 질투가 더 좋단 말인가? 여기서 행복하게 지내기보다 양치기를 하러 가는 것이 더

좋단 말인가? 이곳을 떠나려 하는 건 가족을 사랑하기 때문이 아니야. 내가 싫기 때문이야."

벨이 안절부절못하며 달래듯 말했습니다.

"그건 아니에요. 당신을 싫어하지 않아요. 게다가 당신을 다시 만날 희망을 잃게 된다면 그건 저도 싫어요. 하지만 저는 가족을 안고 싶은 마음을 아무래도 참을 수가 없어요. 딱 2개월만 곁을 떠날 수 있게 해주세요. 그러고 난 다음에는 기꺼이 돌아와서 남은 인생을 당신 곁에서 보내겠다고, 그리고 그 외의 다른 것은 결코 바라지 않겠다고 약속할 테니."

이렇게 말하는 동안 야수는 바닥에 쓰러져 머리를 축 늘어뜨리고 있었기에 비통함에 잠긴 한숨을 내쉬지 않았다면 살았는지 죽었는지도 모를 정도였습니다. 야수가 벨에게 대답했습니다.

"나는 너의 말을 무엇 하나 거부할 수 없어. 하지만 그렇게 하면 나는 아마 목숨을 잃고 말 거야. 어쩔 수 없지. 네 침실에서 가장 가까운 방에 상자 네 개가 있어. 무엇이든 좋으니 네가 좋아하는 것들을 거기에 담아가지고 가. 너를 위한 것이어도 상관없고, 네 가족을 위한 것이어도 상관없으니. 만약 약속을 어긴다면 너는 후회하며 가엾은 야수의 죽음을 안타까워하게 될 거야. 하지만 그렇게 되면 모든 게 끝장이야. 2개월 뒤에 돌아온다면 나는 살아 있을 거야. 돌아오기 위해서 따로 채비를 할 필요는 없어. 밤이 되어 방으로 들어가기 전에 가족들에게 인사를 하고 침대에 누워 반지의 보석을 손가락 안쪽으로 돌린 다음, 이렇게 말하기만 하면 돼. 나의 궁전으로 돌아가서 야수를 보고 싶어, 라고. 그럼, 잘 자렴. 아무것도 걱정할 것 없어. 마음 푹 놓고 자도록 해. 내일 아침 일찍에라도 아버지를 볼 수 있을 거야. 잘 가, 벨.”

방에 혼자 남은 벨은 여러 가지 아름다운 것들과 온갖 보화를 서둘러 상자에 담았습니다. 물건을 담기에 지쳤을 무렵 마침내 상자가 가득 찼습니다. 준비가 전부 끝나자 벨은 침대에 누웠습니다. 곧 가족들을 만날 수 있다는 생각 때문에 벌써 잠들었어야 할 시간에도 정신이 맑았습니다. 간신히 졸음이 밀려왔을 때는 이미 일어나야 할 시간이 다가오고 있었습니다. 잠에 빠져들었을 때 멋진 수수께끼의 청년이 나타났으나 전혀 다른 사람 같았습니다. 풀밭에 쓰러져 커다란 괴로움에 몸부림치고 있는 것 같았습니다. 그런 모습에 가슴이 아파 벨은, 자신이라면 그를 커다란 슬픔에서 구할 수 있을 것이라 생각하고 슬퍼하는 이유를 물었습니다. 그러자 연인이 아주 우울한 모습으로 이렇게 말했습니다.

“잔혹한 사람이여, 어떻게 그런 질문을 하실 수 있나요? 당신이 떠나버리겠다고 하셨으니, 그건 물을 필요도 없는 일 아니겠습니까? 저는 사형 선고를 받은 것이나 다를 바 없습니다.”

그녀가 말했습니다.

“제발 부탁이니, 너무 그렇게 슬퍼하지 마세요. 금방 돌아올 거예요. 제가 잔혹한 운명에 빠졌을 것이라고 생각하고 있을 가족들을 만나서 진실을 전하고 싶은 것뿐이에요. 진실을 전하고 나면 곧 이 궁전으로 돌아와서 두 번 다시는 당신 곁을 떠나지 않을 거예요. 이렇게 좋아하는 장소를 어떻게 버릴 수 있겠어요?

게다가 저는 돌아오겠다고 야수에게 맹세했으니 무슨 일이 있어도 약속을 깰 수는 없어요. 그보다 왜 이번 여행 때문에 저희가 헤어져야 한다고 생각하시는 거죠? 당신이 길잡이가 되어주세요. 여행은 내일로 연기하고 야수의 허락을 받을 테니. 야수도 틀림없이 허락해줄 거예요. 그렇게 해주세요. 그렇게 하면 언제나 함께 있을 수 있고, 함께 돌아올 수 있잖아요. 가족들도 당신을 만나면 아주 기뻐할 거고, 정중하게 대접할 거예요."

연인이 대답했습니다.

"당신의 희망에는 따를 수 없어요. 당신이 두 번 다시 여기로 돌아오지 않겠다고 결심할 수 있다면 얘기는 달라지겠지만. 그것만이 저를 여기서 밖으로 나갈 수 있게 하는 유일한 방법입니다. 당신께서 무슨 일을 하려 하는 건지, 잘 생각해보시기 바랍니다. 이곳 주인의 힘은 당신을 억지로 돌아오게 할 수 있을 만큼 강하지는 않습니다. 당신이 돌아오지 않는다 해도, 야수가 슬퍼하는 것 외에는 어떤 일도 일어나지 않을 것입니다."

벨이 약간 흥분한 목소리로 말했습니다.

"있을 수 없는 일이에요! 야수는 제가 약속을 지키지 않으면 죽을 거라고 말했어요."

왕자가 대답했습니다.

"그게 어쨌다는 말입니까? 당신의 만족을 위해서 괴물의 목숨 하나쯤 희생으로 삼아도 문제될 건 없지 않습니까? 그런 괴물이 이 세상에 무슨 도움이 된단 말입니까? 살아 있는 모든 생명으로부터 증오받기 위해 태어난 것과 다를 바 없는 존재가 죽는다

한들, 손해를 볼 사람이 있겠습니까?"

벨이 화를 내며 말했습니다.

"잘 들으세요. 그의 목숨을 지키기 위해서라면 저는 제 목숨까지도 바칠 생각이에요. 괴물과 같은 건 겉모습뿐, 마음씨는 아주 다정한데 추하다고 해서 그를 벌하는 건 잘못된 일이에요. 그건 그 자신의 잘못이 아니니까요. 그렇게 잘 대해준 야수에게 은혜를 원수로 갚는 음흉한 짓은 할 수 없어요."

수수께끼의 청년이 그녀의 말을 가로막고 물었습니다.

"만약 제가 괴물에게 목숨을 잃게 된다면, 그리고 또 만약 어느 한쪽이 다른 한쪽을 죽여야 한다면 당신은 어느 쪽을 돕겠습니까?"

벨이 대답했습니다.

"제가 사랑하는 건 당신뿐이에요. 하지만 저의 사랑이 아무리 크다 해도 야수에 대한 감사의 마음을 약하게 할 수는 없어요. 만약에 그런 비통한 상황에 놓이게 된다면 그 결투의 결과가 가져다줄 괴로움을 맛보기 전에 저는 스스로 목숨을 끊겠어요. 그런데 아무리 상상 속의 일이라고는 하지만 그렇게 슬픈 추측을 하는 게 무슨 소용이란 말이죠? 그런 생각을 하면 섬뜩함에 온몸이 오싹해져요. 다른 이야기를 해요."

그리고 벨은 깊은 사랑에 빠진 연인이 상대 남성에게 할 수 있는 가장 기쁜 말들을 여러 가지로 했습니다. 잠 덕분에 자존심이나 예의에 구애받지 않고, 자연스럽고 자유롭게 행동할 수 있었기 때문에 이성이 충분히 작용하고 있었다면 자제했을 마음까지

그에게 털어놓았습니다. 그렇게 해서 벨은 오랜 시간 잠을 잤습니다. 눈을 뜬 순간 야수가 약속을 어긴 것이 아닐까 걱정되었습니다. 그런 불안을 느끼고 있을 때 귀에 익은 사람의 목소리가 들려왔습니다. 급히 서둘러 커튼을 열어보니 놀랍게도 그녀는 낯선 침실에 있었으며, 가구도 야수의 궁전에 있는 것처럼 호화로운 것들이 아니었습니다.

깜짝 놀란 벨은 벌떡 일어나 문을 열기 위해 갔습니다. 그곳은 생전 처음 보는 방이었습니다. 무엇보다 놀란 것은 어젯밤에 꾸려두었던 4개의 상자가 거기에 있었다는 사실이었습니다. 그녀의 몸과 함께 보물까지 옮겨졌다는 것은 야수의 힘과 다정함을 증명해주는 일이었습니다. 그건 그렇고 여기는 대체 어디 일까요? 이상히 여기고 있는데 어디선가 아버지의 목소리가 들려왔기에 벨은 뛰어 나가 아버지의 목에 안겼습니다. 벨이 나타났기에 오빠들과 언니들도 깜짝 놀라, 저세상에서 온 사람을 보듯 바라보았습니다. 모두가 커다란 기쁨을 온몸으로 드러내며 그녀를 포옹했습니다. 그러나 언니들은 벨을 보고 내심 씁쓸하게 생각하고 있었습니다. 그녀들의 질투심은 사라지지 않았던 것입니다.

5

　다시 만나게 된 기쁨을 마음껏 나눈 뒤에 노인은 사람들을 물러나게 해 벨과 단둘이만 남으려 했습니다. 그 놀라운 여행의 자세한 경과를 벨에게 들려주고 그녀 덕분에 얻게 된 재산이 어떻게 되었는지를 이야기해주기 위해서였습니다. 아버지의 말에 의하면 벨을 야수의 궁전에 남기고 온 날, 아무런 피로도 느끼지 않고 같은 날 밤에 집으로 돌아올 수 있었다고 합니다. 집까지 오는 도중에는 가지고 가는 짐을 자녀들에게 숨길 방법을 여러 가지로 생각한 끝에, 자신밖에 열쇠를 가지고 있지 않은 자기 방 옆의 조그만 방으로 옮길 수 있으면 좋겠다고 생각했으나 그것은 도저히 가능한 일이 아니었습니다. 그런데 집에 도착해 말에서 내리고 보니 가방을 지고 온 말이 보이지 않았기에 재산을 숨겨야 한다는 고민도 단번에 사라지게 되었다고 합니다.

　노인이 딸에게 말했습니다.

　"너에게만은 모든 사실을 고백하겠다. 가방을 빼앗긴 걸까 싶었지만 나는 슬퍼하지 않았다. 그렇게 안타까워할 만큼 오래 가지고 있었던 것도 아니었으니까. 하지만 그 사건은 네 앞길에 희망을 걸 수 없을 것이라는 징표처럼 여겨졌단다. 야수는 거짓말쟁이어서 너에 대해서도 같은 방법을 쓰는 것이 아닐까, 너에 대한 은혜도 역시 그 가방처럼 사라져버리는 것이 아닐까 여겨졌기 때문이란다. 그런 생각이 들자 불안해지더구나. 그런 기분을 감추기 위해서 나는 피곤한 척하고 방으로 들어가 쉬었는데,

그건 누구의 방해도 받지 않고 슬픔에 몸을 맡기기 위해서였단다. 너의 목숨이 위험하다고 생각했단다. 그러나 그런 비탄은 오래 가지 않았단다. 사라졌다고 생각했던 가방이 눈에 들어온 순간, 너는 행복해질 거라고 예감했단다. 왜냐하면 가방이 작은 방의, 마침 내가 놓아야겠다고 생각했던 바로 그곳에 있었기 때문이었단다. 너와 함께 보냈던 홀의 테이블 위에 놓고 왔던 열쇠까지 열쇠구멍에 떡하니 꽂혀 있더구나. 언제나 세심하게 마음을 써주는 야수의 다정함을 새삼스럽게 보여준 그 일 덕분에 나는 아주 기쁜 마음이 들었단다. 그때부터 나는 네가 위험을 무릅쓰고 한 행동이 좋은 결과를 낳을 것이라는 사실을 의심하지 않게 되었단다. 마음씨 좋은 괴물의 성실함에 잘못된 의심을 품고 있던 나 자신을 반성하고, 괴로움을 달래기 위해서 마음속으로 그에 대해 욕을 했던 것을 몇 번이고 사과했단다.

다른 아이들에게 재산이 얼마나 있는지는 말하지 않고, 네가 보낸 선물을 주며 보석은 싸구려라고 생각하게 해두었단다. 그 밖의 것들은 팔아서 생활을 쾌적하게 하기 위해 썼다고 해두었단다. 이 집을 사고 노예를 고용했기에 예전에는 하지 않을 수 없었던 노동도 더는 할 필요가 없어졌단다. 아이들은 여유가 있는 생활을 즐기고 있단다. 내가 원한 것은 그것뿐이었다. 예전에는 과시하고 자랑해서 사람들의 부러움을 사려 했지. 만약 백만장자처럼 행동했다면 또 똑같은 일이 반복되었을 거야. 벨아, 언니들의 남편이 되고 싶다며 모여든 사람들이 몇 명이고 있단다. 나는 그 아이들을 조만간에 결혼시킬 생각이다. 네가 무사히 돌아왔기에 그럴 마음이 든 거야. 네 덕분에 손에 넣은 재산을 네 마음대로 언니들에게 나누어주어 남편을 고르는 괴로움에서 해방시켜준 뒤, 오빠들과 함께 살도록 하자꾸나. 오빠들은 선물을 주어도 너를 잃었다는 슬픔에서 벗어나지 못하더구나. 네가 원한다면 우리 둘이서만 살아도 상관없다."

아버지의 다정함과 오빠들이 보여준 사랑의 징표에 감동한 벨은 여러 가지 제안에 진심으로 감사의 말을 전했지만, 여기서 살기 위해 온 것은 아니라는 사실을 밝히지 않으면 안 된다고 생각했습니다. 아버지는 딸을 노후의 안식처로 삼을 수 없다는 사실을 매우 안타까워했지만, 벗어날 길이 없다는 점을 잘 알고 있는 의무를 딸에게 잊게 하려고는 하지 않았습니다.

이번에는 벨이 아버지에게, 아버지가 집으로 돌아가고 난 뒤에 있었던 일들을 이야기해주었습니다. 그동안 보내온 행복한 생활에 대해서 이야기한 것이었습니다. 노인은 딸에게 일어났던 황홀할 정도의 모든 일들에 크게 기뻐하며 야수에게 감사하는 마음을 몇 번이고 말로 표현했습니다. 아버지가 더욱 기뻐한 것은 벨이 상자를 열어 어마어마한 보화를 보여주었을 때였습니다. 이렇게 해서 새로이 받게 된 야수의 후의는 아들들과 부유하게 살아가기에 충분한 것이었기에, 전에 자녀들을 위해서 가져온 보화는 마음껏 쓸 수 있게 되었습니다. 추악한 몸속에 깃들어 있는 너무나도 아름다운 마음을 괴물 속에서 발견한 아버지는, 그 추함에도 불구하고 딸에게 그와의 결혼을 권해야겠다고 생각했습니다. 딸이 결혼을 결심하도록 하기 위해서 아버지는 아주 강력한 이유를 꺼내들었습니다.

"너는 네 눈을 믿어서는 안 된다. 언제나 감사하는 마음에 따르라는 말을 듣고 있다고 하지 않았느냐? 감사하는 마음이 품게 하는 감정에 따르면 너는 틀림없이 행복해질 거라는 말을 들었다고 하질 않았느냐? 물론 네가 그런 말을 듣는 것은 꿈속에서의 일이다. 하지만 그런 꿈을 우연이라고 하기에는 지금 처한 현실과 너무나도 잘 들어맞고, 또 여러 번 되풀이되었다고 하지 않았느냐? 게다가 너는 커다란 보상을 약속받았다고 하니 혐오감을 극복하기에는 그것이면 충분하지 않겠느냐? 그러니 야수가 같이 자도 되겠냐고 물으면 거절하지 않는 편이 좋을 것 같구나. 너는 야수가 진심으로 사랑하고 있다고 인정했다. 네 결혼이 영원한 것이 될 수 있도록 적절한 조치를 강구해두어라. 좋은 점이라고는 외모밖에 없는 남편을 두는 것보다, 사랑스러운 성격을 가진 남편을 두는 것이 훨씬 더 낫다. 짐승보다 멍청하고 어리석은 부자와 결혼하는 아가씨들이 얼마나 많은지 모르겠구나. 야수가 짐승인 건 겉모습 때문이지 마음씨나 행동 때문은 아니지 않느냐."

벨은 아버지의 말에 틀린 곳은 하나도 없다는 사실을 인정하지 않을 수 없었습니다. 하지만 모습은 섬뜩하고 정신도 그 몸처럼 둔중한 괴물을 남편으로 삼겠다는 결심은 도저히 생길 것 같지 않았습니다.

그녀가 아버지에게 대답했습니다.

"대체 어떻게 해야 말도 통하지 않아서 즐거운 대화로 외모의 결점을 메울 수도 없는 상대를 남편으로 삼아야겠다고 결심할 수 있는 거죠? 가끔은 떨어져서 마음 편하게 지낼 시간도 없고, 기분전환이라고 해봐야 제 식욕과 건강에 대한 대여섯 가지의 질문을 받는 것과 그런 기묘한 대화가 '잘 자렴, 벨'이라는 말로 끝나는 것을 보는 것이 고작이에요. 그런 말은 앵무새들조차 벌써 외워서 하루에 몇 백 번이고 되풀이해요. 전 도저히 그런 결혼은 할 수 없어요. 두려움과 슬픔과 싫증과 따분함으로 하루하루 숨 막히는 생활을 하기보다는 차라리 단번에 숨을 끊어버리는 편이 나을 거예요. 야수에게 호감을 가질 만한 것은 하나도 없어요. 방문 시간을 짧게 해주거나, 24시간 간격으로 제 앞에 모습을 드러내는 배려를 해주는 것을 제외하고는요. 애정을 품기에 그것으로 충분하다고 생각하시는 건가요?"

아버지는 딸의 말에도 일리가 있다고 생각했습니다. 하지만 그렇게 마음을 쓸 줄 아는 것을 보니 야수가 아주 어리석은 것 같다고는 여겨지지 않았습니다. 성 전체를 지배하고 있는 질서, 풍요로움, 고상한 취향, 어리석은 자가 할 수 있는 일이라고는 여겨지지 않았습니다. 다시 말해서 아버지는 야수가 딸의 따뜻한 마음에 어울리는 상대라고 생각한 것입니다. 또한 벨도 다른 사람이 없었다면 괴물에게 마음을 주었을 테지만 밤의 연인이 방해를 하고 있었습니다. 딸에게 구애하고 있는 둘을 비교해보자면, 야수에게 유리한 점은 어디에도 없었습니다. 노인도 역시 둘 사이에 커다란 차이가 있다는 사실은 잘 알고 있었습니다. 그래도 온갖 방법을 동원해서 혐오감을 극복할 수 있게 해주려고 노력했습니다.

"그 사람이 네게, 겉모습에 현혹되어서는 안 된다고 경고하지 않았느냐. 그 청년은 너를 불행하게 할 뿐이라는 사실을 암시해주려 한 것 아니었을까?"

이런 말로 꿈속 귀부인의 충고를 떠올리게 하려 했습니다.

사랑하는 마음을 떨치는 것에 비하자면, 거기에 이유를 대는 것은 간단한 일입니다. 아버지는 입에 침이 마르도록 자신의 의견을 이야기했지만 벨에게는 거기에 따를 수 있을 만큼의 힘이 없었습니다. 끝내 설득하지 못한 채 아버지는 딸과의 이야기를 마쳤습니다. 밤이 깊어 지쳐버렸고, 딸도 아버지를 다시 만나게 되어 기쁘기는 했으나 잠을 잘 수 있게 되었다는 것은 오히려 고마운 일이었습니다. 혼자만의 시간을 갖게 된 벨은 기뻐서 견딜 수가 없었습니다. 눈꺼풀이 무거워졌기에 곧 꿈속에서 그 사랑스러운 연인을 만날 수 있을 것이라 생각했습니다. 한시라도 빨리 그 감미로운 기쁨을 맛보고 싶어서 조급한 마음이 들었습니다. 설렘으로 마음이 조급해진 것은 벨의 예민한 마음이 그 멋진 만남에 기쁨을 느끼고 있다는 증거였습니다. 상상력이 작용해서 사랑스러운 청년과 즐겁게 대화를 나눌 장소가 보이기는 했으나 마음처럼 그와 만날 수 있는 곳까지는 갈 수 없었습니다.

눈을 떴다가는 잠들고, 다시 눈을 떴다가는 잠들기를 몇 번이나 되풀이했지만 침대 주변을 맴도는 큐피드는 끝내 찾아오지 않았습니다. 잠의 품에 안겨서 행복감과 순수한 즐거움으로 넘쳐나는 밤을 보낼 생각이었으나, 결국 벨이 보낸 밤은 끔찍할 정도로 길고 불안으로 가득 차 있었습니다. 야수의 궁전에서는 그런 밤을 한 번도 보낸 적이 없었습니다. 마침 보이기 시작한 아침 해 덕분에 견딜 수 없는 불안에서 해방되기는 했으나, 떠오르는 해를 보며 기쁜 것 같기도 하고 답답한 것 같기도 한 마음이 들었습니다.

야수 덕분에 부유해진 아버지는 딸들의 신랑감을 고르기 위해 시골의 집을 정리한 상태였습니다. 커다란 도시에서 살게 되었으며 새로운 재산 덕분에 새로운 친구, 아니 새로운 지인이라고 해야 옳을 만한 사람들을 만들어가고 있던 차였습니다. 막내딸이 돌아왔다는 소식은 지인들 사이에 금방 퍼져나갔습니다. 모든 사람들이 앞 다투어 그녀를 만나보고 싶어 했으며, 모든 사람들이 그녀의 모습과 성격 모두에 반해버리고 말았습니다.

사람이 없는 궁전에서 보냈던 조용한 날들, 편안한 잠이 언제나 가져다주는 순수한 기쁨, 벨의 마음이 무료함을 느끼지 않도록 차례차례로 펼쳐지는 수많은 오락, 다시 말해서 괴물의 그러한 온갖 마음씀씀이가 벨을 아버지와 헤어졌을 때보다 훨씬 더 아름답고 매력적으로 만들어주었습니다.

벨을 만난 사람들은 모두 그녀에게 감탄했습니다. 언니들에게 구혼을 하던 사람들은 그럴 듯한 구실을 만들어 변한 자신의 마음을 숨기려 하지도 않고 벨에게 온통 마음을 빼앗겨서, 그녀의 매력에 이끌려서, 원래의 연인을 버리는 것조차 부끄럽게 여기지 않았습니다. 노골적으로 그녀의 환심을 사려 하는 수많은 찬미자들 때문에 마음이 움직이기는커녕, 벨은 온갖 수단을 동원해서 미움의 대상이 되려 했으며 그들을 처음의 상대에게로 되돌려 보내려 했습니다. 그런 배려에도 불구하고 벨은 언니들의 질투를 피할 수 없었습니다.

변덕스러운 구혼자들은 새로운 사랑의 불꽃을 숨기려 들지도 않고 벨의 마음을 얻기 위해 매일 무엇인가 행사를 생각해냈습니다. 벨을 칭송하며 경기대회를 개최하려 했으며, 대회의 흥을 돋울 수 있도록 상을 내리지 않겠냐고 벨에게 간곡히 청했습니다. 언니들이 불쾌해 하고 있다는 사실은 벨도 알고 있었으나, 그렇게 열심히 그리고 정중하게 청하는 것을 거절하기도 마음에 걸렸기에 모두를 만족시킬 수 있는 방법을 생각해냈습니다. 언니들과 자신이 번갈아가며 승자에게 상을 주겠다고 선언했습니다. 그녀가 상으로 약속한 것은 한 송이의 꽃이나 사소한 것들뿐이었고 액세서리, 모자, 다이아몬드, 호화로운 투구, 멋진 팔찌 등을 주는 명예는 언니들에게 양보했습니다. 훌륭한 상들을 흔쾌히 언니들에게 나누어주어, 그것을 자신의 명예로 삼으려 하지 않았습니다. 괴물에게서 넘쳐날 정도로 받은 보화 덕분에 그녀에게는 무엇 하나 부족한 것이 없었습니다. 자신이 가지고 온 것들 가운데서도 가장 진귀하고 가장 세련된 것들을 언니들에게 나누어주었습니다. 자기 자신은 아주 하찮은 것들만 주고, 언니들에게 여러 가지 상을 내리는 즐거움을 맛보게 해주면, 청년들을 사랑하는 마음뿐만 아니라 감사하는 마음으로도 붙잡아둘 수 있을 것이라고 생각한 것이었습니다. 그러나 구혼자들이 원한 것은 벨의 마음이었습니다. 다른 사람에게서 받는 어떤 보물보다 벨이 주는

것이 훨씬 더 가치가 있었습니다.

가족들에게 둘러싸여 맛보는 즐거움은 야수의 궁전에서 맛보는 즐거움에 비하자면 아주 사소한 것이었으나, 벨이 무료함을 느끼지 않을 정도의 기분전환은 됐습니다. 진심으로 사랑하는 아버지를 보는 것은 기쁜 일이었고, 여러 가지 방법으로 참된 친애의 정을 보여주는 오빠들과 보내는 시간은 즐거웠으며, 사랑해주지는 않지만 자신이 사랑하는 언니들과 이야기를 나누는 것도 기쁜 일이었습니다. 그럼에도 불구하고 그 달콤한 꿈을 그립게 여기지 않을 수 없었습니다. (그녀에게는 참으로 슬프게도!) 아버지의 집에서는 수수께끼의 청년이 꿈속에 나타나 세상에서 가장 멋진 이야기를 들려주는 일은 일어나지 않았습니다. 언니의 구혼자들이 보여주는 열의도 꿈속 세계의 즐거움을 대신할 수는 없었습니다. 설령 벨이 그런 남자들의 마음에 기분이 우쭐해지는 성격이었다 할지라도 야수와 멋진 수수께끼의 청년이 보여주는 후의가 그들의 그것과는 전혀 다른 것이라는 사실은 잘 알고 있었을 것입니다.

사람들이 뻔질나게 드나들어도 벨은 전혀 관심을 두지 않았습니다. 아무리 차갑게 대해도 경쟁하듯 최고의 사랑을 내보이려 하는 그들을 보고 벨은 무슨 짓을 해도 헛수고라는 사실을 깨닫게 해주어야겠다고 생각했습니다. 그녀가 가장 먼저 눈을 뜨게 해야 겠다고 생각한 상대는 큰언니의 구혼자였습니다. 벨은 자신이 집으로 돌아온 것은 언니들, 특히 큰언니의 결혼식에 참석하기 위해서로 결혼식을 빨리 치르라고 아버지께 이야기할 생각이라 고 말했습니다. 하지만 알게 된 것은 그 남성이 언니를 사랑하지 않는다는 사실뿐이었습니다. 그가 사랑하는 상대는 벨뿐이었던 것입니다. 차갑게 대해도, 경멸해도, 2개월이라는 기한이 다가오 기 전에 떠날 것이라고 겁을 주어도 그를 멀어지게 할 수는 없었습니다. 계획이 뜻대로 되지 않아 실망한 벨은 다른 구혼자들 에게도 같은 말을 해보았으나 안타깝게도 그들 역시 같은 생각이 었습니다. 더욱 슬픈 일은 벨을 경쟁자라고 생각한 언니들이 반감을 품고 그 마음을 노골적으로 드러내기 시작했다는 사실이 었습니다. 자기 매력의 효과가 너무 크다는 사실을 한탄하던 벨은 더욱 난처한 사실을 알게 되었습니다. 그 구혼자들이 서로를 방해꾼이라 생각하여, 자신들 가운데서 누구도 선택하지 않는 것은 여러 사람이 구애를 하기 때문이라 여기고, 참으로 어이없게 도 결투를 하자는 말을 꺼냈다는 것이었습니다. 그런 귀찮은 문제들 때문에 벨은 생각했던 것보다 빨리 출발하기로 했습니다.

아버지와 오빠들은 수단과 방법을 가리지 않고 그녀를 말리려 했습니다. 그러나 벨은 약속에 묶여 있기도 했고 결심도 굳건한 것이었기에 아버지의 눈물도, 오빠들의 간절한 청도 소용없는

것이었습니다. 그들이 할 수 있는 일이라고는 기껏해야 출발을
가능한 한 늦추는 것뿐이었습니다. 두 달이 지나버리고 말았습니
다. 그녀는 매일 아침 가족들에게 작별을 고해야겠다고 결심했지
만, 밤이 되면 용기가 나지 않았습니다. 참된 애정과 감사의
마음에 가슴이 찢어질 듯한 그녀는, 한쪽을 택하면 아무래도

다른 한쪽에게는 슬픔을 줄 수밖에 없는 상황에 빠져버리고
말았습니다. 그런 갈등에 빠져 있던 그녀를 결심하게 한 것은
단 한 번의 꿈이었습니다. 잠에 빠진 벨은 야수의 궁전에 있는
듯한 기분이 들었습니다. 인기척이 없는 오솔길로 접어들자 그
앞에서는 울창한 나무들이 빽빽하게 자라고 있었습니다. 수풀
뒤에는 동굴의 입구가 있었는데 거기서 섬뜩한 신음소리가 들려
왔습니다. 야수의 목소리라는 사실을 안 벨은 그를 돕기 위해
서둘러 달려갔습니다. 벨의 꿈속에 나타난 그 괴물은 쓰러져
숨이 끊어질 것처럼 보였습니다. 야수는, 이렇게 심각한 상태에
빠진 것은 당신 때문이다, 나의 애정에 대해 은혜라고는 전혀
모르는 행동으로 보답한 당신 때문이라고 벨을 책망했습니다.
그러더니 이번에는 전에 꿈속에서 만났던 귀부인이 나타나 엄한
목소리로 이렇게 말했습니다.

"앞으로 조금이라도 약속을 지키는 것이 늦어진다면 모든
것이 끝나버리고 말 겁니다. 당신은 2개월이 지나면 돌아오겠다
고 야수에게 맹세했는데 그 기한은 벌써 지나버리고 말았습니다.
앞으로 하루라도 더 늦어진다면 야수는 목숨을 잃게 될 겁니다.
아버지의 집에서는 당신 때문에 문제가 생겼고 언니들은 당신을
미워하고 있지만, 야수의 궁전에서는 모든 것들이 당신을 기쁘게
해주려 하고 있으니 기쁜 마음으로 출발해야 할 겁니다."

이 꿈을 꾼 후 두려운 마음이 들어, 자신 때문에 야수가 죽게
되면 큰일이라고 생각한 벨은 벌떡 일어나 서둘러 가족들이
있는 곳으로 가서 더 이상은 출발을 늦출 수 없다고 선언했습니다.

이 말은 여러 가지 반응을 일으켰습니다. 아버지는 아무런 말도 하지 않고 눈물을 흘렸으며, 오빠들은 벨을 가지 못하게 하겠다고 끝까지 우겼습니다. 구혼자들은 절망에 빠져 절대로 집에서 나가지 못하도록 하겠다고 맹세했습니다. 단, 언니들만은 동생의 출발을 슬퍼하기는커녕, 벨의 성실함을 칭찬했을 뿐만 아니라, 자신들 역시 성실한 사람인 양, 우리도 역시 벨처럼 약속을 했다면 야수가 아무리 그런 모습을 하고 있다 할지라도 그렇게 당연한 의무 때문에 망설이지는 않을 것이며, 지금쯤은 벌써 그 신기한 궁전으로 돌아가 있었을 것이라고까지 말했습니다. 언니들은 그렇게 말함으로 해서 자신들 마음속에 있는 강렬한 질투심을 숨기려 한 것이었습니다. 벨은 언니들의 그런 표면적인 기품에도 만족했으며, 이후부터는 무슨 말을 해도 작별할 수밖에 없다는 사실을 오빠와 구혼자들에게 이해시키기 위해 모든 힘을 쏟았습니다. 그러나 오빠들은 벨을 진심으로 사랑하고 있었기 때문에 이해하려 들지 않았으며, 구혼자들도 벨에게 홀딱 반해 있었기 때문에 그녀의 말을 들으려 하지 않았습니다. 오빠들이나 구혼자들은 벨이 어떻게 해서 아버지의 집으로 왔는지 알지 못했기에, 처음 그녀를 야수의 궁전으로 데려갔던 말이 데리러 올 것이라 생각하고 모두가 힘을 합쳐 그것을 막자로 다짐했습니다.

겉으로는 성실한 척하고 있던 언니들은 동생의 출발이 가까워 졌다는 사실에서 느껴지는 기쁨을 감추려 했으며, 그녀의 출발이 늦어지지나 않을까 두려워했습니다. 그러나 굳게 결심을 한 벨은 자신이 어디로 가야하는지를 잘 알고 있었습니다. 은인인 야수의

목숨을 구하기 위해
서는 한시도 지체할
수 없는 상황이었기
에 밤이 되자마자 가
족 전원과 벨의 운명
에 관심을 가지고 있
는 사람들에게 작별
인사를 했습니다.

"출발을 막기 위
해 무슨 일을 해도 내
일 아침, 모두가 눈
을 뜨기 전에 저는 이
미 야수에게로 돌아
가 있을 거예요. 무슨 일을 해도 소용없어요. 저는 마법의 궁전으
로 돌아갈 거예요."

이렇게 분명하게 말했습니다.

침대에 들어갈 때 벨은 잊지 않고 반지를 손가락 안쪽으로
돌렸습니다. 오랜 잠에 빠졌다가 그녀가 눈을 뜬 것은 괘종시계가
12시를 알리며 멜로디에 맞춰 그녀의 이름을 부를 때였습니다.
그 소리로 자신의 소망이 이루어졌다는 사실을 알 수 있었습니다.
이제는 일어나야겠다는 모습을 보이자, 벨의 시중을 들고 싶어서
몸이 근질근질했던 동물들이 침대 주위로 모여들었습니다. 모두
가 벨이 돌아온 것을 기뻐했으며, 그녀가 없는 동안 얼마나 쓸쓸했

는지를 그녀에게 전했습니다.

그날은 같은 장소에서 보냈던 그 어느 날보다도 길게 느껴졌습니다. 집에 남겨두고 온 사람들이 그리웠기 때문이 아니라, 얼른 야수를 만나고 싶었기 때문에, 용서를 받을 수만 있다면 무슨 일이라도 하겠다고 생각하고 있었기 때문이었습니다. 거기에 그녀를 설레게 만드는 일이 한 가지 더 있었습니다. 꿈속에서 수수께끼의 청년과 감미로운 대화를 나누는 것입니다. 이 기쁨은 가족과 보낸 2개월 내내 맛보지 못했던, 이 궁전 속에서만 맛볼 수 있는 기쁨이었습니다.

마침내 야수가, 그리고 수수께끼의 청년이 번갈아 꿈속에 등장했습니다. 벨은 괴물의 모습 속에 그처럼 아름다운 마음을 가진 구혼자의 은혜를 갚지 않는 자신을 책망하고, 꿈속에만 존재하는 가공의 인물에게 자기 마음을 바치고 있다는 사실을 슬퍼했습니다. 자신의 마음은 어리석은 짐승의 현실 속 사랑보다, 환상을 선택해야 하는 것일까 하고 쉽게 결단을 내리지 못했습니다. 그녀의 꿈은 아름다운 수수께끼의 청년을 보여주면서도, 자신의 눈을 믿어서는 안 된다고 끊임없이 충고를 해주고 있었습니다. 벨은 그것이 잠들어 몽롱해진 머릿속에서 생겨났다가는 눈을 뜨면 사라지는 공허한 환영이 아닐까 불안해졌습니다.

이렇게 여전히 마음을 정하지 못한 채 수수께끼의 청년을 사랑하면서도, 야수의 사랑도 잃고 싶지 않은 벨은 어쨌든 오락으로 시간을 보내기 위해서 프랑스의 국립극장으로 갔지만 그것도 아주 따분하게 느껴졌습니다. 갑자기 창을 닫고 오페라 극장에서 마음을 달려보려 했지만 그 음악 역시 어딘가 마음에 들지 않았습니다. 이탈리아 극장의 멋진 공연도 역시 그녀를 웃게 하지는 못했습니다. 그들의 연극이 재미도 없고, 기지도 없고, 내용도 없는 것처럼 느껴진 것입니다. 우울함과 혐오감에 휩싸여, 어디를 가도 마음이 후련해지지 않았으며 정원으로 나가봐도 위안을 얻지 못했습니다. 벨을 따르는 동물들이 그녀를 기쁘게 해주기 위해서 껑충껑충 뛰기도 하고, 기지에 넘치는 말을 하기도 하고, 아름다운 소리로 지저귀기도 했지만 아무런 효과도 없었습니다. 벨은 야수의 방문이 너무나도 기다려져 매순간마다 그의 발소리가 들려오는 것 같다는 기분이 들었습니다. 그런데 그렇게 기다리던 시간이 왔는데도 야수는 모습을 드러내지 않았습니다. 거의 분노와도 같은 격렬한 불안에 사로잡힌 벨은 야수의 부재를 어떻게 생각해야 좋을지 몰랐습니다. 걱정과 기대 사이를 몇 번이고 오가는 동안 머리는 혼란스러워지고 마음은 슬픔으로 가득 차서 야수를 발견할 때까지는 궁전으로 돌아오지 않으리라 결심하고 정원으로 나갔습니다. 이곳저곳 돌아다니며 찾아보았으나 야수가 있던 흔적은 어디에도 없었습니다. 커다란 목소리로 야수를 불러보았으나 돌아오는 것은 메아리뿐이었습니다. 3시간 이상이나 괴로운 수색을 계속한 벨은 마침내 지쳐서 벤치에 주저앉고 말았습니다. 야수는 죽었거나, 아니면 이 성을 떠나버린 것이라고 생각했습니다. 벨은 이 궁전에 혼자 남았다는 생각이 들자 거기서 오는 희망도 사라져버리고 말았습니다. 즐거움이라고는 조금도 느끼지 못했던 야수와의 대화가 지금은 그립게 여겨졌습니다. 뜻밖이라 여겨진 것은 그 괴물에 대해서 자신의 마음이 그렇게까지 움직였다는 사실이었습니다. 벨은 그와 결혼하지 않은 자신이 원망스러웠습니다. 야수는 자기 때문에 죽은 것이라고 생각한 벨은(오랫동안 성을 비웠기에 그가 죽은 것일지도 모른다고 생각한 것입니다.) 자신을 한없이 원망했습니다.

그런 슬픔에 잠겨 있던 벨은 아버지의 집에서 보냈던 마지막날 밤에 야수가 낯선 동굴 속에서 죽어가고 있던 모습을 본 그 꿈속의 오솔길과 같은 길에 자신이 있다는 사실을 깨달았습니다. 여기까지 오게 된 것은 단순한 우연이 아니라고 확신하게 된 벨은 어떻게든 헤치고 지날 수 있을 것처럼 보이는 울창한 수풀 속으로 발걸음을 옮겼습니다. 그랬더니 꿈속에서 본 것과 같은 동굴이 눈에 들어왔습니다. 희미한 달빛밖에 비추고 있지 않았기에 시중을 드는 원숭이들이 곧 횃불 여러 개를 들고 나타났습니다. 동굴이 환해지자 땅바닥에 쓰러져 있는 야수의 모습이 보였는데 그는 잠이 든 것이 아닐까 여겨졌습니다. 그 모습에 겁을 먹기는커녕, 커다란 기쁨을 느끼며 망설임 없이 다가가 그 머리에 손을 얹은 벨은 몇 번이고 이름을 불렀습니다. 그러나 야수의 몸은 차갑게 식어 있었으며 조금도 움직이지 않았습니다. 벨은 야수가 죽은 것이 아닐까 여겨져 비명을 지르고, 몇 번이나 거듭 마음을 울리는 말을 했습니다.

야수가 죽은 것이라 확신하면서도 벨은 그를 되살리기 위한 노력을 그만두지 않았습니다. 그의 가슴에 손을 대 아직 숨을 쉬고 있다는 사실을 확인한 순간 얼마나 기뻤는지 모릅니다.

지금까지보다 더 열심히 격려를 해보았으나 헛수고였습니다. 동굴에서 나온 벨은 연못으로 달려가 두 손으로 물을 떠다 그가 있는 곳으로 돌아가서 그 물을 뿌렸습니다. 하지만 한 번에 뜰 수 있는 양은 얼마 되지 않았고 그것도 야수가 있는 곳까지 가는 동안 새어나가고 말았습니다. 시종인 원숭이들이 도와주지 않았다면 늦어버리고 말았을 것입니다. 원숭이들이 궁전으로 달려갔다가 서둘러 돌아와서는 물을 뜰 수 있는 병과 정신이 들게 하는 약을 바로 벨의 손에 건네주었습니다. 약의 냄새를 맡게도 하고 물을 마시게도 하자 커다란 효과가 나타나기 시작했습니다. 야수의 몸이 조금씩 움직이는가 싶더니 의식도 돌아왔습니다. 벨이 커다란 목소리로 부르며 열심히 힘을 북돋아주자 야수는 정신을 차리기 시작했습니다.

벨이 부드러운 목소리로 말했습니다.

"당신을 얼마나 걱정했는지 몰라요. 당신을 얼마나 사랑하고 있는지 제 자신도 깨닫지 못하고 있었어요. 당신을 잃을지도 모른다는 불안이 제게 가르쳐주었어요. 감사의 마음보다 더욱 강한 마음으로 저는 당신과 묶여 있었던 거예요. 정말 당신의 목숨을 구하지 못한다면 저도 목숨을 끊어야겠다고만 생각하고 있었어요."

그런 애정이 담긴 말을 듣고 마음 깊은 곳까지 위로를 얻은 야수가 아직 힘없는 목소리로 말했습니다.

"이렇게 추한 괴물을 사랑해주다니, 벨 너는 착한 아이로구나. 그래 그거면 충분해. 나는 너를 내 목숨보다 더 사랑하고 있어.

더 이상은 네가 돌아오지 않을 거라 생각하고 있었어. 그랬다면 나는 지금쯤 숨이 끊어져 있었을 거야. 네가 나를 사랑하고 있다니 나 역시 살아야겠지. 가서 잠을 자렴. 그리고 너의 상냥한 마음에 어울리는 행복을 얻을 수 있을 것이라고 굳게 믿으렴."

벨은 지금까지 야수가 이렇게 길게 이야기하는 것을 들어본 적이 없었습니다. 말솜씨가 좋다고는 할 수 없었으나 다정함과 성실함이 느껴지는 말투에 벨은 호감을 갖게 되었습니다. 질책을 당하거나, 적어도 불평 정도는 듣게 될 것이라 각오하고 있었기 때문이었습니다. 벨은 그때부터 야수의 성격에 대해 더욱 좋은 평가를 하게 되었습니다. 그렇게 어리석지는 않다고 생각하게 되었으며, 아주 짧은 대답도 신중함 때문이라고 생각하게 되었습니다. 야수에 대한 생각은 점점 좋은 쪽으로 변해갔으며, 자신의 방으로 돌아왔을 때에는 더할 나위 없이 밝은 생각으로 마음이 가득 차게 되었습니다.

벨은 아주 지쳐 있었는데 방에는 마침 먹고 싶었던 음료와 빙수가 여러 가지로 준비되어 있었습니다. 무거워진 눈꺼풀이 포근한 잠을 약속해주고 있었습니다. 침대에 누워 곧 잠에 빠져들자 사랑스러운 수수께끼의 청년이 어김없이 모습을 드러냈습니다. 다시 만나게 된 기쁨을 나타내기 위해서 애정이 담긴 말을 얼마나 했는지 모를 정도였습니다. 청년은 벨에게 틀림없이 행복해질 것이다, 중요한 것은 선량한 그 마음이 품게 하는 감정에 따르는 것뿐이다, 라고 말했습니다. 그건 야수와의 결혼을 말하는 것이냐고 묻자 수수께끼의 청년은 그렇게 하는 것밖에 방법이 없다고 대답했습니다. 벨은 그 말에 순간적으로 화가 나서, 연인이 자신의 연적을 행복하게 해주라고 권하다니 이상하다고까지 생각했습니다. 이 첫 번째 꿈 뒤에 벨은 자신의 발아래 야수가 쓰러져 죽어 있는 모습이 보이는 것 같았습니다. 그 직후, 수수께끼의 청년이 모습을 드러냈다가는 사라지고, 다시 모습을 드러냈다가는 사라져, 마치 그 자리를 야수에게 양보하려는 것처럼 보였습니다. 가장 뚜렷하게 보인 것은 그 귀부인이었는데 벨에게 이렇게 말하고 있는 듯했습니다.

"저는 당신에게 만족했습니다. 당신은 언제나 자신의 이성이 말하는 대로 행동하도록 하세요. 아무것도 걱정할 것 없어요. 제가 책임지고 당신을 행복하게 해줄 테니."

벨은 잠들어 있었지만, 수수께끼의 청년에게 끌리는 마음과 멋지다고는 여겨지지 않는 괴물에 대한 혐오감을 귀부인에게 털어놓고 있는 듯했습니다. 귀부인은 그 일로 괴로워하는 벨에게 미소를 지으며 청년에 대한 애정 때문에 걱정하지 말라고, 벨이 느끼고 있는 감정은 의무를 다하려는 마음과 모순되는 것이 아니니 저항하지 말고 마음이 향하는 대로 사랑을 하면 된다고, 야수와 결혼하면 벨의 행복은 완전해질 것이라고 말했습니다.

눈을 뜬 순간 그 꿈은 끝나버리고 말았지만 벨은 그 꿈을 되새기며 언제까지고 계속 생각에 잠겨 있었습니다. 마지막 본 그 꿈에도, 다른 몇 개의 꿈에도 일반적인 꿈에는 없는 이유가 있는 듯 여겨졌습니다. 그것이 결정적으로 작용해서 벨은 이 기묘한 결혼에 동의를 하게 된 것이었습니다. 하지만 수수께끼의 청년의 모습이 자꾸만 떠올라 그녀의 마음을 어지럽게 했습니다. 걸림돌은 오직 그것 하나뿐이었으나 가볍게 볼 수 없는 걸림돌이었습니다. 그녀는 어떻게 해야 좋을지 모르는 채로 오페라 극장에 갔지만 마음은 여전히 갈피를 잡지 못하고 있었습니다. 공연이 끝나자 식탁으로 돌아와 앉았습니다. 야수가 찾아왔을 때 마침내 마음이 정해졌습니다.

괴물은 오랫동안 성을 떠나 있었던 것에 대한 불평을 하기는커녕, 벨을 만나게 된 기쁨이 지금까지의 근심을 잊게 해주었다는 듯, 방으로 들어오자마자 서둘러 즐거운 시간을 보내다 왔는지, 모두가 잘 대해주었는지, 건강했었는지 등을 묻는 것 외에는 머릿속에 없는 것 같았습니다. 이런 질문에 답한 뒤 벨이 정중하게 말했습니다.

"당신의 세심한 배려 덕분에 즐거운 일이 아주 많았지만, 그에

대한 대가를 아주 혹독하게 치렀어요. 여기에 와서 당신이 어떤 상태에 빠졌는지를 보고 가슴이 찢어질 정도로 괴로웠으니까요."

　아수는 짧게 고마운 마음을 전하고 그만 물러나기 위해 언제나 처럼 당신과 함께 자도 되겠느냐고 물었습니다. 벨이 한동안 대답을 망설이고 있다가 마침내 결심한 듯 떨리는 목소리로 말했습니다.

6

"그럼요, 되고말고요. 당신이 서약을 해주신다면, 그리고 당신이 제 서약을 받아주신다면."

야수가 말했습니다.

"서약하겠습니다. 당신 이외에는 결코 아내를 두지 않겠다고 약속하겠습니다."

벨이 대답했습니다.

"그럼 저도 당신을 남편으로 맞아들이고, 진심으로 충실한 사랑을 서약하겠어요."

그 말을 마치자마자 대포 소리가 일제히 울려 퍼졌습니다. 그것이 축하의 표시라는 사실을 알게 된 것은 2만 발 이상이나 되는 불꽃들이 3시간 이상이나 계속해서 하늘을 수놓는 것이 창문 너머로 보였기 때문이었습니다. 사랑이 이루어졌음을 표시하는 '8'자 모양의 끈처럼 생긴 불꽃과 벨의 이니셜을 조합한 불꽃과 뚜렷한 글자로 '벨과 그 남편 만세'라고 쓴 우아한 불꽃도 있었습니다. 그 멋진 장관이 한동안 계속되다 끝나자 야수는 신부에게 그만 잠자리에 들 시간이라고 말했습니다.

벨은 이 기괴한 남편에게 다가가고 싶다는 생각은 그다지 들지 않았으나, 어쨌든 잠자리에 누웠습니다. 그러자 그 순간에 불이 꺼졌습니다. 야수가 다가왔기에 그의 무게 때문에 침대가 부서지지나 않을까 걱정이 되었습니다. 그러나 벨은 괴물이 자신만큼이나 가뿐하게 옆에 누운 것을 느꼈기에 한편으로는 놀라면서도 마음이 놓였습니다. 더욱 놀란 것은 옆에서 바로 잠에 빠진 사람의 숨소리가 들려왔을 때였습니다. 가만히 움직이지 않는 것은 깊은 잠에 빠졌다는 확실한 증거였습니다.

벨은 뜻밖이라는 생각이 들었지만 신기한 일에는 이미 익숙해져 있었기에 오늘 밤의 꿈도 이 궁전에서 체험한 여러 가지 일들과 마찬가지로 신비한 것이 되지 않을까 하는 생각에 잠깐 잠겨 있는 동안 신랑과 마찬가지로 편안한 잠에 빠져들었습니다. 잠에 들자마자 사랑스러운 수수께끼의 청년이 평소와 다름없이 찾아왔습니다. 그는 평소보다 훨씬 더 활기찼으며, 평소보다 훨씬 더 멋지게 차려 입었습니다.

그가 말했습니다.

"정말 고맙습니다, 훌륭하신 벨. 당신이 저를 끔찍한 감옥에서 해방시켜주셨습니다. 거기서 저는 오랜 세월 고통을 받아왔습니다. 당신과 야수의 결혼은 왕을 그 신하에게, 아들을 그 어머니에게, 그리고 생명을 그 왕국에게 돌려주는 결과가 될 것입니다. 저희 모두가 행복해질 것입니다."

이 말을 들은 벨은 자신이 결혼했다는 사실을 알면서도 거기서 느껴지는 절망감을 내보이기는커녕, 그가 오히려 눈을 반짝이며 한없이 기뻐하는 모습을 보였기에 왠지 분하다는 생각이 들었습니다. 불만스러운 마음을 그에게 쏟아 부으려 한 순간, 이번에는 그 귀부인이 꿈속에 나타났습니다.

귀부인이 말했습니다.

"당신은 승리를 거두셨습니다. 전부 당신의 공로입니다. 다른

어떤 마음보다도 감사의 마음을 가장 소중히 여기셨습니다. 당신
처럼 자신의 행복을 희생해가면서까지 약속을 지키고, 자신의
목숨을 위험에 내맡기면서까지 아버지의 목숨을 구한 정신력을
가진 사람은 없을 겁니다. 당신이 가지고 있는 미덕의 힘으로
도달한 행복을 손에 넣고 싶다고 바라는 일조차 가능한 사람은

없을 겁니다. 당신은 아직 이 행복의 아주 작은 일부분밖에 모르고 계십니다. 아침이 되면 더 많은 것을 알게 될 겁니다."

귀부인 다음에는 다시 청년이 보였는데 죽은 사람처럼 누워 있었습니다. 여러 가지 꿈이 밤새도록 계속되었습니다. 그런 부산스러움에는 익숙해져 있었기에 벨은 그래도 오랜 시간 잠을 잤습니다. 눈을 떴을 때는 세상이 완전히 밝아져 있었습니다. 암원숭이들이 창문을 닫지 않았기 때문에 햇살이 평소보다 더 밝게 방 안으로 쏟아져 들어오고 있었습니다. 그러다 문득 야수 쪽으로 시선을 돌렸습니다. 처음에는 거기에서 본 것이 평소 꾸는 꿈의 연장인 것처럼 느껴져 아직도 꿈을 꾸고 있는 걸까 싶었으나, 자신이 보고 있는 것이 틀림없는 현실이라고 깨달은 순간 벨은 한없는 기쁨과 놀라움을 느꼈습니다.

어젯밤 잠을 잘 때, 벨은 이상한 모습의 남편 때문에 가능한 한 거리를 두기 위해서 침대의 끝 쪽에 누웠습니다. 처음에 그는 코를 곯았으나 벨이 잠들기 전에 그것은 들리지 않게 되었습니다. 눈을 떴을 때 그가 너무나도 조용해서 옆에 있는 것 같지 않았기에 자신도 모르는 사이에 일어난 것이 아닐까 생각했었습니다. 그것을 확인하기 위해서 그쪽으로 가만히 시선을 돌렸는데 야수가 아니라 사랑스러운 수수께끼의 청년이 보였습니다. 놀랍고도 기쁜 일이었습니다.

잠을 자고 있는 아름다운 청년은 꿈속에서보다 몇 천 배나 더 멋지게 보였습니다. 같은 사람인지 확인하기 위해 벨은 자리에서 일어나 언제나 팔에 차고 있던 팔찌의 초상화를 가지러 화장대로 갔습니다. 역시 잘못 본 것이 아니었습니다. 벨은 그가 이상할 정도로 깊이 잠들었다는 사실이 마음에 걸렸기에 말을 걸어 깨우려 했습니다. 말을 걸어도 눈을 뜨지 않았기에 이번에는 팔을 잡아당겨 보았으나 아무런 효과도 없었습니다. 단지 마법에 걸려 있다는 사실만은 알 수 있었습니다. 그랬기에 벨은 마법의 힘이 사라지기를 기다리기로 했습니다. 마법의 힘에는 정해진 시간이 있을 것이기 때문이었습니다.

벨 외에는 아무도 없었기에 그를 허물없이 대한다 할지라도 누군가가 흉을 볼 염려는 없었습니다. 게다가 그는 이미 벨의 남편이었습니다. 벨은 사랑스러운 마음이 원하는 대로 몇 백 번이고 키스를 하며 일종의 혼수상태가 끝나기를 끈질기게 기다리기로 했습니다. 얼마나 기뻤는지 모릅니다. 벨의 결단을 유일하게 방해하고 있던 마음속 사람과 맺어져, 자신의 마음에 따라 하고 싶었던 일을 의무로써 하게 되었기 때문이었습니다. 꿈속에서 약속받은 행복이 찾아왔음을 벨은 의심하지 않았습니다. 야수에 대한 사랑과 수수께끼의 청년에 대한 사랑 모두를 이룰 수 있을 것이라고 했던 귀부인의 말이 거짓이 아니었음을 벨은 그제야 깨닫게 되었습니다. 둘은 같은 사람이었으니.

그러는 사이에도 신랑은 전혀 눈을 뜨지 않았습니다. 밥을 조금 먹고 난 뒤, 벨은 평소처럼 기분전환을 해보려 했지만 하나같이 따분하게 느껴졌습니다. 자기 방에서 나가고 싶은 마음도 들지 않았지만, 그렇다고 아무것도 하지 않을 수도 없었기에 악보를 가져다 노래를 부르기 시작했습니다. 그녀의 노래를 듣고 새들이 거기에 맞춰 따라 부르기 시작했습니다. 그것은 황홀함이 느껴질 정도의 합창이었기에 벨은 남편이 눈을 떠 합창이 중단되기를 기대하고 있었습니다. 벨은 목소리의 하모니에 마법이 풀릴 것이라 생각하고 있었던 것입니다.

틀림없이 합창이 중단되기는 했으나 그것은 벨이 바라고 있던 일 때문이 아니었습니다. 벨의 방에 있는 창 아래에서 낯선 수레 소리가 들리는가 싶더니 여러 사람들의 목소리가 그녀의 방으로 다가오고 있었기 때문이었습니다. 그와 동시에 근위대장인 원숭이가 앵무새의 통역을 통해 "부인께서 오셨습니다."라고 벨에게 말했습니다. 밖을 내다보니 부인들을 싣고 온 수레가 있었습니다. 더없이 참신한 모양을 한, 비할 데 없이 아름다운 수레였습니다. 멋진 뿔과 황금 편자를 찬 네 마리의 새하얀 수사슴이 화려한 장신구를 달고 그 수레를 끌고 있었는데 그것이 너무나도 새로웠기에 벨은 그것이 누구의 것인지 더욱 알고 싶어졌습니다.

점점 커지는 소리로 귀부인들이 가까이 다가왔음을 알 수 있었습니다. 벌써 로비 바로 앞까지 와 있는 듯했습니다. 벨은 나가서 마중을 해야 한다고 생각했습니다. 두 사람 가운데 한 사람은 언제나 꿈에서 보던 그 귀부인이었습니다. 다른 한 사람 역시 아름다운 사람이었습니다. 고귀하고 품위 있는 모습이 귀인이라는 사실을 분명하게 이야기하고 있었습니다. 그 수수께끼의 여성은 이미 젊은 나이는 아니었으나 커다란 위엄으로 넘쳐나고 있었기에 벨은 누구에게 먼저 인사를 해야 좋을지 알 수 없었습니다.

그렇게 망설이고 있는데 두 사람 가운데서 약간은 우위를 차지하고 있는 것처럼 보이는 낯익은 귀부인이 다른 부인에게 말했습니다.

"자, 여왕님, 이 아름다운 아가씨를 어떻게 생각하시나요? 당신 아드님은 이 사람 덕분에 되살아나게 되었습니다. 당신도 인정하시겠지만 지금까지의 그 끔찍한 모습으로는 살아 있었다고 말할 수 없을 테니까요. 이 사람이 없었다면 당신은 두 번 다시 아들을 만날 수 없었을 테고, 아름다움과 미덕과 용기를 전부 갖추어 그 누구와도 비할 수 없는 여성이 이 세상에 없었다면 그의 몸은 아직도 끔찍하게 변한 모습 그대로였을 것입니다. 이 아가씨가 당신에게 돌려준 아들이, 그녀의 보물이 되는 것을 당신도 기쁘게 생각하시겠지요? 두 사람은 서로 사랑하고 있으니 당신이 동의하기만 한다면 그들의 행복은 완벽한 것이 될 거예요. 그걸 거부하시겠습니까?"

그 말을 들은 여왕이 벨을 부드럽게 안으며 외쳤습니다.

"거부하다니, 말도 안 돼요. 더없이 기쁜 마음으로 동의하겠어요. 커다란 은혜를 내려주신 아름답고 고상한 아가씨, 당신은 누구시죠? 이토록 완벽한 공주를 낳으신 행복한 임금님은 어떤 분이신가요?"

"부인, 어머니는 훨씬 전에 돌아가셨습니다. 아버지는 집안보다 당신의 성실함과 그간 겪으신 고난으로 더 유명하신 일개 상인입니다."

이렇게 벨이 무엇 하나 숨기지 않고 공손하게 대답하자 놀란 여왕이 약간 뒷걸음질을 치며 말했습니다.

"뭐라고요, 그냥 상인의 딸이라고요! ……."

여왕이 굴욕감에 가득 찬 눈빛으로 귀부인을 바라보았습니다.

"아아, 위대한 요정이시여!"

여왕은 이렇게만 덧붙여 말하고 다음부터는 입을 다물어버리고 말았습니다. 하지만 여왕의 마음은 그녀의 모습을 통해서 충분히 전달되었으며, 그녀의 눈빛이 불만을 이야기하고 있었습니다.

요정이 의연한 태도로 말했습니다.

"아무래도 제 결정에 불만이 있으신 모양이네요. 당신은 아가씨의 환경을 경멸하고 계시지만 제 계획을 실행해서 당신 아들을 행복하게 한 것은 온 세상에 이 아가씨 한 사람밖에 없었어요."

"아주 감사하게 생각하고 있어요. 하지만 권위 있는 요정님, 조금만 더 말할 수 있게 해주세요. 아들이 물려받은 더없이 고귀한 혈통과 당신이 아들과 결혼시키려 하고 있는 아가씨의 비천한 태생은 서로 어울리지 않아요. 저희에게 이처럼 굴욕적이고, 왕자에게 이처럼 어울리지 않는 결혼으로 그 대가를 치러야만 한다면, 왕자의 행복인지 뭔지를 저는 조금도 기뻐할 수 없어요. 아름다운 마음씨에도 뒤지지 않을 만큼 집안도 훌륭한 아가씨를 찾아내기란 불가능한 일인가요? 저는 훌륭한 평가에 어울리는 공주들의 이름을 여럿 알고 있어요. 그 사람들 가운데 한 사람과 왕자가 결혼하기를 기대해서는 왜 안 된다는 거죠?"

여왕이 감사의 말과 함께 여기까지 말했을 때 수수께끼의 아름다운 청년이 모습을 드러냈습니다. 어머니와 요정의 도착으로 눈을 뜬 것이었습니다. 벨이 시험 삼아 해보았던 그 어떤 노력보다 그녀들이 피우는 소란이 훨씬 더 효과가 있었던 셈인데, 그것은 그에게 걸려 있던 마법이 그렇게 명령하고 있었기 때문이었습니다. 여왕은 아무런 말도 하지 않고 왕자를 그저 오랜 시간 안고 있기만 했습니다. 다시 만나게 된 아들은 여왕의 사랑을 받기에 어울리는 자질을 갖추고 있었습니다. 왕자는 그 역겨운 모습과 어리석음에서 해방된 자신을 보고 얼마나 기뻤는지 모릅니다. 특히 어리석음은 일부러 그렇게 꾸미고 있었던 것인 만큼 한층 더 괴로운 것이었으나, 그의 이성은 조금도 흐려져 있지 않았습니다. 원래의 모습대로 나타날 자유를 되찾은 것은 사랑하는 사람 덕분이었기에 왕자는 그녀를 더욱 소중히 여기게 되었습니다.

왕자는 아들로서 어머니를 향해 솟아오르는 감정을 나타낸 뒤, 이번에는 의무감과 감사의 마음에 독촉을 받은듯 요정에게 감사의 말을 건넸습니다. 왕자는 그 말에 더할 나위 없는 경의를 담았으나 가능한 한 짧게 말했습니다. 벨에게도 열의를 표하고 싶어 마음이 조급해졌기 때문이었습니다.

그의 마음은 애정이 담긴 눈빛에 의해서 이미 전달되었지만, 눈으로 이야기한 것을 더욱 확실히 하기 위해 한없이 다정한 말을 더하려 했습니다. 그때 요정이 그를 가로막고, 자신과 어머니의 의견에 대해서 심판을 해보라는 듯 말했습니다.

"어머니는 당신과 벨의 결혼을 반대하십니다. 그녀의 집안이 당신에게는 어울리지 않는다고 생각하십니다. 하지만 저는 벨의 미덕이 어울리지 않는 신분의 차이를 메우고 있다고 생각합니다. 왕자님, 우리 두 사람의 생각 가운데 어떤 것이 당신의 생각에 맞는 것인지 판정을 내려주세요. 당신이 진심으로 생각하고 있는 것을 망설임 없이 전부 이야기할 수 있도록, 무엇이든 마음껏 밀힐 수 있도록 허기하겠습니다. 당신은 사랑스러운 이 여성에게 서약을 했습니다만, 그것을 철회해도 상관없어요. 당신이 원래의 모습을 되찾은 건 벨 덕분이지만, 벨은 철회를 순순히 받아들일 거예요. 그건 제가 보장할게요. 다시 말하겠는데 여왕이 권하는 사람과 당신이 결혼하는 것을 초연하게 받아들일 수 있을 만큼 벨은 고결한 사람이에요. ……어떤가요, 벨?"

요정이 벨 쪽을 돌아보며 말을 이었습니다.

"당신의 생각을 설명해보았는데, 틀린 점이 있었나요? 당신은 억지로 결혼하는 사람의 아내가 되고 싶은가요?"

벨이 대답했습니다.

"아니요, 절대로 그러고 싶지는 않아요. 그건 왕자님의 자유예요. 저는 왕자님의 아내가 되는 명예를 포기하겠어요. 결혼 서약을 받아들였을 때 저는 인간 이하의 무엇인가에 은혜를 베푸는 듯한 심정이었어요. 그와 결혼을 약속한 것은 그에게 특별한 호의를 표하기 위한 것에 지나지 않았어요. 제 의도에 야심은 조금도 담겨 있지 않았어요. 그러니 위대한 요정님, 여왕님께 아무런 강요도 하지 마세요. 지금 상황에서 여왕님의 신중함을 비난할 수는 없어요."

요정이 경멸하듯 냉정한 투로 말했습니다.

"자, 여왕님, 당신은 여기에 대해서 뭐라고 말씀하실 건가요? 변덕스러운 운명 덕분에 공주가 되어 우연히도 높은 지위에 앉게 된 여성들이 이 아가씨보다 더 적당하다고 생각하고 계신가요? 이 아가씨가 자신의 출신에 대해서 책임을 질 필요는 없고, 이 아가씨의 미덕이 그것을 충분히 고상하게 만들고 있다고 저는 생각하는데⋯⋯."

여왕이 거의 당혹스럽다는 듯한 모습으로 대답했습니다.

"벨은 누구와도 비교할 수 없는 여성이에요. 그 아름다움에는 끝이 없어서 누구도 벨을 뛰어넘지는 못할 거예요. 하지만 요정님, 다른 방법으로 그것을 보상할 수는 없을까요? 아들의 결혼을 희생으로 삼을 수밖에 없는 건가요?"

그리고 여왕이 벨을 향해 말을 이었습니다.

"얘, 벨아. 너에게는 아주 커다란 빚을 졌으니 어떻게 감사의 표시를 해야 좋을지 모르겠구나. 무엇이든 상관없으니 망설이지 말고 소원을 말해보렴. 결혼 이외의 것이라면 무엇이든 줄 테니. 너에게 그렇게 커다란 차이는 없을 거다. 우리 궁정의 신하 가운데서 남편을 고르도록 하렴. 아무리 신분이 높은 귀족이라도 행복하게 생각할 거야. 너를 생각해서 그 사람에게는 왕위에 가장 가까운, 왕위와 거의 다를 바 없는 지위를 주도록 하마."

벨이 대답했습니다.

"감사의 말씀 올립니다, 여왕님. 상을 요구하다니 당치도 않으신 말씀이십니다. 위대한 왕자님을 어머님과 그 왕국에서 빼앗은 마법이 풀리게 했으니, 그 기쁨만으로도 충분히 보답을 받았습니다. 제가 한 일이 제 마음의 지배자를 위한 것이었다면 제 행복은 이미 완결된 셈입니다. 유일한 소원은 요정님께서 저를 아버지의 집으로 돌아갈 수 있게 해주시는 것뿐입니다."

이런 이야기가 오가는 동안 왕자는 요정의 명령에 따라 침묵을 지키고 있었지만, 더는 참을 수 없었기에 괴로운 명령을 지켜야겠다는 마음도 한계에 도달했습니다. 요정과 어머니의 발밑에 털썩 무릎을 꿇더니, 벨과 떨어져 그녀의 남편이 되는 행복을 빼앗긴다면 자신은 지금보다 더 불행할 것이니 제발 그렇게는 하지 말아달라고 아주 격렬한 어조로 간절하게 청했습니다.

그 말을 들은 벨이 애정을 담아 그를 바라보며, 하지만 품격 높은 자부심을 가지고 이렇게 말했습니다.

"왕자님, 당신을 생각하는 마음을 감출 수는 없어요. 당신의 마법이 풀린 것 역시 그 증거일 테니 그것을 숨기려 해도 소용없는 일일 거예요. 부끄러워하지 않고 고백할게요. 당신을 제 자신보다 더 사랑하고 있어요. 어떻게 그걸 숨길 수 있겠어요? 비난받아야 할 건 사악한 마음뿐이에요. 제 마음에 죄가 될 만한 것은 어디에도 없고, 그 점은 당신과 제가 커다란 도움을 받았던 고결하신 요정님께서도 인정하시는 부분이에요. 그래도 야수의 아내가 되는 것이 제 의무라고 생각했을 때, 그 마음을 잊을 결심이 섰으니, 이번에도 제 마음이 변하는 일은 없을 거라 생각하셔도 돼요. 지금부터는 야수의 이익이 아니라 당신의 이익이 걸려 있으니.

당신의 아내가 되는 명예를 포기하기 하는 건, 당신이 누구이고 제가 누구인지를 아는 것만으로도 충분해요. 혹시나 해서 말씀드리는데, 설령 왕자님께서 어머님께 억지로 청해서 승낙을 얻어낸다 할지라도 아무 소용없을 거예요. 제 양식 속에, 그리고 제 애정 속에까지 당신에게는 넘을 수 없는 벽이 생길 테니까요. 다시 한 번 말씀드리겠는데 제 소원은 가족들에게로 돌아가는 것뿐이에요. 전 거기서 당신이 제게 잘 대해주시고 사랑해주셨던 추억을 평생 잊지 않을 거예요."

왕자가 기도하듯 두 손을 모으고 외쳤습니다.

"고매하신 요정님, 제발 소원이니 벨이 가지 못하게 해주십시오. 차라리 저를 괴물의 모습으로 다시 돌려주시기 바랍니다. 그 상태에서 저는 벨의 남편으로 계속 살아가겠습니다. 그녀는 야수와의 결혼을 약속했으니. 저는 그러는 편이 훨씬 더 좋습니다. 커다란 희생을 치르지 않으면 손에 넣을 수 없는 다른 어떤 이익보다도."

요정은 아무런 대답도 하지 않고 여왕을 지그시 바라보았습니다. 여왕은 어질고 너그러운 벨의 고귀한 마음에 감동했으나, 그래도 오만한 성격은 바뀌지 않았습니다. 괴로워하는 아들의 모습에는 마음이 아팠지만, 벨이 상인의 딸에 지나지 않는다는 사실을 잊을 수는 없었습니다. 하지만 여왕은 요정의 분노를 두려워하고 있었습니다. 요정의 분노는 그 모습이나 침묵으로 충분히 짐작할 수 있었습니다. 여왕은 아주 난처한 입장에 놓이게 되었습니다. 한마디 말도 못하고, 수호요정을 화나게 만든 대화가 불행한 결과를 초래하지나 않을까 두려워하고 있었습니다. 한동안 누구도 입을 열지 않았으나 요정이 마침내 침묵을 깨고 연인들에게 다정한 눈빛을 보내며 말했습니다.

"당신들은 서로에게 어울리는 사람들이라고 저는 생각하고 있어요. 이렇게 아름다운 마음을 떼어내려 한다면 그건 죄를 짓는 일이에요. 서로 헤어지는 일은 없을 거예요. 그건 제가 약속할게요. 제게는 약속을 지킬 만한 충분한 능력이 있으니."

이 말을 들은 여왕은 몸을 떨었습니다. 입을 열어 항의하려 했으나 요정이 그것을 제지했습니다.

"여왕님, 겉모습만 요란한 것에 가치를 두고, 그런 것은 전부 떼어내버린 미덕을 가볍게 보는 당신은 당연히 엄격한 비난을 받아야 할 거예요. 하지만 여왕이라는 지위가 부여하는 자존심을 생각해서 당신을 용서하기로 하지요. 지금부터 당신에게 약간 억지 같은 부탁을 하겠는데 그 외의 벌은 내리지 않겠어요. 당신은 잠시 뒤, 이번 일로 제게 감사하게 될 거예요."

이 말은 들은 벨이 요정의 무릎에 매달리며 외쳤습니다.

"제발 부탁이니 높은 지위에 오르게 된 것 때문에 그 지위에 어울리지 않는다는 비난을 평생 들어야 하는 괴로움을 제게 주시지 마세요. 지금은 저와의 결혼이 행복으로 가는 길이라고 생각하시는 왕자님도 얼마 지나지 않아서 곧 여왕님과 같은 생각을 하시게 될 것이라는 점을 고려해주세요."

요정이 대답했습니다.

"아니, 아니에요. 걱정할 필요 없어요, 벨. 당신이 예상하고 있는 것과 같은 불행은 절대로 일어나지 않을 거예요. 당신들이 그렇게 되지 않도록 할 확실한 방법이 있으니까요. 설령 왕자가 결혼 후에 당신을 차갑게 대할 가능성이 있다 할지라도, 그러기 위해서는 신분의 차이 이외의 다른 이유를 찾아야 할 거예요. 당신의 태생은 왕자의 그것과 비교해도 조금도 뒤지지 않으니까요. 오히려 당신이 훨씬 높다고도 할 수 있을 거예요. 왜냐하면,"

요정이 자랑스럽다는 듯 여왕에게 말했습니다.

"벨은 당신의 조카니까요. 게다가 이 사실을 알면 당신은 벨에게 경의를 품게 될 테지만, 벨은 제 여동생의 딸, 그러니까 제 조카이기도 해요. 높은 지위를 가장 빛나게 해주는 것은 미덕인데, 제 동생은 당신처럼 높은 지위에 얽매여 있지 않았어요. 참된 가치를 볼 줄 아는 눈을 가졌던 그 요정은 당신의 동생인 행복섬의 왕에게 결혼이라는 명예를 주었어요. 둘의 사랑으로 태어난 아이를, 그 아이의 의붓어머니가 되려 했던 요정의 횡포에서 지켜낸 것이 바로 저예요. 그 아이가 태어났을 때부터 저는 그 아이를 당신의 아들과 결혼시킬 생각이었어요. 당신이 제 호의를 눈치채지 못하도록 하기 위해서, 당신이 자연스럽게 신뢰감을 품게 되기를 기다려야겠다고 생각했어요. 당신이 저를 조금 더 신뢰하게 될 것이라고 생각할 만한 이유가 제게는 있었기 때문이에요. 왕자의 앞길에 대해서 당신은 저에게 의지할 수도 있었어요. 그 점을 충분히 생각하고 있다는 사실은 이미 전달해두었으니 당신들의 불명예가 될 만한 일을 제가 왕자에게 하지나 않을까 하는 염려는 할 필요가 없었을 거예요."

아직도 굳은 표정이 약간 남아 있는 미소를 지으며 요정이 계속 말했습니다.

"여왕님, 당신은 지금부터 사람을 얕잡아보지 않고, 저희에게 인척이 되는 명예를 주실 거라 믿고 있어요."

여왕은 놀랍기도 하고 부끄럽기도 했기에 무엇이라 대답해야 좋을지 몰랐습니다. 잘못을 보상하는 유일한 길은 그것을 순순히 인정하고 진심에서 우러나는 뉘우침을 보이는 것뿐이었습니다.

여왕이 말했습니다.

"제가 잘못했습니다, 고매하신 요정님. 제게 있어서 당신의 선의는 굳건한 기반임에 틀림없으니 당신께서 제 아들에게 불명예가 될 만한 결혼을 시키실 리 없습니다. 하지만 명문 집안에 전해오는 편견을 부디 용서해주시기 바랍니다. 옛날부터 왕족이 신분 차이가 나는 사람과 결혼하는 것은 수치라 여겨져 왔습니다. 저에 대한 벌로 당신이 벨에게 훨씬 잘 어울리는 시어머니를 주신다 할지라도 당연한 일이라고 생각합니다. 하지만 당신은 제 아들을 아낌없이 돌봐주시고 계시니, 이 아이까지 제 잘못의 희생으로 삼지는 말아주시기 바랍니다."

그런 다음 여왕이 벨을 다정하게 끌어안으며 말했습니다.

"사랑스러운, 벨. 내가 반대했던 일을 너무 나쁘게 생각하지 않았으면 좋겠구나. 아들을 조카와 결혼시키고 싶은 마음에서 한 말이니. 요정님은 죽은 줄로만 알고 있던 그 조카가 틀림없이 살아 있다고 내게 말했단다. 그녀에 대해서 아주 매력적으로 이야기를 해주었기에 만나기 전부터 너를 진심으로 사랑하고 있었단다. 너를 위해서 왕비의 자리와 아들의 마음을 비워두고

싫었기에 요정님의 심기를 건드리고 만 거다."

이렇게 말하며 여왕이 다시 벨을 부드럽게 쓰다듬자 벨은 공손하게 그것을 받아들였습니다. 왕자도 이 기쁜 이야기에 가슴이 벅차올랐는데 그 기쁨을 눈빛으로 드러내고 있었습니다.

요정이 말했습니다.

"이렇게 해서 우리 모두가 만족하게 되었네요. 이 기쁨을 완전한 것으로 만들기 위해서 부족한 것은 오직 한 가지, 왕비의 아버지인 임금님께 동의를 얻는 것뿐이에요. 하지만 우리는 곧 그를 만날 수 있을 거예요."

벨은 제발 부탁이니 저를 길러주신 아버지, 생명을 주신 것이라 여기고 있던 그 사람도 자신의 행복에 동참할 수 있게 해달라고 요정에게 청했습니다.

요정이 말했습니다.

"기특한 마음씨네요. 아름다운 마음씨에 어울리는 생각이에요. 당신이 그렇게 원한다면 제가 아버지께 소식을 전하기로 하죠."

그런 다음 요정은 여왕의 손을 잡더니 마법의 궁전을 안내해주겠다는 구실로 그녀를 데리고 갔습니다. 그것은 신랑, 신부가 처음으로 스스럼없이, 꿈의 도움을 받지 않고 이야기를 나눌 수 있도록 해주기 위해서였습니다. 두 사람도 요정과 여왕을 따라가려 했으나, 요정이 그들을 말렸습니다. 행복해질 것이라는 조용한 기쁨이 서서히 마음으로 넘쳐났으며, 두 사람은 서로의 애정을 느낄 수 있었습니다.

혼란스러움에 갈피를 잡을 수 없는 대화도, 몇 번이나 되풀이하는 사랑의 고백도, 두 사람에게는 그 어떤 훌륭한 연설보다 더 확실한 사랑의 증거였습니다. 이러한 경우면 사랑이 언제나, 참된 사랑에 빠진 사람들에게 말하게 하는 말들을 전부 마치고 난 뒤, 벨은 왕자에게 어떤 불운 때문에 그토록 잔혹한 방법으로 야수의 모습이 된 것인지를 물었습니다. 그녀는 또, 그 잔혹한 변신 이전에 일어났던 모든 일들에 대해서도 들려줬으면 좋겠다고 말했습니다. 왕자는, 모습은 변했지만 벨을 충실하게 대하고 싶다는 마음은 변하지 않았기에 다음으로 미루려 하지 않고 이렇게 이야기를 시작했습니다.

7

"저희 아버지이신 왕은 제가 태어나기 전에 돌아가셨습니다. 뱃속에 깃들어 있는 아이를 생각하지 않았다면 여왕은 사별의 슬픔을 극복하지 못했을 것입니다. 저의 탄생은 여왕에게 더할 나위 없는 기쁨을 가져다주었습니다. 그녀의 슬픔을 잊게 해주는 것은, 한없이 사랑했던 남편의 아들을 기르는 기쁨뿐이었습니다.

여왕의 근심은 오직 저의 교육에 관한 것, 그리고 저를 잃는 것이 아닐까 하는 불안뿐이었습니다. 그 일에 관해서는 여왕을 도와줄 요정이 있었는데 어떤 사고로부터도 저를 지켜주겠다는 열의를 내보였습니다. 여왕은 그 사실을 매우 고맙게 생각했으나, 요정이 저를 자신에게 맡기기 바란다는 말은 기분 좋게 받아들이지 않았습니다. 그 요정은 자신의 기분에 따라 사람을 대한다는 소문이 있어서 평판이 썩 좋지 않았기 때문이었습니다. 사람들은 그녀를 사랑한다기보다 오히려 두려워하고 있었습니다. 그와는 상관없이 어머니가 비록 그 요정의 성격이 좋다고 확신하고 있었다 할지라도, 저를 당신의 눈에 띄지 않는 곳으로 데려가는 것에는 찬성하셨을 리가 없었을 것입니다.

하지만 신중한 사람들의 충고도 있었고, 복수심 강한 그 요정의 원한이 불행한 결과를 가져다줄 우려도 있었기에 여왕은 그 요정의 말을 완전히 거절할 수는 없었습니다. 그래서 여왕이 자발적으로 저를 맡기면 요정이 제게 나쁜 짓을 하지는 않으리라고 생각했습니다. 그때까지의 경험을 통해서 그 요정이 위해를 가한 것은 자신을 모욕했다고 느낀 상대뿐이라는 사실은 알고 있었습니다. 여왕은 옳은 충고라고 생각했으나 단지 괴로웠던 것은 어머니로서 한시도 눈을 떼지 않고 저를 바라보아 제 속에서 여러 가지 매력—어머니의 맹목적인 사랑에 지나지 않습니다만 —을 발견하는 기쁨을 맛볼 수 없게 될 것이라는 점이었습니다.

여왕이 아직 망설이고 있을 때였습니다. 이웃의 강국이 여성의 치마폭에서 애지중지 자란 어린 왕의 나라 따위는 단번에 빼앗을 수 있다며, 수많은 병사들을 이끌고 침입해 들어왔습니다. 여왕은 서둘러 군대를 일으키고 여성에게서는 흔히 찾아볼 수 없는 용기로 군대의 선두에 서서 국경을 지키기 위해 출진했습니다. 그때는 이미 저를 남겨두고 갈 수밖에 없었기에 제 교육을 요정에 게 맡기지 않을 수 없었습니다. 전쟁이 끝나는 대로 조건 없이 저를 궁정으로 돌려보내겠다는 신성한 약속을 요정이 하자, 저는 그녀의 손에 맡겨지게 되었습니다. 어머니는 길어야 1년이면 전쟁이 끝날 것이라 생각하고 계셨던 것입니다. 그러나 몇몇 전투에서 승리를 거두기는 했지만 그렇게 빨리 성으로 돌아올 수는 없었습니다. 승리한 전쟁에서 이익을 얻기 위해 여왕은 자국에서 적을 내쫓은 뒤에도 적국 속까지 그들을 추격했습니다.

여왕은 여러 지방을 빼앗고 거듭되는 전투에서 승리를 거두어 결국에는 패자가 굴욕적인 평화를 요구하기까지 내몬 뒤, 엄격한 조건을 붙여 그 평화를 실현시켰습니다. 이렇게 승리를 자신에게 유리하게 이끈 뒤, 여왕은 승리감에 젖어 출발하여 저와의 재회를 즐거운 마음으로 그려보았습니다. 그런데 여왕은 돌아오는 길에,

비열한 적들이 평화조약을 깨고 주류부대를 학살했으며 여왕의 나라에 건네주었던 모든 진지를 탈취했다는 소식을 들었기에 되돌아가지 않을 수 없었습니다. 저를 여왕의 품으로 데려오겠다는 조급한 마음보다, 명예심이 더욱 앞섰던 것입니다. 여왕은 적이 두 번 다시 반역할 수 없는 상태가 될 때까지 싸움을 멈추지 않겠다고 결심했습니다.

그 2차 원정은 오래도록 계속되었습니다. 여왕은 두어 번의 전투면 충분할 것이라 생각했으나, 그렇게 만만한 상대가 아니었으며 그들은 음흉하기까지 했습니다. 적이 책략을 써서 각 지방에서 민란을 일으키게도 하고, 병사 전원으로 하여금 배반하게도 했기 때문에 여왕은 15년 동안이나 전장에서 떠날 수 없었습니다. 그녀는 저를 불러들이려 하지 않았습니다. 곧 돌아갈 수 있을 것이다, 곧 아들을 만나러 돌아갈 수 있을 것이라고 늘 생각하고 있었기 때문이었습니다.

그러는 사이에 요정은 약속대로 제 교육에 전념했습니다. 저를 왕국에서 데려온 날 이후로 늘 제 곁을 떠나지 않았으며, 제 건강과 즐거움에 끊임없이 주의를 기울였습니다. 저는 그녀의 후의에 얼마나 감사하고 있는지를, 그녀에 대한 경의로 나타냈습니다. 친어머니를 대할 때처럼 신경을 썼으며, 정성을 다했고, 감사의 마음 때문에 친애의 정까지 품게 되었습니다.

한동안 그녀는 그것으로 만족하고 있는 듯 보였습니다. 그런데 이유도 밝히지 않고 떠났던 여행에서 몇 년 만에 돌아와서는 자신이 들인 공의 성과에 반해버렸는지, 제게 어머니가 품는 것과는 다른 애정을 품기 시작했습니다. 예전에는 어머니라고 부르는 것을 허락했었는데, 이후부터는 제가 그렇게 하는 것을 금했습니다. 거기에 어떤 이유가 있는지 알려 하지도 않고, 또 그녀가 제게 무엇을 요구하는 건지 생각해보려 하지도 않고 저는 그녀의 말에 따랐습니다.

그녀가 만족을 느끼고 있지 않다는 사실은 알고 있었습니다. 하지만 그녀가 늘 은혜도 모른다며 저를 야단치는 이유를 제가 어떻게 알 수 있었겠습니까? 전혀 짐작되는 일이 없었기에 저는 그런 식으로 야단을 맞을 때마다 뜻밖이라고 생각했습니다. 그렇게 야단을 맞고 나면 반드시 애정이 가득 담긴 애무를 해주었는데, 경험이 부족했던 저는 그 의미를 알 수가 없었습니다. 그녀는 그런 마음을 설명할 필요가 있었는데, 마침내 그날이 찾아오고야 말았습니다. 여왕의 귀국이 늦는다며 제가 그리움과 외로움이 뒤섞인 심정을 그녀에게 털어놓았을 때였습니다. 요정은 그 일로 저를 야단쳤습니다. 어머니에 대한 애정이 요정에 대해서 품어야 할 애정을 방해하는 일은 결코 없을 것이라고 말하자, 그녀는 그 일에 대해서는 질투를 하고 있지 않으며, 저를 위해서 최선의 노력을 다해왔고 앞으로도 그렇게 할 생각이라고 대답했습니다. 그리고 이렇게도 말했습니다.

'너를 위해서 계획한 일을 조금 더 자유롭게 하기 위해서는 네가 나와 결혼을 할 필요가 있다. 나는 어머니처럼이 아니라, 연인처럼 네게서 사랑을 받고 싶다. 너는 당연히 이 제안을 감사히 받아들이고 커다란 기쁨으로 그것을 승낙하겠지? 그러니 너는 그냥 아무것도 생각하지 말고 기뻐하기만 하면 돼. 너를 온갖 위험에서 지켜주고, 넘치는 매력과 영광이 가득한 인생을 가져다줄 강력한 요정을 아내로 맞아들이게 된 것이니.'

이 요구에 저는 당황했습니다. 우리나라에서 어린 시절을 보냈던 저는 세상의 일을 어느 정도 알고 있었기에 결혼한 사람들 가운데 나이와 성격이 잘 맞아서 행복하게 사는 사람들과, 환경의 차이 때문에 상대방에게 적의를 품고 서로에게 커다란 고통을 주는 가엾은 사람들이 있다는 사실을 잘 알고 있었습니다.

요정은 나이 많아서 추하고 거만했기에 그녀가 말한 것처럼 멋진 장래를 기대할 수 있으리라고는 여겨지지 않았습니다. 같이 행복한 인생을 보내고 싶은 사람에 대해서 품는 것과 같은 감정을, 그녀에게서는 도저히 느낄 수가 없었습니다. 게다가 저는 그렇게 빨리 결혼할 생각은 없었습니다. 제 마음을 불태우고 있었던 것은 여왕을 보고 싶다는 생각과, 그 군대의 대장이 되어 활약하고 싶다는 생각뿐이었습니다. 저는 자유로운 몸이 되고 싶어서 견딜 수가 없었습니다. 저를 만족시켜줄 수 있는 것은 그것뿐이었으나, 요정이 제게 허락하지 않은 일도 그것뿐이었습니다.

저도 모두와 함께 위험을 나눌 수 있도록 전장으로 나가게 해달라고 몇 번이고 간청했습니다. 여왕이라면 저를 위해서 그곳으로 달려오게 해줄 것이라는 사실을 잘 알고 있었습니다. 하지만 저의 소원은 그때까지도 이루어지지 않았습니다. 뜻밖의 고백과 함께 얼른 대답하라고 재촉했기에 저는 혼란스러웠습니다. 그랬기에 저는 어머니의 명령 없이, 그녀가 없는 동안에 앞날을 결정하는 것은 금지되어 있다, 당신도 몇 번이나 말하지 않았느냐고 지적했습니다.

요정이 대답했습니다.

'그래, 네 말이 맞아. 거기에 어긋나는 행동을 네게 강요할 생각은 없어. 여왕에게 모든 판단을 맡기면 될 거야.'

아름다운 왕비여, 조금 전에도 말했지만 그 요정은 그때까지 제가 어머니인 여왕을 만나러 가는 것을 허락하지 않았습니다. 그런데 요정은 여왕의 동의를 얻기 위해서, 그리고 동의를 해줄 것이라 생각하고 있었기에 제가 청하지 않아도 계속 거부해왔던 그 일을 허락하지 않을 수 없었습니다. 하지만 요정은 제게 그다지 기쁘지 않은 조건을 붙였습니다. 그녀도 저와 동행하겠다는 조건이었습니다. 어떻게든 그것만은 막아보려 했으나 뜻대로 되지 않았습니다. 저희는 수많은 호위병사들과 함께 출발했습니다.

저희가 도착한 것은 어떤 결정적인 전투가 벌어지기 전날이었습니다. 여왕의 전투가 성공적으로 진행되고 있었기 때문에 전력을 거의 소비한 적군은 이튿날의 전투에서 지면 패배를 받아들일 수밖에 없는 상황이었습니다. 제가 모습을 드러냈기에 우리 군은 기쁨으로 들끓었으며, 사기가 높아진 병사들은 저의 도착을 승리를 암시하는 길조라고 생각했습니다. 여왕은 더할 나위 없이 기뻐했습니다. 그러나 처음의 흥분이 가라앉자 기쁨은 곧 걱정으로 바뀌었습니다. 제가 공을 세우게 되었다는 기대감으로 가슴을 한껏 부풀리고 있을 때, 여왕은 제가 범하려고 하는 위험을 알고 몸을 떨었습니다. 고결한 사람이었기에 제게 가지 말라고는 말할 수 없었으나, 애정의 이름으로 명예가 허락하는 범위 안에서 모쪼록 자신의 몸을 소중히 여겼으면 좋겠다고 제게 말했습니다. 또한 요정에게도 싸움터에 나가는 아들을 부디 지켜주셨으면 좋겠다고 간청했습니다. 여왕이 그렇게 간청할 것도 없이 자존심 강한 그 요정 역시 여왕만큼이나 걱정을 하고 있었습니다. 저를 전쟁의 위험에서 지킬 방법이 그녀에게는 없었기 때문이었습니다. 하지만 군을 지휘하는 기술과 중요한 직무에 적합한 신중함을 단번에 제게 전수해주었고 그것이 효과를 거두었습니다. 산전수전 다 겪은 장군들도 제게 감탄했을 정도였습니다. 저는 전투를 지휘해서 완벽한 승리를 거두었습니다. 다행스럽게도 저는 여왕의 목숨을 구했고, 그녀가 전쟁의 포로가 되는 것을 막을 수 있었습니다. 적군은 단번에 궁지로 내몰려 진지를 버려야 했고 무기와 함께 병력의 4분의 3이나 잃었지만 우리 군이 잃은 것은 얼마 되지 않았습니다.

적군이 자랑으로 여길 만한 것은 제가 가벼운 부상을 입었다는 사실뿐이었습니다. 그러나 그 사건 때문에 전쟁이 더 이상 계속되면 더 커다란 일이 제게 벌어질지도 모른다고 걱정한 여왕은, 저의 존재로 사기가 오를 대로 오른 전군의 소망에도 불구하고 패자가 바랄 수도 없는 조건으로 평화를 맺어버렸습니다.

그로부터 얼마 지나지 않아서 저희는 철군을 시작해 성으로 개선했습니다. 전쟁 때문에 정신없이 바빴고, 제게 마음을 빼앗겨버린 늙은 요정이 늘 주위를 맴돌았기에 저는 그때까지도 요정에 관한 일을 여왕에게 말하지 못하고 있었습니다. 그랬기에 당장에라도 저와 결혼할 생각이라고 그 메가이라(복수의 여신)가 분명하게 선언한 것은, 여왕에게는 그야말로 청천벽력과도 같은 일이었습니다. 늙은 요정이 그렇게 선언한 것은 바로 여기, 지금처럼 장엄하고 아름답지는 않았지만 바로 이 궁전에서의 일이었습니다. 이곳은 돌아가신 왕의 별장이었는데 왕은 집무에 정신없이 바빠서 건물을 꾸며야겠다는 생각은 할 여유조차 없었습니다. 아버지가 사랑하던 것을 소중히 여기고 계시던 어머니였기에 전쟁의 피로를 달래기 위해 이 궁전을 즐겨찾곤 했습니다.

요정의 선언을 들은 여왕이 첫 번째 반응을 억누르지 못하고, 마음을 속일 방법도 없는 채로 이렇게 외쳤습니다.

'요정님께서는 당신 자신이 말씀하신 조합의 기이함을 생각해 보셨나요?'

틀림없이 그보다 더 우스운 조합은 생각할 수 없을 정도였습니다. 요정은 나이 들어 몸을 잘 가누지 못하는 여자였을 뿐만 아니라 소름이 돋을 정도로 추했습니다. 거듭된 세월이 그녀를 추하게 만든 것이 아니었습니다. 젊었을 때 아름다웠다면 마법으로 아름다움을 유지할 수도 있었을 것입니다. 그러나 그녀는 타고난 미모가 없었기 때문에 마법의 힘으로 인공적인 아름다움을 자신에게 부여할 수 있는 것은 1년에 하루밖에 되지 않으며, 그 하루가 지나면 다시 원래의 상태로 돌아가 버리고 맙니다.

요정은 여왕의 말에 놀랐습니다. 자존심 때문에 자신의 추한 부분을 보지 못하던 그녀는, 외적인 매력은 없지만 자신의 권력으로 그것을 메울 수 있을 것이라 생각하고 있었던 것입니다.

'조합의 기이함이라니, 무슨 뜻이죠? 제가 기껏 잊으려 하고 있는데 그걸 떠오르게 하다니, 경솔하다고 생각지 않으시나요? 당신은 단지, 제가 위대한 흙과 물과 불과 공기를 관장하는 4대 정령보다 더 좋아할 만큼 매력적인 아들을 두었다는 사실을 기뻐하기만 하면 될 거예요. 제가 몸을 낮추어 아들에게 손을 내민 것이니 제 마음이 변하기 전에 제가 당신에게 베풀려 하는 이 친절과 명예를 공손히 받으세요.'

요정에게도 지지 않을 만큼 자부심이 강한 여왕은 왕위보다 높은 지위가 있다고는 단 한 번도 생각한 적이 없었습니다. 요정이 주려하는 명예라는 것도 우습게 생각하고 있었습니다. 자신의 환심을 사려는 자들에게 늘 명령만 해오던 사람이었기에 당신이 경의를 표해야 하는 며느리를 얻어야겠다고는 단 한 번도 생각한 적이 없었던 것입니다. 그랬기에 대답을 하기는커녕 여왕은 꿈쩍도 하지 않고 그저 저를 가만히 바라보기만 할 뿐이었습니다. 저도 놀라서 여왕과 마찬가지로 여왕을 바라보았기에, 요정은 이 침묵이 우리에게 주려하고 있는 기쁨과는 반대의 감정을 그대로 나타내고 있는 것이라는 사실을 쉽게 이해할 수 있었습니다.

요정이 불쾌하다는 듯 말했습니다.

'이건 대체 무슨 의미죠? 어머니도 그렇고, 아들도 그렇고, 왜 입을 다물고 있는 거죠? 너무나도 기쁘고 놀라서 할 말을 잃은 건가요? 아니면 제 요구를 거절할 만큼 당신들은 눈이 어둡고 생각이 없으신 건가요? 왕자의 말을 들어보고 싶군요.'

요정이 저를 보고 말을 이었습니다.

'내 친절을 잊을 정도로 너는 은혜도 모르고 무분별한 사람이었단 말이냐? 지금 이 자리에서 나와의 결혼에 동의하지 않을 생각이냐?'

제가 서둘러 답했습니다.

'아닙니다, 요정님. 분명히 말씀드리겠는데 베풀어주신 은혜에는 진심으로 감사하고 있으나 그런 방법으로 은혜를 갚고 싶지는 않습니다. 설령 여왕께서 허락을 하신다 할지라도 그렇게 빨리 자유를 잃고 싶지는 않습니다. 당신의 친절에 보답할 수 있는 다른 방법을 말씀해주시지 않으시겠습니까? 무엇이든 할 테니. 단지 당신께서 제안하신 방법만은 부디 거두어주시기 바랍니다. 왜냐하면……'

그녀가 신경질적으로 제 말을 끊으며 말했습니다.

'뭐라고! 비천한 인간인 네가 내 말에 거역하겠다니 참으로 뻔뻔하구나! 게다가 어리석은 여왕님, 이런 오만함을 보고도 화가 나지 않으시나요? 화가 날 리가 없으시겠죠. 당신 자신이 이렇게 만든 것이니. 아들이 이렇게 뻔뻔스러운 대답을 한 것은 당신의 오만한 눈빛을 보았기 때문이에요.'

요정의 거친 말에 벌써부터 화가 나 있던 여왕은 더 이상 마음을 억누를 수 없게 되어, 요정이 아직 그녀를 책망하고 있을 때 눈앞에 있던 거울을 문득 바라보며 이렇게 대답했습니다.

'뭐라 말씀드려야 할지 모르겠습니다. 당신은 당신 자신의 모습에 대해서 생각해보신 적이 없으신가요? 그렇다면 제발 착각

을 버리시고 이 거울이 비치고 있는 모습을 보시기 바랍니다. 저 대신 거울이 답을 해줄 겁니다.'

요정은 여왕이 무슨 말을 하고 싶은 건지 금방 이해할 수 있었습니다. 그리고 그녀가 말했습니다.

'다시 말해서 당신이 그렇게 오만하게 구는 것은 소중한 아들의 미모 때문이라는 거군요. 그 때문에 저는 불명예스럽게도 거절을 당하는 거로군요. 당신은 제가 왕자와 어울리지 않는다고 생각하시는 거죠? 그렇다면,'

그녀가 분노에 가득 찬 목소리로 소리를 지르며 이렇게 말했습니다.

'당신 아들을 이렇게 매력적으로 만들기 위해서 지금까지 무엇 하나 아끼지 않고 돌봐왔으니 제 작품에 마지막 손길을 더하도록 하죠. 그리고 당신들 두 사람이 제게서 받은 은혜를 잊지 않도록 하기 위해서 참신하고 화려한 소재를 주기로 하죠.'

그런 다음 그녀가 제게 말했습니다.

'자, 어리석은 자여. 나의 사랑과 나와의 결혼을 거부한 것을 마음껏 자랑하도록 하라. 그리고 나보다 더 잘 어울리는 여성을 찾아서 그것을 바치도록 하라.'

이렇게 말하더니 그 무시무시한 청혼자가 제 머리 위에 일격을 가했습니다. 그 충격이 너무나도 컸기에 저는 머리부터 땅바닥에 쓰러지고 또 산이 무너져 깔려버린 것 같은 느낌을 받았습니다. 저는 그와 같은 모욕에 화가 나서 몸을 일으키려 했지만 그렇게 할 수 없었습니다. 몸이 너무 무거워서 일어날 수 없었던 것입니다. 제가 할 수 있는 일이라고는 단지 두 손으로 몸을 지탱하는 것뿐이었는데 그 손도 한순간에 소름이 돋을 것 같은 동물의 다리로 바뀌어, 그것을 보고 저는 제 모습이 바뀌었다는 사실을 깨달았습니다. 당신도 보셨던 바로 그 모습이었습니다. 저는 바로 그 숙명의 거울 쪽으로 눈을 돌렸는데, 저를 덮친 잔혹하고 갑작스러운 변신에는 더 이상 의심의 여지도 없었습니다.

저는 너무나도 고통스러운 나머지 몸을 움직일 수 없었으며, 여왕은 이 비참한 광경에 화를 냈습니다. 그 만행에 마침표를 찍듯 난폭한 요정이 코웃음을 치며 이렇게 말했습니다.

'멋진 여성들을 마음껏 유혹하도록 해라. 위엄 있는 요정보다 너에게 더 잘 어울리는 여성들을. 이 정도의 미모가 있으면 재능 같은 건 필요 없을 테니 내가 네게 명령하기로 하지. 추한 모습과 마찬가지로 우둔한 척해야 한다. 그리고 원래의 모습을 되찾고 싶다면 젊고 아름다운 아가씨가 네게 잡아먹힐 걸 알면서도 스스로 너를 만나러 오기를 기다려야 할 거야.'

그녀가 말을 이었습니다.

'그리고 아가씨는 목숨을 잃을 위험은 없다는 사실을 깨달은 뒤, 네게 결혼을 청할 정도로 깊은 사랑을 품고 있어야만 돼. 세상에서도 보기 드문 그런 여성을 만날 때까지 너는 자신에게도, 너를 보는 모든 사람들에게도 증오의 대상이 되기를……. 그리고 당신, 이렇게 매력적인 아들의 행복한 어머니여.'

그녀가 이번에는 여왕에게 말했습니다.

'미리 말해두겠는데 이 괴물이 당신의 아들이라는 사실을 누군가에게 밝히면 아들은 두 번 다시 원래의 모습으로 돌아오지 못할 거예요. 이해관계나 야심이나 능력에서 오는 매력의 도움 없이 그는 이 모습을 벗어버려야 해요. 그럼 저는 이만 떠나기로 하죠. 아아, 조금만 참으세요. 그렇게 오래 기다리지는 않을 테니. 왕자님께서는 이렇게 사랑스러우시니 이 병을 고칠 수 있는 약도 금방 구할 수 있을 거예요.'

여왕이 외쳤습니다.

'어떻게 이렇게 잔혹한 짓을! 제 거절로 마음이 상하셨다면 제게 복수를 하세요. 제 목숨을 빼앗으세요. 당신이 공을 들였던 작품을 망가뜨리지 말고, 제발 부탁이니……'

요정이 비아냥거리듯 받아쳤습니다.

'마음에도 없는 소리 하지 마세요, 위대한 여왕님. 너무 겸손하신 것 아닌가요? 저는 여왕님께서 말을 걸어주실 만큼 아름답지 않은데요. 어쨌든 제 생각은 변하지 않을 거예요. 안녕히 계세요, 기세 좋으신 여왕님. 안녕, 미모의 왕자여. 이 이상 나의 추악한 모습으로 당신들을 괴롭히는 건 좋지 않겠죠? 저는 이만 돌아가겠지만, 당신들이 가엾으니 한 가지 충고를 해주기로 하죠.'

그리고 저를 향해 말했습니다.

'너는 자신이 누구인지를 잊어야 할 거야. 너를 애지중지 돌봐주거나 그 높으신 신분의 이름으로 부르는 사람이 있어서 우쭐했다가는 모든 것이 끝장이야. 그리고 말솜씨로 사랑을 얻으려고 재주를 부려도 그것으로 끝장이야.'

이렇게 말한 뒤 요정은 모습을 감추었고 그 자리에 남은 여왕과 저는 한마디 말도, 그 어떤 생각도 할 수 없는 상태에 빠져버리고 말았습니다. 불행한 사람은 울음으로 위로를 받는 법이지만, 저희 두 사람에게는 거의 아무런 효과도 없었습니다. 어머니는 단도로 목숨을 끊어야겠다고 결심하셨고, 저는 가까운 연못에 몸을 던져 목숨을 끊어야겠다고 결심했습니다. 저희는 서로에게 이야기하지도 않고 그런 비통한 계획을 실행에 옮기려 했던 것입니다. 그런데 그때 당당한 모습의, 경의를 품게 할 정도의 모습을 한 여성이 나타나 저희에게 말했습니다.

'아무리 커다란 어려움이라 할지라도 거기에 굴하는 것은 비겁한 일이에요. 시간과 용기만 있으면 어떤 불행도 극복할 수 있는 법이에요.'

하지만 여왕은 비탄에 잠겨서 눈물을 줄줄 흘리며, 군주가 끔찍한 야수로 변했다는 사실을 신하들에게 어떻게 전달해야 좋을지 몰라 그저 커다란 절망에 빠져 있을 뿐이었습니다. 여왕의 고뇌와 딱한 처지를 짐작한 요정(그녀도 요정이었던 것입니다. 당신이 여기서 본 바로 그 요정입니다.)이 단호하게 말했습니다.

'이 끔찍한 사건을 신하와 백성들에게 알려서는 안 돼요.'

그리고 이렇게 충고해주었습니다.

'절망할 여유가 있다면 이 재난에 어떻게 맞서야 할지를 생각하는 편이 좋을 거예요.'

여왕이 외치듯 말했습니다.

'맞설 방법이 있나요? 요정의 뜻이 집행되지 않도록 할 수 있을 만큼 강력한 방법이 있나요?'

요정이 대답했습니다.

'있어요. 어떤 일에나 해결책은 있는 법이에요. 조금 전 당신들에게 분노를 폭발시킨 그 요정처럼 저도 요정이니. 힘에 있어서는 그녀에게 뒤지지 않아요. 하지만 그녀가 행한 악행을 지금 당장 바로잡을 수는 없어요. 요정들이 서로의 의지에 직접 맞서는 것은 금지되어 있기 때문이에요. 당신들에게 불행을 가져다준 요정은 저보다 나이가 많아요. 저희들 사이에서 나이는 존경해야 할 경력이에요. 그녀가 좋지 않은 마법을 풀기 위한 조건을 붙여두었으니 그 점에서 저는 당신들에게 도움을 줄 수 있을 거예요. 틀림없이 이 마법을 푸는 것은 쉬운 일이 아니지만, 최선을 다하면 불가능한 일도 아닐 거예요. 당신들을 위해서 무엇을 할 수 있을지 생각해보기로 하죠.'

그리고 드레스에서 책 한 권을 꺼낸 그녀는 이상한 걸음걸이로 몇 걸음인가 걸어가 테이블 앞에 앉더니 아주 오랜 시간, 땀이 흐를 정도로 열심히 그 책을 읽었습니다. 그런 다음 그녀는 책을 덮더니 깊은 명상에 빠졌습니다. 그 표정이 너무나도 심각했기에 저희는 한때 이번 불행을 막을 방법이 없는 것 아닐까 생각했을 정도였습니다. 하지만 명상에서 눈을 뜬 요정이 원래의 아름다운 표정을 되찾으며 저희의 불행을 해결할 방법이 있다는 사실을 가르쳐주었습니다.

그녀가 말했습니다.

'시간이 걸릴 거예요. 하지만 그건 확실한 방법이에요. 비밀이 새어나가면 안 되니, 당신이 이 끔찍한 모습 속에 숨겨져 있다는 사실을 누구도 알지 못하도록 조심하셔야 해요. 그렇게 하지 않으면 당신을 해방시킬 방법이 사라져버리기 때문이에요. 적은 당신이 비밀을 누설할 것이라 생각하고 있어요. 그렇기 때문에 당신에게서 말을 빼앗지 않은 거예요.'

여왕은 그 조건이 지켜지지 않을 것이라 생각했습니다. 왜냐하면 두 시녀가 그 비극적인 사건의 현장에 있다가 겁을 먹고 나가버렸기 때문이었습니다. 그 일이 위병이나 신하들의 호기심을 자극했을 것임에 틀림없다, 사실이 궁 안의 모든 사람들에게 전해지고 곧 왕국은 물론 전 세계에도 알려질 것이 뻔하다고 여왕은 생각했습니다. 하지만 요정은 비밀이 폭로되지 않도록 할 방법을 알고 있었습니다. 그녀는 뜻을 알 수 없는 말을 중얼거리며 때로는 엄숙하게, 때로는 빨리 빙글빙글 맴돌더니 마지막에는 절대적인 권력으로 명령하는 사람처럼 손을 들었습니다. 그 동작과 주술이 절대적인 힘을 발휘했기에 성 안에 있던 생물들 모두 몸을 움직일 수 없는 조각상으로 변해버렸습니다. 그들은 지금도 갑작스럽게 요정의 강력한 명령을 받았을 때와 같은 모습으로 있습니다.

그 순간 여왕은 커다란 안뜰을 둘러보고 수많은 사람들의 몸에 일어난 변화를 깨달았습니다.

사람들의 웅성거림이 갑자기 정적으로 바뀌어버렸으며, 아무런 죄도 없이 저 때문에 목숨을 잃은 수많은 사람들에 대한 연민의 정이 여왕의 가슴속에서 끓어올랐습니다. 하지만 요정은 신하와 백성들이 이런 상태로 있는 것은 비밀을 유지할 필요가 있을 때뿐이라고 여왕을 안심시켰습니다. 신중을 기하기 위해서는 그렇게 할 수밖에 없었던 것입니다. 그리고 요정은 그에 대한 보상으로 사람들이 그 상태로 보내는 시간은 그들의 수명에 포함되지 않을 것이라고 약속했습니다.

요정이 여왕에게 말했습니다.

'그들은 그만큼 젊어질 거예요. 그러니 그들을 너무 가엾다고 생각하지는 마세요. 아드님과 함께 그들을 여기에 남겨두고 가기로 하죠. 여기라면 아드님께 위험이 닥치는 일은 없을 거예요. 이 성을 짙은 안개로 감싸두었으니 저희가 적당하다고 판단할 때까지는 누구도 여기에 들어올 수 없을 거예요. 당신은 당신을 필요로 하는 곳으로 데려다드릴게요. 적들의 움직임도 경계를 해야 돼요. 사람들에게는 양육을 맡은 요정에게 중요한 계획이 있어서 왕자를 여기에 남겨두고 왔다, 당신이 데려온 사람들도 모두 여기에 두고 왔다고 말씀하세요.'

저를 두고 떠나야 한다는 사실을 알고 여왕은 눈물을 줄줄 흘렸습니다. 요정은 왕자를 늘 지켜보고 있을 테니 안심하라고 몇 번이고 말하고, 왕자가 원하기만 하면 무슨 일이든 소원대로 될 것이라고 단언했습니다. 그리고 여왕이나 왕자가 어떤 경솔한 언동으로 실수하지만 않는다면 왕자의 불행은 끝날 것이라고 덧붙였습니다. 그러한 모든 약속으로도 어머니는 마음을 놓을 수가 없었습니다. 가능하다면 그녀가 제 곁에 남고, 왕국의 통치는 요정이나 그녀가 가장 적합하다고 생각하는 사람에게 맡기고 싶어 했습니다. 그러나 무릇 요정이 권위를 가지고 명령한 것에는 모든 사람들이 따라야 하는 법입니다. 여왕은 그것을 거부했다가는 내 불행이 더욱 커질지도 모른다, 이 선량한 요정에게 도움을 받지 못하게 될지도 모른다고 생각했기에 요정의 모든 요구를 받아들이기로 했습니다. 그러자 아름다운 수레가 들어오는 것이 보였는데 그것을 끌고 있는 것은 오늘 여왕을 여기까지 싣고 온 것과 같은 하얀 사슴들이었습니다. 요정이 여왕을 옆자리에 앉혔는데 저와 포옹을 나눌 시간도 없을 정도였습니다. 여왕은 전쟁에서 얻은 권리와 이익을 지키기 위해 다른 곳으로 가야만 했으며, 여기에 더 이상 머무르면 제게 불리해진다는 경고도 들었습니다. 그녀는 생각할 수도 없을 만큼 빠른 속도로 군대의 숙영지에 도착했는데, 그런 수레를 타고 도착했다는 사실에는 누구도 놀라지 않았습니다. 모두들 여왕이 그 늙은 요정과 함께 온 것이라 생각했으며, 실제로 동행한 요정은 모습을 드러내지 않고 바로 출발해버렸기 때문이었습니다. 그것은 이곳으로 돌아오기 위해서였습니다. 그녀는 자신의 기술과 상상력으로 얻을 수 있는 모든 것을 동원해서 이곳을 순식간에 새로 꾸몄습니다.

그리고 그 친절한 요정은 여기에 무엇이든 좋아하는 것을 더해도 좋다고 말해주었습니다. 그렇게 자신이 할 수 있는 모든 일을 마치고 나서 그녀는 힘을 내라고 저를 격려한 뒤, 희망이 될 만한 일이 있으면 그것을 알려주기 위해 종종 오겠다고 말하고 떠났습니다.

8

궁전 속에서 저는 혼자 있는 것처럼 보였으나 그건 그렇게 보이는 것일 뿐, 궁중에 있을 때와 마찬가지로 신하들이 보살펴주었습니다. 그 이후부터 저의 일과는 당신이 여기서 보냈던 것과 거의 같아서 독서나 공연 관람을 하기도 하고 심심풀이로 만든 정원을 가꾸기도 했습니다. 언제나 즐거움이 끊이지 않았습니다. 제가 심은 식물은 단 하루 만에 완벽하게 성장했습니다. 제가 여기서 당신을 만날 기회를 만들어준 장미를 아치형으로 꾸미는 데도 그 이상의 시간은 걸리지 않았습니다.

저의 은인은 수시로 저를 만나러 와서 앞날에 대한 희망을 이야기하고 곁에 있어줌으로 해서 저의 고통을 가볍게 해주었습니다. 여왕은 요정을 통해서 저의 소식을 들었으며, 저 역시도 요정에게서 여왕의 소식을 들었습니다.

어느 날 요정이 찾아와 기쁨으로 눈을 반짝이며 말했습니다.

'왕자님, 당신의 행복이 다가오고 있어요.'

그리고 그녀는 당신이 아버지라 생각하고 있던 그 사람이 숲에서 밤새 고생을 했다는 사실을 들려주었습니다. 요정은 당신에 관한 출생의 비밀은 가르쳐주지 않았지만 그 사람이 여행을 하게 된 이유에 대해서는 간단하게 설명을 해주었습니다. 그 노인은 악천후 속에서 하루 밤낮을 고생했는데 피난장소를 찾아 여기로 오게 되어 있다는 것이었습니다.

그녀가 말했습니다.

'지금부터 그 사람을 어떻게 맞아들여야 할지 제가 지시를 내릴게요. 마음이 편안해지게 접대해야 해요. 그 사람에게는 아주 훌륭한 딸이 있어요. 저는 그 아가씨가 당신을 해방시켜주기를 바라고 있어요. 그 잔혹한 저의 동료가 당신의 마법을 풀기 위한 조건으로 붙인 내용들을 주의 깊게 살펴보았어요. 당신을 구할 아가씨가 당신을 사랑해서 여기에 와야 한다고 말하지 않은 것은 행운이었어요. 대신 그녀는 아가씨가 죽음을 두려워하면서도 스스로 이 위험에 몸을 맡겨야 한다고 말했어요. 아가씨가 그렇게 하도록 만드는 방법을 저는 생각해냈어요. 아버지가 목숨을 잃을 위기에 처했고, 자신이 오는 것 외에는 아버지를 구할 방법이 없다고 아가씨가 생각하도록 하는 거예요. 그 아가씨의 언니들은 염치없게도 산더미 같은 선물을 졸라댔지만, 그 아가씨는 노인이 돈을 쓰지 않도록 하기 위해서 장미 한 송이밖에 청하지 않았다는 사실을 저는 알고 있어요. 기회만 있다면 노인은 딸의 소원을 들어주려 할 거예요. 그러니 당신은 아치형 장미덩굴 뒤에 숨어 있으세요. 그리고 그가 장미를 꺾으면 바로 그를 붙잡아 이렇게 생각하도록 만드세요. 뻔뻔스러움의 벌로 목숨을 잃게 될지도 모른다, 딸 가운데 하나를 당신에게 바치지 않는 한. 혹은 차라리 우리의 적이 정한 조건 그대로, 아가씨가 스스로 몸을 바치지 않는 한. 그 남자에게는 제가 당신의 아내로 삼으려 하는 아가씨 외에도 5명의 딸이 더 있어요. 자신의 목숨을 바쳐서라도 아버지를 구하려 할 정도로 고결한 정신을 가진 사람은 그 가운데 아무도 없어요. 그런 고매한 행동을 할 수 있는 것은

오직 벨뿐이에요.'

저는 요정의 지시를 엄밀하게 실행했습니다. 아름다운 왕비여, 그 일의 성공에 대해서는 당신이 알고 계신 그대로입니다. 상인은 자신의 목숨을 구하기 위해서 제 요구대로 하겠다고 약속했습니다. 저는 돌아가는 그를 바라보며 정말 당신을 데리고 돌아올지 확신이 서지 않았습니다. 데리고 돌아왔으면 좋겠다고 생각하기는 했습니다만, 정말 데리고 돌아올 것 같지는 않았습니다. 상인이

요구한 한 달 내내 저는 얼마나 괴로웠는지 모릅니다. 그 기간이 지나기를 기다리는 것은 제 불행을 더욱 분명히 확인하기 위한 것이라는 생각까지 들었습니다. 아름답고 매력적인 아가씨가, 먹잇감이 될 것이라는 사실을 뻔히 알면서도 용감하게 괴물을 만나러 오리라고는 상상할 수 없었기 때문이었습니다. 의연하게 찾아와서 그 순간을 견딘다 할지라도, 그 후 그녀는 저와 살아야 하며 자신의 행동을 후회해서도 안 됩니다. 저는 그것이 넘을 수 없는 장벽인 것처럼 여겨졌습니다. 무엇보다 그녀가 과연 공포에 목숨을 잃지 않고 저의 존재를 견딜 수 있을까 그것이 걱정되었습니다.

이처럼 비통한 생각 속에서 비참한 나날을 보내던 저는 전에 없이 불쌍했습니다. 그러는 사이에 한 달이 지나자, 저의 수호요정이 당신의 도착을 알려주었습니다. 성대하게 맞아주었다는 사실을 당신은 기억하고 계시겠지요? 말로는 제 기쁨을 표현할 수 없었기에 저는 찬란하고 화려한 방법으로 그 마음을 보이려 했던 것입니다. 저를 돌봐주는 요정은 당신이 저를 아무리 무서워해도, 또 당신이 저를 아무리 다정하게 대해줘도 저의 정체를 밝혀서는 안 된다고 말했습니다. 당신의 마음에 들려고 하는 행동도, 애정을 나타내는 것도, 속마음을 털어놓는 것도 용납되지 않았습니다. 할 수 있는 것이라고는 오로지 비할 데 없는 선량함을 내보이는 것뿐이었습니다. 나쁜 요정이 당신에게 선량함을 내보여서는 안 된다고 말하는 것을 잊었기 때문이었습니다.

그 규율을 지키는 것은 쉬운 일이 아니라 여겨졌지만 저는

따를 수밖에 없었습니다. 그랬기에 저는 매일 아주 짧은 시간 동안만 당신 앞에 모습을 드러내기로 하자, 내 마음이 사랑으로 흘러가지 않도록 피하기 위해 제대로 된 대화는 피하기로 하자고 결심했습니다. 당신이 찾아왔습니다. 매력적인 왕비여, 처음 당신을 본 순간 제 속에서 일어난 것은, 저의 그 괴상한 모습이 당신 속에 일으킨 것과는 정반대되는 감정이었습니다. 당신을 보는 것과, 그 순간에 당신을 사랑하게 되는 것은 제게 있어서 같은 일이었던 것입니다. 떨리는 마음으로 간신히 당신의 방으로 들어간 저는 당신이 오히려 저보다 태연하게 제 시선을 받아들이고 있다는 사실에 커다란 기쁨을 느꼈습니다. 당신이 저와 함께 생활하겠다고 선언했을 때는 얼마나 기뻤는지. 더없이 혐오스러운 모습이 된 뒤에도 여전히 제 자신을 떠나지 않고 있던 자존심 때문에 저는 당신이 저를, 제가 생각하고 있던 것보다 훨씬 덜 추하다고 느낀 것이 아닐까 생각했습니다.

당신의 아버님께서는 만족하시고 떠나셨습니다. 하지만 저의 괴로움은 더욱 커져만 갈 뿐이었습니다. 당신이 아주 특이한 취향을 가지고 있지 않은 한, 제가 당신의 마음에 들 리는 없을 것이라고 생각했기 때문이었습니다. 사려 깊고 매우 조심스러운 당신의 태도와 당신의 말, 그런 당신의 모든 것을 통해서 알게 된 것은, 당신은 이성과 미덕이 명하는 행동원리에 따라서만 행동한다는 사실이었습니다. 그랬기에 어떤 우연한 계기로 일이 잘 풀릴지도 모른다는 기대는 품을 수도 없었습니다. 당신 곁에서는 요정이 시키는 말밖에 할 수 없었는데 일부러 비속하고 유치한 말들만 골라서 시켰기에 저는 절망하고 있었습니다.

저와 함께 자겠느냐는 제안을 당신이 받아들일 리 없다고 요정에게 지적했으나 소용없는 일이었습니다. 그녀는 그저, '참고 조금 더 기운을 내세요. 그렇게 하지 않으면 모든 일이 물거품으로 돌아갈 거예요.'라고 대답할 뿐이었습니다. 요정은 저의 바보 같은 대화를 보충하기 위해서 당신에게 온갖 오락을 제공하고, 제게는 당신을 겁먹게 하거나 당신에게 실례가 되는 말을 할 필요가 없도록 하면서도 당신을 늘 지켜볼 수 있게 해주겠다고 약속해주었습니다. 그녀가 제 모습을 투명하게 해주었기에 똑같이 투명한 정령들이나, 여러 동물들의 모습으로 당신 앞에 모습을 드러내는 정령들이 당신을 위해서 일하는 것을 보고 기쁨을 느꼈습니다.

뿐만 아니라 요정은 당신의 꿈을 지배해 밤에는 상념 속에서,

낮에는 저의 초상화를 통해서 제 모습을 당신에게 보이고, 몽상을 매개로 마치 제가 생각하고 있는 것처럼, 제 자신이 당신에게 말을 하고 있는 것처럼 당신에게 말을 해주었습니다. 당신은 저의 비밀과 저의 기대를 막연하게나마 알게 되었고, 요정은 제 기대가 이루어질 수 있도록 당신을 인도해주었습니다. 곳곳에 있는 거울을 통해서 저는 당신의 대화를 들을 수 있었고, 당신이 꿈속에서 하는 말과 당신이 생각하는 것 모두를 볼 수 있었습니다. 그러한 상황도 저를 행복하게 하기에는 충분한 것이 아니었습니다. 제가 행복한 것은 꿈속에서일 뿐, 불행이 저의 현실이었습니다. 당신에게서 아주 커다란 사랑을 느끼게 된 저는 자유를 속박당한 채 살아가고 있는 제 몸을 저주하기 시작했습니다. 그런데 당신이 이 아름다운 장소에 더 이상 매력을 느끼지 못하게 되었다는 사실을 알게 된 순간 저는 더욱 커다란 슬픔에 빠져버리고 말았습니다. 당신이 눈물 흘리는 모습을 보면, 눈물 한 방울 한 방울이 제 가슴을 찌르는 듯해서 더는 버틸 수 없을 것 같았습니다. 여기에 있는 것은 저 혼자뿐이냐고 제게 물으셨죠? 저는 하마터면 거짓으로 꾸민 어리석음을 벗어버리고, 맹세컨대 그렇다고 말할 뻔했습니다. 그렇게 했다면 그 맹세의 말이 당신을 놀라게 했을 것이며, 제가 보기보다 그렇게 어리석지 않다는 사실도 당신에게 깨닫게 할 수 있었을 것입니다.

당신에게 그렇게 말하려고 한 바로 그 순간, 당신에게는 보이지 않는 모습으로 요정이 제 눈앞에 나타났습니다. 그녀는 저를 위협하고 겁을 먹게 만들어 제가 한마디도 하지 못하게 하는 비책을 썼습니다. 아아, 그게 과연 어떤 방법이었는지 아십니까? 칼을 손에 들고 당신에게 다가가 한마디라도 입을 열면 당신의 목숨은 없다고 제게 신호를 보낸 것이었습니다. 저는 퍼뜩 겁이 나서 연기하라고 명령을 받았던 어리석음으로 돌아갔습니다.

저의 고뇌는 여전히 계속되었습니다. 당신은 아버지의 집으로 돌아가고 싶어 했고 저는 망설임 없이 그것을 허락했습니다. 당신의 청을 거절하다니, 저는 그럴 수가 없었습니다. 하지만 제게 있어서 당신의 출발은 죽음의 일격과도 같은 것이었습니다. 요정의 도움이 없었다면 목숨은 없었을 것입니다. 당신이 없는 동안 헌신적인 요정은 저를 그냥 내버려두지 않았습니다. 당신이 돌아오지 않을 것 같다는 생각에 머리가 이상해질 것 같았던 저를 지켜주었습니다. 당신이 이 궁전에서 보냈던 시간은, 저의 원래 상태를 처음보다 더욱 견딜 수 없는 것으로 만들어버렸습니다. 당신에게 그 사실을 알릴 수 있다는 희망이 사라져버렸으니 저는 그 어떤 사람보다도 불행하다고 느꼈기 때문이었습니다.

제게 있어서 무엇보다 즐거운 일과는 당신이 자주 찾아갔던 곳을 돌아다니는 일이었습니다. 하지만 거기에 당신은 이미 없었기에 외로움만 더욱 깊어갈 뿐이었습니다. 밤이 되어 당신과 한때의 대화를 즐기던 시간이 찾아오면 슬픔이 더욱 밀려와 견딜 수가 없었습니다. 제 인생 가운데서 가장 길게 느껴졌던 2개월이 간신히 지났으나 당신은 돌아오지 않았습니다. 그때 저의 불행은 최악의 단계에 이르러 요정의 힘으로도 제가 절망에 굴복하는 것을 막을 수는 없었습니다. 제가 자살을 하지 못하도록 요정이 여러 가지 예방책을 세워두었으나 소용없는 일이었습니다. 요정의 힘으로도 도저히 막을 수 없는 방법이 제게는 있었습니다. 음식을 먹지 않는 방법이었습니다. 그녀는 자신의 마력으로 한동안은 저를 버티게 해주었습니다. 하지만 요정의 노력에도 불구하고 저는 조금씩 야위어갔습니다. 그리고 숨이 끊어지기 직전에 당신이 와서 저를 죽음의 품에서 빼앗아온 것이었습니다.

당신의 숭고한 눈물이 원숭이로 변신한 정령들이 주는 그 어떤 약보다도 더 커다란 효과를 발휘해, 몸에서 나가려 하는 제 영혼을 붙들어주었습니다. 당신이 눈물을 흘리며 저를 소중한 사람이라고 하신 말을 듣고 제 행복은 충만했습니다. 그리고 당신이 저와의 결혼을 승낙하셨을 때, 제 행복은 절정에 달했습니다. 그래도 당신에게 비밀을 털어놓아도 좋다는 허락은 떨어지지 않았기에 야수는 왕자라는 사실을 당신에게 밝히지 못한 채 당신 옆에서 자지 않을 수 없었습니다. 침대에 눕자마자 저의 답답한 마음은 사라져버렸습니다. 아시는 것처럼 저는 바로 깊은 잠에 빠졌고 요정과 여왕이 도착할 때까지 그것이 계속되었습니다. 눈을 떠보니 저는 이미 이런 상태가 되어 있었기에 몸이 어떤 식으로 바뀌었는지는 알지 못합니다.

그 외의 일들은 당신도 보신 대로입니다만, 제게 있어서는 참으로 정당하고 명예로운 결혼에 반대하시는 어머니의 완고함이 제게 준 괴로움을 당신은 부분적으로밖에 이해하지 못하셨을 겁니다. 왕비여, 저는 당신처럼 고결하고 매력적인 여성의 남편이 될 희망을 잃을 바에는 차라리 다시 야수가 될 각오를 하고

있었습니다. 설령 당신의 출생의 비밀을 끝까지 알지 못했다 할지라도 당신을 아내로 맞이하면, 제가 세상 누구보다 행복해질 것이라는 사실은 감사의 마음과 애정이 충분히 느끼게 해주었을 것입니다."

왕자가 이렇게 이야기를 마무리 짓고 벨이 거기에 답하려 한 순간 커다란 목소리와 무기의 소리가 그것을 가로막았습니다. 그것은 어떤 불길한 일을 예고하는 소리가 아니었습니다. 두 사람이 창밖을 내다보자 산책에서 돌아온 요정과 여왕도 그쪽을 바라보았습니다.

그 소리는 어떤 사람의 도착을 알리는 것이었는데 그 사람의 차림새로 봐서 틀림없이 임금님인 듯했습니다. 그를 둘러싼 호위 대에서도 왕권을 상징하는 것이 분명히 눈에 띄었으며, 그 사람 자신의 용모에서 전해지는 위엄에 가득 찬 분위기도 주위에서 수행하는 사람들의 호화로움과 멋진 조화를 이루고 있었습니다. 흠잡을 데 없는 용모를 가진 그 군주는 이미 젊지는 않았으나 청년 시절에는 비할 데 없는 아름다움을 가지고 있었을 것이라는 점을 느낄 수 있었습니다. 왕 주위에 있는 12명의 호위병과 사냥복 장을 한 몇 명의 신하들은 자신들이 낯선 성에 와 있다는 사실에 임금님과 함께 놀란 모습이었습니다. 임금님은 자기 나라에 있을 때와 다를 바 없는 경의로 환영을 받았으나, 그 모든 것은 눈에 띄지 않는 자들에 의해서 행해졌습니다. 기쁨을 나타내는 외침이 나 팡파르는 들려왔으나 누구 하나 눈에 보이지 않았습니다.

왕이 모습을 드러내자 요정이 여왕에게 말했습니다.

"저 분은 당신의 동생이자 벨의 아버지이기도 한 임금님이세요. 그는 여기서 벨을 만나게 될 것이라고는 생각지도 못하고 있어요. 아시는 것처럼 딸은 먼 옛날에 죽었다고 생각하고 있기 때문에 재회의 기쁨은 더욱 클 거예요. 그는 세상을 떠난 아내를 지금도 깊이 사랑하고 있어요. 그 아내와 마찬가지로 딸을 잃었다는 사실도 슬퍼하고 있어요."

이 이야기를 들은 젊은 왕비와 여왕은 한시라도 빨리 그 왕을 안고 싶다는 마음으로 가득했습니다. 모두가 서둘러 안뜰로 달려 나가자 왕은 마침 말에서 내려선 참이었습니다. 그는 달려나온 사람들이 누구인지 알아보지 못했으나 자신을 맞으러 나왔다는 사실만은 분명했기에 어떻게 인사를 하고 어떤 말을 해야 좋을지 망설이고 있었습니다. 그때 벨이 그에게 다가가 사뿐 무릎을 꿇더니 그의 무릎을 끌어안고 외쳤습니다.

"아버지."

그 왕은 그녀를 일으켜 다정하게 포옹하기는 했으나 자신을 왜 그렇게 부른 것인지는 알지 못했습니다. 부모를 잃은 채 억압받고 있는 어딘가의 공주가 왕의 비호를 청하기 위해 나와, 자신의 청을 들어주었으면 좋겠다는 마음이 너무 커서 그처럼 가슴에 스미는 말을 사용한 것일지 모르겠다고 생각했습니다. 자신이 할 수 있는 일이라면 무엇이든 하겠다고 말하려한 순간, 왕은 자신의 누나인 여왕이 있다는 사실을 깨달았습니다. 이번에는 그 누나가 그를 포옹한 뒤, 자신의 아들을 소개했습니다. 여왕은 자신과 아들이 벨에게서 받은 은혜 가운데 일부를 그에게 들려주고, 지금 막 끝난 끔찍한 일에 대해서도 이야기했습니다.

왕이 그 젊은 왕비를 칭찬하고 그 이름을 물으려 한 순간 요정이 그를 가로막으며 말했습니다.

"아가씨의 이름을 말할 필요가 있을까요? 예전에 알고 계시던 분 가운데 이 아가씨와 아주 많이 닮은 누군가가 있지 않았나요? 그녀의 부모님이 누구인지는 바로……."

"이 생김새로 판단하자면,"

이렇게 말하고 벨을 가만히 바라보는 동안에도 왕의 눈에서는 눈물이 넘쳐흘렀습니다.

"이 아가씨가 불러준 아버지라는 이름은 그야말로 제게 어울리는 것입니다. 하지만 그러한 징표가 있다 할지라도, 아가씨를 보고 마음이 움직였다 할지라도 사별한 제 딸이라고는 믿을 수 없습니다. 딸이 야수에게 물려 죽었다는 확실한 증거를 보았기 때문입니다."

그가 벨의 얼굴을 다시 한 번 자세히 살펴보며 말을 이었습니다.

"아무리 그렇다고는 해도 죽음이 우리 곁에서 앗아간 그 사랑스럽고 누구와도 비할 수 없는 아내와 이 아가씨는 너무나도 닮았습니다. 아내와의 아름다운 결혼생활은 너무나도 일찍 끝나버렸지만, 이 아가씨를 통해서 우리 아이를 다시 만난 것 같은 기분이 드는 것은 참으로 기쁜 일입니다."

요정이 말했습니다.

"임금님, 지금 그 딸과 재회를 하신 겁니다. 벨은 당신의 딸이에요. 여기서 벨의 출생의 비밀은 더 이상 비밀이 아니에요. 여왕과 왕자 모두 그녀가 누구인지 알고 있어요. 임금님을 여기로 부른 건 그 사실을 알려드리기 위해서예요. 하지만 이 운명적 사건을 자세히 말씀드리기에는 장소가 별로 좋지 않네요. 궁전으로 들어가서 잠시 쉬도록 하세요. 그리고 난 다음에 궁금해 하시는 것들에 대해서 말씀드리도록 하죠. 더없이 아름답고 고결한 따님과 다시 만나게 된 기쁨을 충분히 맛보시고 나면, 또 다른 소식 하나를 전해드릴게요. 그 사실을 아시면 당신은 이번에도 감격하실 거예요."

왕은 딸과 왕자의 시중 속에 원숭이 시신의 안내를 받아 요정이 골라둔 방으로 들어갔습니다.

그러는 사이에 요정은 조각상들에게 그간 본 것을 이야기할 자유를 되돌려주어야겠다고 생각했습니다. 그들의 처지를 가엾게 여긴 여왕이 자신의 손으로 햇빛을 다시 볼 수 있는 기쁨을 되찾아주고 싶다고 말했습니다. 마법의 지팡이를 손에 쥔 여왕은 요정이 시키는 대로 그것을 사용하여 공중에 7개의 원을 그리고, 자연스러운 목소리로 이렇게 주문을 외웠습니다.

"움직여라, 너희들의 왕은 구원을 얻었다."

그 동안 움직이지 못했던 조각상들이 서서히 몸을 움직여 걷기 시작하고 원래 하려던 행동을 하기 시작했습니다. 자신들에게 일어났던 일은 희미하게 밖에 기억하고 있지 못했습니다.

요정과 여왕이 이 의식을 마치고 왕이 있는 곳으로 가자, 왕은 벨과 왕자와 이야기를 나누는 중이었습니다. 왕은 번갈아가며, 그 가운데서도 특히 벨을 다정하게 안으며 그녀를 물고 간 맹수들의 입에서 어떻게 구출되었는지를 몇 번이고 그녀에게 물었습니다. 자신은 아무것도 모르며, 출생의 비밀조차 몰랐다고 벨이 처음부터 대답했으나 그것을 주의 깊게 들을 여유가 없었던 것입니다. 왕자도 벨 왕비에 대한 감사의 마음을 몇 백 번이고 되풀이했으나 누구도 그 이야기를 듣고 있지 않았습니다. 그는 요정이 벨과의 결혼을 약속해주었다는 사실을 왕에게 말하고, 둘의 결혼을 허락해줄 것을 청해야겠다고 생각했습니다. 그러한 대화와 포옹은 여왕과 요정이 등장함으로 해서 중단되었습니다. 딸을 다시 만난 왕은 자신의 행복이 얼마나 커다란 것인지를 알게 되었으나, 누구 덕분에 이처럼 얻기 어려운 은혜를 입게 된 것인지는 아직 알지 못했습니다.

요정이 말했습니다.

"제 덕분이에요. 그리고 이번 일을 당신에게 설명할 수 있는 것도 저밖에 없어요. 그 이야기를 당신에게 들려드릴 텐데, 거기에 도 뒤지지 않을 만큼 기쁜 소식이 또 있어요. 그러니 위대하신 임금님, 당신의 생애 중 가장 좋은 날들 가운데 오늘을 넣을 수 있을 거예요."

그 자리에 있던 사람들은 요정이 이야기를 시작하려 한다는 사실을 알고 조용히 귀 기울이겠다는 듯한 태도를 보였습니다. 그 기대에 보답하기 위해서 요정은 왕에게 다음과 같은 이야기를 들려주었습니다.

"임금님, 여기서 행복섬의 규율을 모르는 것은 아마도 벨과 왕자님뿐일 겁니다. 그러니 제가 두 사람에게 그것을 설명하도록 하겠습니다. 임금님을 포함한 그 섬의 모든 백성에게는 각자의 결혼상대를 고를 때, 자신의 마음만을 고려해서 선택하는 것이 허락되어 있습니다. 그 무엇도 그 사람의 행복을 방해하지 못하도록 하기 위해서예요. 이 특별한 권리에 따라서 당신은 사냥을 나갔다가 만난 양치기 아가씨를 선택했습니다. 아가씨의 아름다움과 현명함을 보고 당신은 그 아가씨가 당신의 아내가 될 영광을 차지할 만한 가치가 있다고 생각했습니다.

그녀 이외의 여성이라면 누구나, 설령 신분이 높은 여성이라 할지라도 당신의 연인이 되는 명예를 기꺼이 받아들였을 테지만, 그녀의 미덕은 그런 요청에 고마워하는 것을 허락하지 않았습니다. 당신은 그녀를 왕비의 자리에 오르게 하여 천한 출생의 그녀에게는 생각할 수도 없었던 지위를 주었지만, 그 지위는 그녀의 고귀한 성격과 아름다운 영혼 때문에 그녀에게 어울리는 것이었습니다.

기억하고 계실 테지만, 당신에게는 언제나 그녀를 선택하기를 잘했다고 생각할 만한 이유가 있었습니다. 그녀의 다정함, 마음씀씀이, 그리고 당신에 대한 애정은 그 모습의 아름다움에도 뒤지지 않는 것이었습니다. 그러나 당신이 그녀를 보는 기쁨은 그리 오래 가지 않았습니다. 그녀가 벨을 낳아 당신이 아버지가 된 뒤, 당신은 국경으로의 여행을 강행하셨습니다. 반란의 조짐이 보인다는 정보가 있었기에 그것을 미연에 방지하기 위해서였습니다. 그 사이에 당신은 소중한 아내를 잃었습니다. 그녀의 아름다움이 품게 하는 애정에 더해서 그녀의 보기 드문 자질에 한없는 경의까지 품고 있던 당신에게 그것은 아주 커다란 충격이었습니다. 아직 어리고, 출신 때문에 교육도 거의 받지 못했지만 당신은 그녀에게서 완벽한 신중함을 보았으며, 그녀가 당신에게 주는 현명한 충고와 여러 가지 계획을 성공시키기 위해 그녀가 짜낸 계책은 아무리 유능한 신하라도 놀라게 만들곤 했습니다."

그 훌륭한 아내의 죽음은 아직도 기억에 생생했으며, 또 마음의 상처가 아물지 않은 왕은 이 이야기를 듣자 새삼스럽게 복받쳐 오르는 슬픔을 숨길 수가 없었습니다. 이 이야기에 눈물을 흘리는 왕을 보고 요정이 말했습니다.

9

"당신의 깊은 정을 보니, 그 행복에 어울리는 분이셨다는 사실을 잘 알 수 있겠네요. 슬픈 추억을 더 이상 들추고 싶은 생각은 없어요. 하지만 이 사실만은 알아주셨으면 해요. 그 자칭 양치기 아가씨는 요정으로 제 동생이에요. 행복섬이 멋진 나라라는 말을 듣고 그 규율과 당신의 온건한 정치에 대해서 알고 싶었던 그녀는 그것을 자신의 눈으로 직접 봐야겠다고 생각했던 거예요.

양치기의 복장은 일시적으로 전원생활을 경험해보기 위해 그녀가 준비했던 유일한 위장이었어요. 당신은 거기서 그녀를 만났던 거예요. 그녀의 우아한 아름다움과 젊음에 당신은 마음을 빼앗겼습니다. 동생은 당신의 용모에 나타난 것과 같은 정도의 매력이 당신의 정신에도 있는지 알고 싶었기에 망설임 없이 자신의 생각을 실행에 옮겼습니다. 그녀는 자신의 자질과 요정으로서의 능력에 자신이 있었기에 당신의 열정이 도를 넘어서 곤란해지거나, 자신이 가장하고 있는 양치기라는 신분 때문에 당신이 그녀에게 무례하게 굴어도 상관없다고 생각한다 할지라도 요정의 능력이 언제나 그녀의 생각대로 그러한 것들로부터 자신을 지켜줄 것이라 생각하고 있었습니다. 당신에게 품게 될지도 모를 감정을 경계하지도 않고, 정결한 자신이 사랑의 덫에 빠질 리 없다고 생각한 동생, 당신에 대해서 느낀 마음을 단순한 호기심—허식은 사람들의 불완전한 눈에 미덕을 실제보다 더 빛나고 존경할 만한 것으로 보이게도 하고, 그것이 좋지 않은 쪽으로 작용하면 섬뜩하기 짝이 없는 악덕조차 때로는 미덕으로 보이게도 하는데, 그런 허식이 없는 미덕을 사랑하는 사람이 아직도 이 세상에 있는지 알고 싶다는 호기심— 때문이라고 여기고 있었던 것입니다.

그런 생각을 가지고 있던 동생은 사랑에 빠질지도 모를 위험에서 달아나려 하기는커녕, 처음 계획했던 대로 인적이 드문 곳에 지은 오두막에서 생활하기로 했습니다. 당신은 거기서 그녀와 그 어머니 역을 맡은 환영을 만났습니다. 겉으로 보기에 두 사람은 양떼라 칭해지는 것으로 생활을 해나가는 것 같았으나, 양은 변장한 요정들에 지나지 않았으며 늑대를 두려워하는 일도 없었습니다. 그곳에서 당신은 동생을 극진하게 대했기에 결과는 당신이 생각한 대로 되었습니다. 동생은 왕으로부터의 청혼을 거절할 수 없었던 것입니다. ……당시 당신은 당신이 동생으로부터 얼마나 커다란 은혜를 입었는지 잘 알고 있었습니다만, 동생의 모든 것이 당신 덕분인 것처럼도 여겨졌고, 동생에게는 그런 오해를 품은 채 있어주기를 바랐습니다.

이것으로 아셨을 테지만 동생은 야심이 있어서 당신의 청을 받아들인 것이 아닙니다. 저희 요정에게 있어서는 아무리 강대한 왕국이라 할지라도 누군가에게 마음대로 선물할 수 있는 재산에 지나지 않는다는 사실은 잘 알고 계시겠지요? 하지만 당신의 고결한 행동에 관심을 갖게 된 동생은 이처럼 고매한 남성과 맺어지면 행복할 것이라 생각했고, 결혼 이야기에 한껏 들떠서 자신이 빠지게 될 위험에 대해서는 생각조차 하지 않았습니다.

그도 그럴 것이 저희의 규율은, 요정의 권능을 갖지 않은 자와의 결혼을 굳게 금하고 있기 때문입니다. 나이를 먹어 다른 요정들에게 영향력을 행사할 수 있게 되고, 일을 혼자 도맡아 처리할 수 있는 자격을 얻게 되기 전까지는 더욱 그렇습니다.

그때까지 저희 요정들은 능력의 남용을 막기 위해 나이 많은 요정들에게 종속되어 있어야만 하고, 자유롭게 결혼할 수 있는 상대는 영적 존재나 적어도 저희들과 동등한 권능을 가진 현자로만 한정됩니다. 물론 나이를 먹으면 어떤 상대와도 자유롭게 결혼할 수 있지만 그 권리가 실제로 행사되는 경우는 거의 없습니다. 그러한 모욕을 거의 용납하지 않는 요정의 세계에서는 반드시 스캔들이 되며, 또 나이 많은 요정의 경우 그 비상식적인 행동에는 반드시 커다란 대가가 따르기 때문입니다. 나이 든 요정은 젊은 결혼상대로부터 무시를 당하기에 바로 처벌을 받지 않는다 할지라도 상대방의 좋지 않은 품행으로 충분히 벌을 받으며, 그에 대한 복수는 금지되어 있습니다.

저희가 내리는 벌은 그것뿐입니다. 그녀들의 어리석은 행동 뒤에는 거의 대부분 불쾌한 일이 일어나기 때문에 경의나 배려를 기대하는 요정계 이외의 사람들에게 저희들의 유리한 비밀을 가르쳐주고 싶다는 생각은 사라져버리고 맙니다. 제 동생의 경우는 그것과 전혀 다릅니다. 사랑받기에 필요한 모든 자질을 갖추고 있던 그녀에게 부족한 것은 나이뿐이었습니다. 그런데 그녀는 자신의 사랑밖에 생각지 않았던 것입니다. 결혼했다는 사실을 비밀로 할 수 있을 것이라고 생각했으며 실제로도 한동안은 그렇게 할 수 있었습니다. 저희 요정들에게 자리를 비운 요정이 무엇을 하고 있는지 알아보는 습관은 거의 없습니다. 각자가 자신의 일에 전념하며, 온 세상에 흩어져 자기 마음대로 좋은 일이나 나쁜 일을 하고, 그 일을 마치고 돌아온 뒤에도 자신이 행한 것을 보고할 의무는 없습니다. 단, 세상을 떠들썩하게 만드는 행동을 하거나, 부당한 박해 때문에 괴로워하는 사람들에게 동정한 다정한 요정이 소송을 일으킨 경우는 예외입니다. 그리고 뜻밖의 일이 일어나 대전서를 살펴볼 필요가 발생했을 때도 예외입니다. 저희들의 모든 행동은 그것이 일어난 순간, 그 책에 저절로 기록됩니다. 그러한 때를 제외하면 모임에 나가야 할 의무는 1년에 3번뿐, 이동도 간단하기 때문에 의무를 수행하기 위해서 2시간만 참석하면 됩니다.

'왕좌를 빛낼 의무'(저희는 그 모임을 이렇게 부릅니다.)를 지켜야 할 때가 다가오면 동생은 당신을 위해서 그 전부터 사냥과 오락을 위한 여행을 준비해두곤 했습니다. 당신이 떠나고 나면 몸이 좋지 않은 척 혼자 방으로 들어가거나 편지를 쓴다고 하기도 하고 혼자 쉬고 싶다는 구실을 붙이기도 했습니다. 당신의 궁전에서나 요정계에서나 동생이 필사적으로 숨기려 한 사실을 눈치챈 자는 아무도 없었습니다. 저는 모든 일에 대한 이야기를 들어서 알고 있었기에 자칫하다가는 큰일이 벌어질지도 모른다고 경고했지만, 그녀는 당신을 매우 사랑하고 있었기에 자신의 생각을 바꿀 수가 없었습니다. 제게는 자신을 정당화하려고까지 했으며, 당신을 보러 와달라고 강하게 요구하기도 했습니다.

제 생각을 솔직하게 말씀드리자면, 당신을 본 저는 당신에게 푹 빠져버린 동생의 마음을 찬성하는 데까지는 다다르지 못했지만, 불만은 상당히 누그러들었으며 그녀를 감싸주고 싶다는 생각이 들었습니다. 동생의 부정은 2년 동안 알려지지 않았지만, 마침내 발각되고 말았습니다. 저희에게는 온갖 장소에서 일정한 숫자만큼의 선행을 베풀어야 할 의무가 있고, 그것을 보고하지 않으면 안 됩니다. 그에 대한 보고를 할 때 동생은 언제나 행복섬에서, 행복섬을 위해 한 선행밖에 보고를 할 수 없었습니다.

이를 언짢게 생각한 요정들이 동생의 행동을 비난하자 요정의 여왕도 그들의 말에 어째서 세상의 아주 작은 곳에서만 선을 행하는 것이냐고 그녀에게 물었습니다. 젊은 요정은 세상을 널리 돌아다니며 요정의 힘과 의지를 온 세상에 알려야 하는데 그것을 모른다는 것은 용서할 수 없는 일이기 때문이었습니다.

이 규율은 새로이 만들어진 것이 아니기에 동생은 불만을 제기할 수도, 따르지 않은 것에 대한 변명을 할 수도 없었습니다. 그녀는 규율을 지키겠다고 약속했습니다. 하지만 당신을 빨리 보고 싶어서 견딜 수가 없었으며, 자신이 자리를 비운 사실이 밝혀지지나 않을까 걱정되었고, 왕비의 자리에 있으면서 비밀행동을 취한다는 것은 불가능한 일이었기에 의무를 수행할 수 있을 만큼 오랜 시간 동안 빈번하게 외출을 할 수는 없었습니다. 그랬기에 다음 집회에서도 행복섬 이외의 다른 곳에 겨우 15분 있었다는 사실조차 증명할 수 없었습니다.

그녀의 행동에 화가 난 요정의 여왕은 동생이 더 이상은 규율을 어기지 못하도록 하기 위해서 행복섬을 파괴하겠다고 협박했습니다. 이 협박이 그녀를 크게 동요시켰기에 아무리 둔감한 요정이라 할지라도 당신의 아내가 그 운명적인 섬에 대해서 얼마나 커다란 감정을 품고 있는지를 이해할 수 있었습니다. 그때 왕자님을 괴물로 만든 그 사악한 요정이 당황하는 동생을 보고 한 가지 사실을 떠올렸습니다. 대전서를 살펴보면 자신의 사악함을 발휘하기 위한 중요하고도 유효한 단서를 찾아낼 수 있을 것이라고. 그녀가 소리 높여 말했습니다.

'저걸 보면 진실이 밝혀질 것이다. 저 요정이 무엇을 했는지 진실을 알 수 있을 것이다.'

이렇게 말한 요정은 지난 2년 동안 있었던 일 전부를 그 자리에 있던 모두에게 보이고 커다란 목소리로 분명하게 읽어 내려갔습니다.

부적절한 결혼 사실이 밝혀지자 요정들은 모두 기성을 질렀으며, 비탄에 잠긴 동생을 가차 없이 질타했습니다. 그녀는 요정계의 신분을 박탈당했으며 징역형에 처해졌습니다. 잘못에 대한 제재가 첫 번째 벌뿐이었다면 그녀도 그대로 받아들였을 테지만, 그보다 훨씬 더 무서운 두 번째 벌 때문에 두 가지 벌 모두 견딜 수 없는 것이 되었습니다. 요정이라는 높은 신분을 잃는 것은 커다란 타격이 아니었으나, 당신을 한없이 사랑했던 동생은 눈물을 흘리며 이렇게 호소했습니다.

'부디 신분을 박탈하는 것만으로 용서해주시기 바랍니다. 남편과 사랑하는 딸과 함께 평범한 인간으로 살아가는 행복만은

앗아가지 말아주시기 바랍니다.'

비교적 나이가 어린 요정들은 동생의 눈물과 간청에 마음이 흔들렸습니다. 모두가 수군거리는 소리를 들은 저는 그 자리에서 바로 의견을 개진하면 틀림없이 징계처분으로 끝날 것이라고 생각했습니다. 하지만 여왕의 의견을 이야기하거나, 다른 요정들처럼 여왕도 안쓰러운 마음에 흔들리고 있다는 사실을 모든 요정들에게 밝힐 시간은 주어지지 않았습니다. 가장 나이가 많은 요정으로 쇠약해진 모습 때문에 '먼 옛날의 할멈'이라고 불리는 요정이 나타났기 때문이었습니다.

꼴도 보기 싫은 그 늙은 요정이 쉰 목소리로 외쳤습니다.

'이번 죄를 묵인해서는 안 돼. 벌하지 않으면 우리는 매일 이와 같은 모욕을 당하게 될 게야. 여기에는 요정계의 명예가 달려 있어. 가엾은 이 여자는 속세에 매달려서 신하들이 본 왕의 높이보다 백배나 더 높은 지위에 있는 이 높은 자리를 잃는 것조차 아무렇지도 않게 생각하고 있어. 애정도, 두려움도, 욕망도 전부 그 비천한 가족에게 향해 있다면, 그 급소를 이용해서 이 여자를 벌해야 하지 않을까? 남편에게는 이 여자를 잃는 괴로움을 맛보게 하면 될 게야. 더러운 사랑의 부끄러운 결실인 딸에게는 아버지의 부질없고 하찮은 미모에 현혹된 어머니의 잘못을 갚게 하기 위해서 괴물과 결혼하게 하면 될 게고.'

이 가혹한 판결이 정상참작 쪽으로 기울어가던 여러 요정들의 마음을 다잡게 만들었습니다. 동정하는 요정은 몇 명 되지 않아서 전체의 의결에 대항할 만한 것이 아니었기에 동생은 엄벌에 처해졌고, 여왕 자신도 가슴 아프다는 듯한 표정에서 엄격한 태도로 돌아와 늙은 요정의 사악한 의견을 다수결로 승인했습니다. 그 사이에 피도 눈물도 없는 이 판결의 취소를 요구하던 동생은 심판관들의 마음을 움직여 결혼을 인정받기 위해 당신을 더없이 매력적인 모습으로 묘사했는데, 그것이 여기에 계신 왕자의 양육을 맡은 요정(그 책을 읽은 요정이에요.)의 마음에 불을 지펴버리고 말았습니다. 싹트기 시작한 그 사랑은 사악한 그 요정이 당신의 가엾은 아내에게 품고 있던 증오심을 몇 배나 더 크게 할 뿐이었습니다.

그 요정은 당신을 만나보고 싶다는 마음을 도저히 억누를 수 없었기에, 당신이 과연 동생이 한 것처럼 요정이 희생을 바칠 정도의 사람인지 알고 싶다는 구실로 자기 마음속에서 피어오르기 시작한 연애감정을 숨겼습니다. 그녀는 왕자의 후견을 맡고 있었으며, 같은 집회에서 그것을 인정받았기 때문에 왕자 곁에 수호요정과 그보다 지위가 낮은, 눈에 보이지 않는 두 요정을 붙여 자신이 없는 동안 만전을 기하도록 하는 방법을, 교묘한 사랑이 떠올리지 못하게 했다면 왕자를 버려둔 채로 갈 수는 없었을 것입니다. 모든 준비를 마친 그녀는 곧 욕망이 원하는 대로 행복섬을 향해 출발했습니다.

한편 사로잡힌 몸이 되어버린 왕비의 시녀와 궁중의 신하들은 그녀가 비밀의 방에서 나오지 않았기에 한편으로는 놀라고, 한편으로는 불안을 느끼기 시작했습니다. 절대 방해해서는 안 된다고 왕비가 엄격하게 말해두었기 때문에 그들은 노크조차 하지 못하고 하룻밤을 보냈으나, 마침내는 어떤 생각보다 걱정이 앞섰기에 세차게 문을 두드렸습니다. 하지만 아무런 대답도 없었기에 왕비에게 무슨 일인가 일어난 것이라 확신하고 문을 부쉈습니다. 온갖 불길한 일을 각오하고 있던 그들은 왕비가 그 방에 없었기에 어리둥절했습니다. 왕비를 부르며 이리저리 찾아보았으나 보이지 않았습니다. 왕비의 실종이 가져온 절망감을 조금이나마 달래줄 만한 것은 어디에도 없었습니다. 여러 가지로 추측을 해보았으나, 하나같이 비상식적인 것들뿐이었습니다. 왕비가 제 발로 달아난 것이라고는 여겨지지 않았습니다. 왕국 안에서 그녀에게 불가능한 일은 없었으며, 당신이 그녀에게 준 절대권에 이의를 제기한 사람 역시 아무도 없었기 때문이었습니다. 모든 사람들이 흔쾌히 왕비를 따랐습니다. 당신들 두 사람은 서로를 깊이 사랑했고, 왕비는 딸을 사랑했고, 신하를 사랑했고, 또 사랑받고 있었기에 그녀가 달아난 것이라고는 여겨지지 않았습니다. 그녀에게 그 이상의 행복이 어디 있겠습니까? 또한 궁중의 깊은 곳에서 호위를 받던 왕비를 누가 데려갈 수 있었겠습니까? 설령 데려갈수 있었다 할지라도 유괴범들이 어디로 갔는지는 알 수 있었을 것입니다.

자세한 상황은 알 수 없었으나 불행이 일어난 것만은 틀림없는 사실이었습니다. 거기에 걱정되는 일이 한 가지 더 있었습니다. 그것은 임금님이신 당신이 이 치명적인 소식을 과연 어떻게 들으실까 하는 것이었습니다. 왕비의 시종들과 호위병들에게 죄는 없었지만, 당신의 당연한 분노가 가져올 결과를 두려워하지 않을 수 없었습니다. 당신의 나라에서 도망쳐 저지르지도 않은 죄를 뒤집어쓰거나, 혹은 이 불행을 당신에게 숨길 방법을 찾아낼 필요가 있었습니다.

여러 가지로 생각한 끝에 떠오른 것은 당신에게 왕비가 죽은 것이라고 생각하게 하자는 것뿐이었습니다. 그것이 바로 실행에 옮겨졌습니다. 왕비가 병으로 쓰러졌다는 소식을 전할 사자가 출발했으며, 그 몇 시간 뒤에 두 번째 사자가 출발하여 당신에게 왕비의 죽음을 전했습니다. 그것은 당신이 애정 때문에 급히 서둘러 달려오는 것을 막기 위해서였습니다. 당신이 나타나면 모두의 안전을 확보하기 위한 조치가 엉망이 되어버릴 것이기 때문이었습니다. 거행된 장례식은 왕비의 신분, 당신의 애정, 그녀를 경애하고 당신만큼이나 진심으로 그녀의 죽음을 애도하는 신하와 백성들의 애절한 마음에 어울리는 것이었습니다.

이 가슴 아픈 일은 당신에게 끝까지 비밀로 지켜졌으나 행복섬 사람들은 모두가 진실을 알고 있었습니다. 왕비가 실종된 당초의 놀라움 때문에 이 불행한 일을 모든 사람들이 알게 되었던 것입니다. 당신은 왕비를 사랑했던 것만큼이나 그녀의 죽음을 슬퍼했기에 공주를 당신 곁에 두는 것으로밖에는 슬픔을 달랠 길이 없었습니다. 그 어린아이의 천진한 애무만이 당신의 유일한 위안거리였기에, 당신은 그녀에게서 절대로 떨어지지 않으려 했습니다. 공주는 참으로 매력적이어서 보면 볼수록 어머니인 왕비의 살아 있는 초상화를 보는 듯했습니다. 대전서를 읽어 동생의 결혼을 폭로하고 모든 혼란의 가장 커다란 원인을 만들었던 그 밉살맞은 요정이 찾아와서 당신을 보고 호기심을 만족시켰습니다. 당신의 존재는 늙은 요정의 마음에, 당신의 아내가 느꼈던 것과 같은 효과를 가져다주었습니다. 그 일로 해서 늙은 요정은 그녀를 용서할 마음이 들지는 않았으나, 같은 잘못을 범하고 싶다는 생각을 하게 되었습니다. 그녀는 위로받지 못하는 당신을 보고 곁을 떠나고 싶은 마음이 들지는 않았지만, 그렇다고 모습을 드러내지도 않았습니다. 자신의 연애가 뜻대로 될 것이라 여겨지지는 않았기에, 계획한 대로 일이 풀리지 않고 또 당신에게 경멸이라는 굴욕을 맛보는 것이 아닐까 두려워 이름을 밝힐 용기가 없었던 것입니다. 아무리 그래도 모습을 드러낼 필요가 있다고 생각한 그녀는 머리를 잘 쓰면 당신이 자신을 보는 것에도 익숙해질 것이며, 그리고 어쩌면 자신을 사랑하게 할 수도 있을 것이라고 생각했습니다. 당신과 이야기를 나누고 싶다는 마음 때문에 그럭저럭 봐줄 만한 모습으로 당신 앞에 설 방법은 없을까 생각한 끝에, 마침내 그 방법을 찾아냈습니다.

이웃나라 가운데 남편을 살해당하고 나라를 빼앗긴 채 쫓겨난 왕비가 있었습니다. 가엾은 그 왕비는 몸을 의지할 곳과 복수해줄 사람을 찾아서 온 세상을 떠돌고 있었습니다. 요정은 그 왕비를 유괴해 확실한 장소로 데려다주겠다며 잠들게 한 뒤 그녀의 모습을 빼앗았습니다. 임금님 당신도 아시는 것처럼 변장한 요정은 당신의 발아래에 몸을 던져 비호를 청했습니다.

'남편을 살해한 자에게 벌을 내리기 위해서입니다. 당신이 왕비의 죽음을 슬퍼하는 것처럼 저도 남편의 죽음을 안타까워하

고 있습니다.'

그리고 그녀는 이렇게 선언했습니다.

'제가 이렇게 행동하는 것도 오로지 부부의 사랑을 위해서이니, 사랑하는 남편의 복수를 해주신 분께는 기꺼이 왕국을 양보할 생각입니다.'

불행한 두 사람은 서로를 가엾게 여겼습니다. 그녀가 사랑스러운 반려자의 죽음을 슬퍼하고 있는 만큼 당신은 더욱 그 슬픔에 공감했으며, 그녀도 당신의 눈물을 보고는 눈물을 흘리며 끊임없이 왕비에 대한 이야기를 화제로 삼았습니다. 당신은 그녀를 비호해주었고 그녀가 표면적으로는 그렇게 바라고 있던 대로 반역자와 찬탈자들을 응징하고 곧 그녀의 왕국이라 칭하는 것을 되찾아주었습니다. 하지만 그녀는 그곳으로 돌아가려고도, 당신에게서 떨어지려고도 하지 않았습니다. 고결한 당신이 그 왕국을 받으려 하지 않자 그녀는 자신의 안전을 위해서 왕국을 그녀의 이름으로 통치해주기 바란다, 그리고 당신의 궁정에서 사는 것을 허락해주었으면 한다고 당신에게 간청했습니다. 이 요구도 당신은 거절하지 못하셨죠? 그녀를 딸의 양육에 필요한 사람이라고 당신은 생각했습니다. 빈틈이 없는 그 메가이라는 딸이 당신의 사랑을 한 몸에 받고 있다는 사실을 알고 있었기에 딸을 한없이 사랑하는 척하며 그 아이를 늘 품에 안고 있었습니다. 당신이 부탁하기도 전에 그녀가 먼저 딸의 교육을 맡겨주었으면 좋겠다고 간청하고, 자신은 사랑스러운 이 아이만을 자신의 상속인으로 삼고 싶다, 당신의 딸은 곧 나의 딸이다, 내가 애정을 쏟는 유일한 대상이 될 것이다, 이 아이는 죽은 남편과 함께 세상을 떠난 우리 아이의 죽음을 떠오르게 한다고 말했습니다.

그녀의 제안은 매우 바람직한 것이라 여겨졌기에 당신은 망설이지 않고 공주를 그녀에게 맡겼으며 전권을 주기까지 했습니다. 그녀는 완벽하게 임무를 수행했고 재능과 애정의 힘으로 당신으로부터 전폭적인 신뢰를 얻게 되었으며, 당신도 다정한 동생을 대하는 듯한 애정을 그녀에게 쏟아 부었습니다. 그래도 그녀는 만족하지 않았습니다. 그처럼 공주를 돌보는 것의 목적은 오로지 당신의 아내가 되는 것에 있었기 때문이었습니다. 그녀는 온갖 수단을 다 동원해서 목적을 이루려 했습니다. 그러나 설령 당신이 가장 아름다운 요정의 남편이 아니었다 할지라도 그녀의 용모는 사랑할 마음을 품게 할 만한 것이 아니었습니다. 그녀가 빌린 모습은 계책을 써서 그 자리를 빼앗으려 하는 사람의 모습과는 비교할 수도 없는 것이었습니다. 매우 추했으며, 태어날 때부터 추했기 때문에 미모를 빌리려 해도 1년에 하루 이상은 계속되지 않았습니다.

그녀는 이 굴욕적인 경험을 통해, 성공을 거두기 위해서는 미모 이외의 방법을 쓸 수밖에 없다는 사실을 깨달았습니다. 은밀하게 음모를 꾸미며 신하와 유력자들이 당신에게 아내를 맞아들일 것을 간청하도록, 그리고 그 상대로 자신을 지명하도록 했습니다. 그러나 당신의 마음을 떠보기 위해서 그녀가 이상한 말을 입에 담았기에, 당신은 끈질기게 귀찮은 청원을 하게 하는 사람이 누구인지 간단히 꿰뚫어보았습니다. 당신은 자신의 딸에게 의붓어머니를 주어야 한다는 이야기도, 딸을 왕비의 아래에 두어 왕국의 으뜸가는 자리뿐만 아니라 왕위계승의 확고한 희망까지 딸에게서 빼앗는 입장에 자신을 세우려는 이야기도 듣고 싶지 않다고 단호하게 말했습니다. 그리고 당신은 그 거짓 여왕에게 아무런 말도 하지 말고 얼른 고국으로 돌아가주기를 바란다고 말했습니다. 돌아간 뒤에도 충실한 친구나 헌신적인 이웃으로서 가능한 도움은 무엇이든 해주겠다고 약속했습니다. 그러면서 그녀가 스스로 돌아가지 않으면 억지로라도 돌려보내겠다는 뜻을 은연중에 내비쳤습니다.

사랑을 완전히 차단당한 그녀는 크게 분노했지만 전혀 무관심한 표정을 가장했기에 당신은 다음과 같은 그녀의 말을 그대로 믿었습니다.

'이런 일을 꾸민 것은 야심 때문이기도 했지만, 훗날 당신에게 나라를 빼앗길지도 모른다고 두려워했기 때문이기도 합니다. 나라를 받아주셨으면 좋겠다고 간절히 청했음에도 불구하고

당신은 제 진심은 알려고도 하지 않고 저의 청을 본심이 아니라고 생각하셨으니.'

겉으로 드러내지는 않았지만 그녀는 크게 분노했습니다. 이렇게 명예로운 방법으로 제국을 넓힐 수 있는 특권을 포기하는 것도 당신에게는 정치보다 벨이 더 소중하기 때문이라고 확신한 그녀는 당신의 아내에게 그랬던 것처럼 벨에게도 격렬한 증오심을 품게 되었으며, 벨을 제거해야겠다고 결심하게 되었습니다. 벨이 죽으면 당신의 신하들이 전에처럼 청원해서 당신이 후계자를 남길 수 있도록 재혼을 독촉할 것이라고 생각한 것입니다. ……늙은 요정은 아이를 낳을 수 있을 만한 나이가 아니었으나 그녀에게 있어서 그런 속임수는 일도 아니었습니다. 그녀가 모습을 빌린 여왕은 아직 아이를 여럿 낳을 수 있을 만큼 젊었으며, 그 추함은 왕가의 정략결혼에 방해가 될 만큼은 아니었기 때문이었습니다.

늙은 요정은 당신의 엄숙한 선언에도 불구하고 가령 당신의 딸이 세상을 떠나고, 자문회의가 거듭해서 탄원을 계속하면 당신도 양보를 할 수밖에 없으리라 생각했습니다. 그렇게 되면 당신은 그 거짓 여왕을 택할 것이라 여겨졌기에 많은 사람들이 그녀 곁으로 모여들었습니다. 그렇게 해서 그녀는 그런 추종자들 가운데 한 사람의 도움을 얻어 당신의 딸을 제거할 계획을 세웠습니다. 그 사람의 아내도 그 사람만큼이나 마음이 비열하고 요정만큼이나 마음이 악했는데, 그 여자를 어린 공주의 양육 담당으로 삼았습니다. 무리들은 벨을 질식사시킨 뒤, 갑자기 죽은 것처럼 꾸미기로 결정했습니다. 잔혹한 처형이 다른 사람들의 눈에 띄지 않도록 만전을 기하기 위해 그 살인을 근처 숲속에서 행하기로 했습니다. 그 사실이 누구에게도 알려지지 않을 것이며, 멀리 떨어져 있었다는 정당한 이유가 있기 때문에 딸의 숨이 끊어지기 전에 도움을 청하지 않았다는 비난도 받지 않을 것이라고 생각한 것입니다. 양육을 맡은 여자의 남편은 벨이 죽은 뒤에 도와주러 가는 척하기로 되어 있었는데 아무런 의심도 받지 않기 위해서 자신들 욕망의 희생양이 될 어린아이를 방치해둔 곳에 도착했을 때는 벨의 더는 어떻게 해볼 수도 없는 상태를 보고 놀라는 모습을 보이기로 했습니다. 게다가 자신이 연기해야 할 슬픔과 놀라움을 그는 미리 연습해두기까지 했습니다.

가엾은 제 동생은 요정으로서의 능력을 박탈당하고 가혹한 감옥에서의 괴로움을 선고받았을 때, 당신을 위로해주었으면 한다, 딸에게서 눈을 떼지 말고 안전을 지켜주었으면 한다고 제게 부탁했습니다. 동생이 부탁을 하지 않았어도 저희 자매의 끈끈한 정과 그녀가 제게 느끼게 한 가엾은 마음만으로도 당신들을 지켜야겠다는 마음은 충분히 품고 있었습니다. 동생의 바람을 들어주어야겠다고 생각한 저의 열의는 동생으로부터의 요청이 있든 없든 아무런 차이도 없는 것이었습니다.

저는 가능한 한 자주, 신중함이 허용하는 범위 안에서 당신을 지켜보았습니다만, 적의 의심을 살 만한 위험은 범하지 않았습니다. 그렇게 하지 않았다면 저는 요정계로부터도 자매간의 사랑을 우선시하여 죄를 범한 일족을 비호하는 요정이라고 고발당했을 것입니다. 저는 불행한 처지에 놓인 동생을 포기한 것이라 모든 요정들이 생각하도록 하기 위해서 가능한 한 모든 노력을 기울였습니다. 그렇게 하면 조금 더 간단히 그녀를 도울 수 있을 것이라 생각했기 때문이었습니다. 당신을 사랑하는 음흉한 요정의 행동에는 저 자신도, 저를 따르는 정령들도 주의를 기울이고 있었기에 그 끔찍한 계획을 꿰뚫어보고 있었습니다. 제가 힘으로 그녀에게 맞서기는 어려운 일이었습니다. 그녀에 의해 어린 딸을 맡게 된 부부를 없애는 것은 간단한 일이었지만 조심할 필요가 있었기에 그렇게 하지는 않았습니다. 만약 당신의 딸을 제가 몰래 데려온다 할지라도 빈틈이 없는 그 요정이 빼앗으러 온다면 저는 당신의 딸을 지킬 수 없었을 것입니다. 저희 요정들 사이에는 나이 많은 요정에 맞서려면 천 살 이상이 되어야 하거나, 적어도 뱀이 되어본 적이 있어야만 한다는 규율이 있기 때문입니다.

충분한 나이에 도달하지 못한 요정이 범하는 위험을 저희는 '끔찍한 날들'이라고 부르고 있습니다. 그 규율을 어기려 한 자 가운데 전율을 느끼지 않은 자는 하나도 없었습니다. 저희는 오랜 고민 끝에 비로소 그 위험을 범할 결심을 하게 됩니다. 세월이 흘러 일정한 나이에 도달하기를 기다리기보다, 그 전에 대부분이 목숨을 잃게 되는 그 위험한 방법으로 사건을 일으키는 자들은 거의가 증오, 사랑, 복수심 등과 같은 절박한 이유가 있는 자들뿐입니다. 그 이외에는 거의 없습니다. 저는 그런 위험을 감수했습니다. 천 살에 이르기까지는 아직 10년이나 남아 있었기에 저는 계책을 쓰는 수밖에 방법이 없었습니다. 그 계책이 성공을 거두었습니다.

저는 보기에도 무시무시한 곰으로 변신하여 끔찍한 처형의 장소로 고른 숲에 숨어 있었는데, 비열한 자들이 마침내 잔인한 명령을 실행하기 위해 찾아왔습니다. 여자는 가슴에 안고 있는 여자아이의 입을 벌써부터 손으로 막고 있었습니다. 그때 제가 그들을 덮쳤습니다. 여자는 깜짝 놀라 소중한 짐을 떨어뜨렸는데, 그것으로 끝이 아니었습니다. 그녀의 음흉함에 증오심을 느낀 저는 모습을 빌린 짐승의 난폭함도 그대로 가지고 있었습니다.

저는 여자의 목을 졸라 죽이고 함께 있던 그 배신자들도 똑같이 죽였습니다. 그리고 서둘러 벨의 옷을 벗겨 적들의 피에 그것을 담근 뒤, 그녀를 데리고 그곳을 떠났습니다. 공주가 어딘가에 살아 있을지도 모른다고 생각하지 않도록 하기 위해서 저는 옷의 곳곳을 찢어 숲속에 흩어놓고 일이 뜻대로 되었다는 사실에 만족하며 그곳을 떠났습니다.

요정은 명령한 대로 된 것이라고 생각했습니다. 두 공범자가 목숨을 잃은 것은 오히려 잘된 일이라고 생각했습니다. 자신 이외에 비밀을 알고 있는 사람이 사라졌으며, 어차피 두 사람에게는 제가 한 것과 같은 짓을, 커다란 죄를 저지른 것에 대한 보답으로 맛보게 해줄 생각이었기 때문이었습니다. 그녀에게 또 하나 다행이었던 것은, 멀리서 그들 일행을 보고 있던 양치기들이 도움을 청하기 위해 비열한 자들의 숨이 끊어지기 전에 달려왔기에 그녀가 이번 사건과 관계가 있을지도 모른다는 의심이 완전히 해소되었다는 점이었습니다.

이 모든 일들은 저의 계획에도 좋은 쪽으로 작용했습니다. 사악한 요정도 보통 사람들과 똑같은 시선으로 그 일을 받아들였습니다. 아주 자연스럽게 일어난 사건처럼 여겨졌기에 요정은 그 이상 그 일에 대해서 의심을 품지 않았습니다. 그녀가 마법을 사용해서 확인하려 들지도 않고 완전히 마음 놓고 있었던 것은 참으로 고마운 일이었습니다. 그녀가 어린 벨을 되찾으려 했다면 제게는 승산이 없었기 때문이었습니다. 당신께 설명한 이유로 그녀가 우위에 있었을 뿐만 아니라, 당신이 그녀에게 아이를 맡겼다는 점 때문에도 그녀가 유리했습니다. 당신이 자신의 권위를 요정에게 주었기에 거기에 대항할 수 있는 힘을 가진 것은 당신뿐이었습니다. 당신 스스로가 벨을 그녀에게서 거두어들이지 않는 한, 벨이 결혼할 때까지 요정에 의해 부여되는 규율에서 벨을 벗어날 수 있게 할 수 있는 사람은 아무도 없었습니다.

그런 걱정에서 해방된 저는, 먼 옛날의 할멈이 우리 조카에게 괴물과 결혼하는 벌을 부여했다는 사실이 떠올랐기에 새로운 걱정에 시달리게 되었습니다. 하지만 벨은 아직 세 살도 되지 않았으니 천천히 검토를 해보면 그녀의 말대로 되지 않도록, 저주를 무력화할 방법을 찾을 수 있을 것이라고 저는 생각했습니다. 생각할 시간은 얼마든지 있었기에 저는 우선 소중한 조카를 안전하게 숨길 수 있을 만한 장소를 찾기에 전념했습니다.

무엇보다 비밀을 지키는 것이 중요했기에 저는 그녀에게 성을 주거나 화려한 마법을 쓰는 방법은 사용하지 않았습니다. 그렇게 하면 적에게 들키고 말 것이며, 그로 인해서 그녀의 입장이 불안해지면 그 결과는 저희에게 치명타가 될 것이기 때문이었습니다. 그랬기에 저는 단출한 복장으로 나서서 선량해 보이는, 그녀에게 쾌적한 삶을 보장해줄 수 있을 것 같은 사람을 만나면 그 사람에게 그녀를 맡길 생각이었습니다.

운 좋게도 제 계획대로 일이 잘 풀렸습니다. 참으로 적당하다 여겨지는 사람이 눈에 들어왔습니다. 조그만 마을에 문을 활짝 열어놓은 작은 집이 있었습니다. 초가지붕을 얹은 그 집 안으로 들어가 보니 살림이 넉넉한 농가인 듯했습니다. 램프의 불빛 덕분에 농가의 아낙 셋이 보였으며, 곁에는 대신 맡아 기르는 아이의 것으로 보이는 요람이 있었습니다. 방의 간소함과는 대조적으로 아이의 물건들은 사치스러운 것들뿐이었습니다. 제가 보기에 아이는 병에 걸린 듯했으며, 아이를 돌보는 여자들이 잠든 것은 간병에 지쳤기 때문인 듯했습니다. 저는 병을 낫게 해줄 생각으로 발소리를 죽여 다가갔습니다. 눈을 뜬 여자들이 신기하게도 병이 나은 아이를 보고 놀랄 모습을 상상하자 가슴이 두근거렸습니다. 건강을 불어넣기 위해 서둘러 아이를 요람에서 안아 일으켰습니다. 하지만 저의 선의는 소용없는 것이었습니다. 막 안아 일으키려던 그 순간 아이는 숨을 거두고 말았습니다.

10

그 죽음의 순간 제 머릿속에 퍼뜩 떠오른 생각이 하나 있었습니다. 이 기회를 이용하자, 운 좋게 여자아이라면 조카와 바꿔치기하자. 다행스럽게도 제가 원하던 대로였습니다. 이 만남에 감사하며 저는 얼른 아이들의 자리를 바꿔놓고, 숨이 끊어진 여자아이를 데리고 나와 묻어주었습니다. 그런 다음 그 집으로 돌아간 저는 문을 두드려 잠자고 있던 여자들을 깨웠습니다.

저는 일부러 사투리가 섞인 말로 여행을 하는 사람인데 하룻밤 재워주길 바란다고 청했습니다. 여자들은 흔쾌히 승낙하고 아이를 보러 갔는데, 아이는 평온하게 아주 건강한 모습으로 잠을 자고 있었습니다. 여자들은 한편으로는 놀라면서도 한편으로는 기뻐했습니다. 제가 그녀들의 눈에 마법을 걸어놓았기에 속고 있다는 사실은 눈치채지 못했습니다.

여자들의 말에 의하면 그 아이는 부유한 상인의 딸로 세 사람 가운데 한 사람이 유모 역할을 하다가 젖을 뗀 뒤 가족에게 돌려보냈는데, 거기서 병이 들었기에 시골의 좋은 공기를 마시면 나을 것이라며 아버지가 다시 보내왔다는 것이었습니다. 그리고 여자들은 아이를 보며 아이에게 먹인 약이 잘 맞는 모양이다, 아이를 돌려보내기 전에 여러 가지 약을 먹여보았는데 가장 효과가 좋았다며 기쁘다는 듯 말했습니다. 그녀들은 아버지를 조금이라도 빨리 기쁘게 해주기 위해서 날이 밝는 대로 딸을 아버지에게 데려가기로 했습니다. 그것은 상당한 보수를 기대하고 있었기 때문이기도 했습니다. 그 아이 위로 자녀가 11명이나 더 있었지만 상인의 그 아이에 대한 사랑은 매우 커다란 것이었습니다.

해가 떠오르자 여자들은 집을 나섰고 저도 조카를 좋은 집으로 보내게 된 것을 기뻐하며 여행을 계속하는 척했습니다. 아기의 안전을 더욱 확고히 하기 위해서, 그리고 그 '아버지'와 그의 딸을 더욱 강한 사랑의 끈으로 묶기 위해서, 저는 떠돌이 점쟁이 여자처럼 꾸미고 유모 들이 딸을 데려다준 그 때에 상인의 집으로 가서 함께 안으로 들어갔습니다. 상인은 기쁘게 모두를 맞아들이고 어린 딸을 가슴에 안더니, 아버지로서의 애정에 이끌려서인지 딸의 모습을 보고 자신의 마음이 움직였다고 강하게 확신했습니다. 그것은 선한 기질 때문에 마음이 움직인 것이었으나, 그는 하늘이 그렇게 시킨 것이라고 생각하는 듯했습니다. 저는 그 순간을 이용해서 상인이 느끼고 있는 것이라 착각하고 있는 애정을 더욱 강한 것으로 만들려 했습니다.

저는 제가 변장한 부류의 여인들이 언제나 쓰는 화법으로 상인에게 말했습니다.

'이 아이를 잘 보세요, 친절하신 나리. 이 아이가 당신 집안에 커다란 명예를 가져다줄 거예요. 당신에게 커다란 부를 가져다줄 거예요. 당신과 당신 아이들 모두의 생명을 구할 거예요. 이 아이는 누구보다도 아름다운 사람이 되어, 이 아이를 보는 사람 모두로부터 벨이라고 불리게 될 거예요.'

이 예언에 대한 보답으로 상인에게서 금화 하나를 받은 저는 만족감을 느끼며 그 집에서 나왔습니다. 더 이상 아담의 자손들의 세계에 머물 필요가 없어진 저는 자유로운 시간을 이용해 요정의 왕국으로 가서 한동안 거기에 머물기로 했습니다. 천천히 동생을 위로하기에 전념했는데, 소중한 딸의 근황을 들려주고 당신이 동생을 잊기는커녕 예전과 같은 애정으로 동생과의 추억을 소중히 여기고 있다는 사실을 전해주었습니다.

위대한 왕이시여, 당신이 이번에는 딸을 잃은 불행에 휩싸여 그 어머니를 잃은 슬픔을 새로이 맛보고 있을 때, 저희는 그런 상황에 있었습니다. 그 사건에서 딸을 맡긴 상대를 비난할 만한 확실한 증거는 없었지만, 당신은 그녀에게 엄격한 시선을 보내지 않을 수 없었습니다. 설령 그녀에게는 죄가 없는 것처럼 보인다 할지라도 부주의로 인해 그 사건을 불렀다는 사실에 관해서 변명의 여지가 없었기 때문이었습니다.

당신의 격렬한 비탄이 조금 잦아들자 당신이 결혼하지 않을 이유가 더는 없다고 생각한 요정은 밀사를 보내 새로이 결혼을 제안하게 했습니다. 그러나 당신이 예전과 마찬가지로 재혼할 생각은 없으며, 설령 마음이 바뀐다 해도 그녀와는 절대로 결혼하지 않겠다고 선언했기에 그녀는 마침내 현실을 알게 됐으며 커다란 굴욕감을 맛보았습니다. 그리고 당신은 왕국에서 당장 떠나라고 그녀에게 명령했습니다. 그녀가 있으면 딸이 떠오르고 슬픔이 복받쳐 오르기 때문이라는 것이 표면적인 이유였으나, 가장 커다란 이유는 그녀가 목적을 이루기 위해서 끊임없이 세우는 책략을 그만두게 하고 싶었기 때문이었습니다.

그녀는 분했으나 복수도 하지 못하고 따를 수밖에 없었습니다. 왜냐하면 제가 나이 많은 요정 중 하나에게 당신을 지켜달라고 부탁해두었기 때문이었습니다. 그녀는 나이도 많을 뿐만 아니라 4번이나 뱀이 되었던 적이 있었기에 그 힘은 절대적인 것이었습니다. 뱀이 되는 것은 매우 위험한 만큼 명예로운 일이었으며 그로 인해서 권능이 배가되기 때문입니다. 그 요정은 저를 위해서 당신을 지켜, 화가 난 당신의 구혼자가 당신에게 손을 내밀지 못하도록 해주었습니다.

이 일들은 늙은 요정이 모습을 빌렸던 여왕에게도 좋은 결과를 가져다주었습니다. 요정은 여왕을 잠에서 깨어나게 한 뒤, 그 용모를 이용해서 벌인 범죄는 전부 숨기고 잘한 부분만을 들려주었습니다. 여왕에게 득이 되는 일이나 고생에서 벗어나게 해준 일들은 잊지 않고 강조를 해두었습니다. 그리고 여왕이 계속해서 그 인물로 살아갈 수 있게 하기 위해서, 거기에 필요한 유익한 충고를 해주었습니다. 그 무렵의 일이었습니다, 당신의 매정함을 잊기 위해서 늙은 요정이 왕자에게로 돌아가 다시 양육을 맡기 시작한 것은. 왕자를 귀여워하고 너무나도 사랑하게 된 나머지, 그녀는 왕자에게서 사랑을 받지 못하자 자신을 화나게 하면 어떻게 되는지를 왕자에게 보여준 것이었습니다.

그러는 동안에도 제가 천 살에 다다를 날이 조금씩 다가와 저의 힘은 더욱 세졌습니다. 하지만 동생과 당신을 돕고 싶었던 저는 제 힘이 아직 부족하다고 생각하지 않을 수 없었습니다. 진지한 우정 때문에 '끔찍한 날들'의 위협을 가볍게 여기고 있던 저는 그것을 뛰어넘기로 했습니다. 저는 뱀이 되었다가 무사히 원래의 모습으로 되돌아왔습니다. 그렇게 해서 저는 악랄한 요정이 괴롭히고 있는 사람들을 당당히 도울 수 있게 되었습니다. 모든 유해한 마법을 전부 풀 수는 없었지만, 대부분은 성공을 거두었으며 적어도 제 권능이나 조언으로 마법의 효력을 약화시킬 수는 있게 되었습니다.

조카는 제가 전면적으로 은혜를 베풀 수 없는 성격의 사람 중 하나였습니다. 제가 관심을 기울이고 있다는 사실을 전할 수 없었기에 그냥 상인의 딸로 두는 것이 좋을 것이라 생각했습니다. 저는 여러 가지로 모습을 바꾸어 그녀를 만나러 갔었는데 그때마다 만족스러운 기분으로 돌아왔습니다. 그녀의 미덕과 미모는 그녀의 슬기로움에 어울리는 것이었습니다. 열네 살이었음에도 불구하고 그녀는 '아버지'가 경험한 행운과 불행 속에서 놀라울 정도로 의연한 모습을 보여주었습니다.

제아무리 가혹한 시련도 그녀의 마음속 평안을 깨뜨릴 수 없다는 사실을 안 저는 크게 감동하지 않을 수 없었습니다. 뿐만 아니라 그녀는 타고난 명랑함과 쾌활한 대화로 아버지와 형제들도 마음의 평안을 되찾을 수 있도록 하기에 노력했습니다. 저는 그녀가 자신의 혈통에 어울리는 마음을 가지고 있다는 사실을 알고 기쁘게 여기지 않을 수 없었습니다. 하지만 어디 한 군데 흠잡을 데 없는 그 아이가 괴물과 결혼할 운명에 있다는 사실을 생각하면 기쁨 속으로 무시무시한 고뇌가 섞여들곤 했습니다. 저는 책상 앞에 앉아 밤낮으로 그 황당하기 짝이 없는 불행에서 그녀를 구할 방법을 찾았으나 아무런 성과도 얻지 못했으며, 좋은 생각은 무엇 하나 떠오르지 않았기에 절망했습니다.

그런 불안은 있었습니다만, 저는 종종 당신을 찾아갔습니다. 자유를 잃은 당신의 부인이 만나러 가달라고 끊임없이 부탁했기 때문이었습니다. 저희 친구의 비호가 있음에도 불구하고 당신을 생각할 때면 동생은 늘 불안에 빠져, 제가 당신에게서 눈을 떼면 그 순간 적이 분노를 폭발시켜 그것이 당신의 최후가 될 것이라고 생각하고 있었던 것입니다. 그런 불안에 시달리고 있던 동생은 제게 쉴 여유를 거의 주지 않았습니다. 당신의 근황을 전하러 갈 때마다 다시 가주었으면 좋겠다고 자꾸만 졸라댔기에 거절할 수가 없었습니다.

불안해하는 동생 때문에 마음이 아팠던 저는 그녀를 위한 고생을 그만두고 싶다는 생각보다는 오히려 동생의 불안을 잠재우고 싶다는 생각이 강했기에, 잔인한 요정이 저희에게 한 것과 같은 방법으로 복수를 하기 위해서 대전서를 펼쳐보았습니다. 다행스럽게도 그 페이지에는 그녀가 여왕과 왕자와 이야기를 나눴을 때의 내용이 적혀 있었는데 왕자의 몸이 바뀐 데서 기록이 끝나 있었습니다. 한 마디 한 마디를 주의 깊게 읽은 저는 비할 데 없는 기쁨을 느꼈습니다. 확실하게 복수를 해야겠다고 생각한 나머지, 먼 옛날의 할멈이 괴물과의 결혼을 강제함으로 해서 벨에게 부여한 해악을, 적 자신도 모르는 사이에 스스로 엉망으로 만들어버렸다는 사실을 알게 되었기 때문이었습니다. 더욱 다행스러운 것은 그녀가 저를 위해서 일부러 그런 것이 아닐까 여겨질 정도로 제게 유리한 조건을 덧붙여놓았다는 사실이었습니다. 동생의 딸이 가장 순수한 요정의 피를 물려받기에 더없이 적합한 사람이라는 사실을 그녀에게 알릴 기회를 주었던 것입니다.

우리 요정들끼리는 평범한 인간이 3일에 걸쳐서 해도 다하지 못할 말을 하나의 신호, 아주 조그만 동작으로 전부 표현할 수 있습니다. 제가 경멸적인 태도로 한마디 던진 것만으로도 집회에 모인 요정들 모두가 이해했습니다. 적의 재판은 그녀 자신이 10년 전에 당신의 아내에 대해서 내리게 했던 그 판결에 의해서 이미 결심되어 있는 것이라는 사실을. 당시 동생의 나이로 사랑의 과오에 빠지는 것은, 고령에 다다른 일류 요정이 같은 과오에 빠지는 것보다는 훨씬 더 자연스러운 일이라 여겨졌습니다. 저는 그 늙은이의 사랑에 수반된 비열하고 사악한 행동을 이야기하고, 그런 커다란 오욕을 벌하지 않는다면 요정의 존재는 자연을 손상하고, 인류를 괴롭히기 위한 것밖에 되지 않는다는 점을 지적했습니다. 바로 그 책을 내보이며 저는 저의 짧은 연설을 '보십시오.'라는 한마디에 응축했습니다. 그래도 그 연설에는 충분한 위력이 있었습니다. 그리고 저의 친구들은 젊은이든 나이 많은 자든, 사랑에 빠진 늙은 요정을 거기에 어울리는 방법으로 처벌했습니다. 그녀는 당신과 결혼하지는 못했지만, 그 벌로 요정의 신분을 박탈당하는 불명예에 더해서 행복섬의 여왕과 같은 벌을 받게 되었습니다.

그 회의가 열린 것은 그녀가 당신과 같이 있을 때였습니다. 그녀가 출석하자마자 바로 판결이 내려졌습니다. 저는 그 자리에 있었던 것을 기쁘게 생각했습니다. 그리고 그 책을 덮자마자 당신이 빠지려 하고 있는 절망의 늪에서 당신을 끌어내기 위해 서둘러 요정의 나라에 있는 한 대기의 중간 지역에서 하계로 내려왔습니다. 그 이동을 하는 데, 앞서 했던 간결한 연설보다 시간이 더 걸리지는 않았습니다. 저의 도착이 빨랐기 때문에 당신을 구하겠다고 약속하기에 충분한 시간이 있었습니다. 제가 그런 약속을 한 데는 여러 가지 이유가 있었습니다. 당신의 미덕, 불행, 그리고,"

요정이 왕자 쪽을 돌아보며 말을 이었습니다.

"늙은 요정의 저주가 벨에게 유리하게 작용할 것이라는 사실을 안 저는 당신에게서 아주 적당한 괴물을 발견했습니다. 당신들 두 사람은 서로에게 잘 어울리는 상대라 여겨졌으며, 당신들이 서로를 알게 되면 서로의 마음이 서로의 장점을 인정하게 될 것이라는 사실에는 의심의 여지가 없었습니다."

그녀가 이번에는 여왕을 향해 말했습니다.

"당신은 아시겠지요? 목적을 달성하기 위해서 제가 그 이후 어떤 일을 했는지. 그리고 어떤 방법으로 벨을 이 궁전에 오게 했는지를. 궁전에서는 꿈속에서만 벨이 왕자의 모습과 목소리를 보고 들을 수 있게 했는데 그것은 기대한 것과 같은 효과를 가져다주었습니다. 그로 인해서 그녀의 마음이 불타올라도 그 미덕은 흔들리지 않았으며, 그 애정이 그녀를 괴물과 연결시켜줄 의무와 감사의 마음을 약하게 하는 일도 없었습니다. 다시 말해서 저는 모든 일을 완벽하게 해낸 것이었습니다."

요정이 계속해서 말했습니다.

"왕자님, 말씀드린 것처럼 당신의 적에 대해서는 더 이상 아무런 걱정도 할 필요 없어요. 그녀는 자신의 권능을 박탈당했으니 새로운 마법으로 당신에게 위협을 가하는 일은 두 번 다시 없을 거예요. 당신은 요정이 부과한 조건을 엄밀하게 전부 지켰어요. 만약 그것들을 실행하지 않았다면 요정이 영원히 지위를 잃었다 할지라도 그 조건들은 존속했을 거예요. 당신은 자신의 재능이나 집안의 이름을 빌리지 않고 사랑을 얻는데 성공했고, 그리고 벨, 너 역시 먼 옛날의 할멈이 네게 걸었던 저주를 풀었다. 네가 괴물을 남편으로 맞아들이겠다고 했기 때문이야. 먼 옛날의 할멈으로부터 더 이상의 요구는 없었어. 지금부터는 모든 것들이 너의 행복을 도울 거야."

요정이 말을 마치자 왕이 그 발밑에 몸을 던지며 말했습니다.

"위대하신 요정이시여, 당신이 저희 가족에게 아낌없이 쏟아부어주신 은혜에 뭐라 감사의 말씀을 드려야 할지 모르겠습니다. 당신의 친절에 대한 감사의 마음은 도저히 말로 표현할 수 없는 것입니다. 하지만 위엄을 갖추신 자매시여, 언니라는 이름에 기대어 하나만 더 부탁을 드리고 싶습니다. 당신에게는 커다란 은혜를 느끼고 있습니다만 저의 사랑스러운 요정을 만나지 못하는 한 저는 조금도 행복해질 수 없습니다. 그녀가 해준 일이나, 그녀가 저 때문에 참고 있는 일이 아직 정점에 달하지 않았다면, 그러한 것들은 앞으로도 제 사랑과 괴로움을 더하게 할 것입니다."

왕이 뒤이어 말했습니다.

"아아, 요정이시여. 당신 은혜의 한도를 넘어 그녀를 만나게 해주실 수 없으시겠습니까?"

그건 무리한 요구였습니다. 그럴 수 있었다면 왕이 먼저 요구를 할 때까지 이 헌신적인 요정이 기다렸을 리 없었기 때문이었습니다. 게다가 그녀는 요정 회의의 명령을 번복하게 할 수가 없었습니다. 젊은 왕비는 대기의 중간 지역에 갇혀 있기 때문에 어떤 계책으로도 그녀와 왕을 만나게 할 수는 없었습니다. 요정은 왕에게 그 사실을 차분하게 들려준 뒤, 인내심을 가지고 어떤 뜻밖의 일이 일어나기를 기다리자고, 그것을 잘 이용할 생각이라고 말해 격려를 하려 했는데 바로 그 순간 매혹적인 교향곡이 들려와 요정의 말을 가로막았습니다.

왕과 그의 딸, 여왕과 왕자는 그것을 듣고 황홀함에 빠졌습니다. 하지만 요정의 놀라움은 조금 다른 것이었습니다. 그 음악은 요정들의 승리를 알리는 것이기 때문이었습니다. 그녀는 승리자가 누구인지 전혀 알지 못했습니다. 그녀의 머릿속에 떠오른 것은 그 늙은 요정, 아니면 먼 옛날의 할멈이었습니다. 어쩌면 그녀가 없는 동안 한쪽은 석방되고, 다른 한쪽은 여기에 있는 연인들에게 새로운 장애를 주어도 된다는 허가를 얻은 것일지도 모르겠다는 생각이 들기도 했습니다. 그렇게 당혹감을 느끼고 있을 때, 놀랍게도 그녀는 행복섬의 왕비인 자신의 동생이 갑자기 이 매력적인 일행 한가운데에 나타난 것을 보았습니다. 그 아름다움은 남편인 왕이 그녀를 잃었을 때에 비해서도 조금도 떨어지지 않았습니다. 그녀를 알아본 왕이 왕비에게 바쳐야 할 경의보다도 그때까지 늘 품고 있던 애정 쪽을 먼저 드러내, 격정을 노골적으로 내보이며 크게 기뻐하고 그녀를 안았기에 왕비 자신도 놀라고 말았습니다.

언니 요정은 어떤 행운 덕분에 그녀가 해방된 것인지 도저히 짐작도 가지 않았으나, 왕비인 요정은 어떤 여성을 위해 목숨을 건 자신의 용기 덕분에 이런 행복을 얻게 된 것이라고 말했습니다.

"언니도 알고 있는 것처럼 요정계 여왕의 딸은 출생과 함께 요정계로 받아들여졌는데, 그녀의 아버지는 달 아래 세계의 주민이 아니라, 지고한 지혜를 갖추고 있어서 우리들보다 훨씬 더 유력하기 때문에 인척이 된다면 요정 모두가 명예로 생각할 현자 아마다바크잖아요? 그럼에도 불구하고 그 딸은 처음 몇 백 살이 지날 때까지는 마음대로 뱀이 될 수 없었어요. 그 기일이 왔을 때 평범한 인간과 마찬가지로 귀여운 딸을 사랑하고 그녀의 장래를 걱정한 여왕은, 젊은 나이에 뱀의 상태에서 사고를 당하면 목숨을 잃을지도 모르니 그런 위험에 딸을 내맡길 결심이 서지 않았어요. 그 때문에 요정이 목숨을 잃는 경우도 드문 일이 아니니 여왕이 걱정을 하는 것도 당연한 일이었어요.

괴로운 상황에 놓여 있던 저는 세상에서 누구보다 사랑하는 남편과 딸을 다시 만날 수 있다는 희망을 완전히 잃은 상태였어요. 가족과 떨어져 살아가는 삶이 너무나도 싫었어요. 그래서 저는 아무런 망설임도 없이 젊은 요정의 의무를 면제해주기 위해 대신 뱀이 되는 역할을 자청해서 하겠다고 했어요. 저는 저를 실의에 빠지게 만든 모든 불행에서 해방되기 위한 확실하고 신속하고 명예로운 방법을 찾아냈다는 사실을 기뻐했어요. 그러다 죽을 수도 있지만, 어쩌면 명예로운 자유를 얻을 수 있을지도 모르고 그렇게 되면 저는 제 의지로 살아갈 수 있기 때문에 남편을 다시 만날 수도 있을 터였어요.

자식을 사랑하는 어머니에게는 무엇보다도 고마운 이 요청을 여왕은 망설임 없이 받아들였어요. 저를 몇 번이나 끌어안으며, 이번 위험만 잘 피하게 해준다면 제가 잃었던 특권을 전부 회복시켜주고 무조건 해방시켜주겠다고 약속했어요. 저는 그 일을 무사히 마쳤고, 그 노력의 성과는 제가 대신해서 위험을 행한 젊은 요정에게 부여되었어요. 저는 곧바로, 이번에는 저를 위해서 같은 일을 했어요. 첫 번째의 성공이 두 번째의 힘이 되어 그것도 뜻대로 되었어요. 그 행동으로 인해서 저는 베테랑이 되었고 그 결과 자립하게 되었어요. 저는 그 자유를 이용해서 무엇보다도 소중한 가족들의 품으로 가장 먼저 돌아온 거예요."

왕비인 요정이 사랑스러운 사람들에게 모든 이야기를 마치고 나자 모두가 다시 한 번 서로를 끌어안았습니다. 어떻게 된 영문인지 잘 모르는 채로 포옹을 하는 사람들의 당혹스러워하는 모습은 보는 이로 하여금 미소를 짓게 만드는 법인데, 특히 벨은 자신이 명문가의 일원이었다는 사실과, 신분 차이 때문에 사촌인 왕자의 명예를 손상케 할 걱정이 사라졌다는 사실에서 오는 기쁨으로 멍한 기분이었습니다.

그런 커다란 행복에 취해 있기는 했으나, 그래도 아버지라고

생각했던 그 노인을 잊지는 않았습니다. 벨이 이모인 요정에게 자신의 결혼식에 아버지와 그 자녀들의 참석을 허락한다고 약속한 사실을 기억하고 있느냐고 물었는데, 바로 그 순간 열여섯 명이나 되는 사람들이 말을 타고 들어오는 모습이 창문 너머로 보였습니다. 그들의 대부분은 사냥에서 쓰는 나팔을 손에 쥐고 있었는데, 매우 당혹스러운 표정을 짓고 있었습니다. 일행의 혼란스러워하는 모습으로, 말들이 그들을 억지로 데려온 것이라는 사실을 잘 알 수 있었습니다. 벨은 그들이 노인의 여섯 아들과 그 자매들, 그리고 다섯 명의 구혼자들이라는 사실을 바로 알 수 있었습니다.

요정을 제외한 모든 사람들이 이 갑작스러운 등장에 깜짝 놀랐습니다. 궁전으로 들어온 사람들도 폭주하는 말들에 이끌려 낯선 궁전으로 끌려왔기에 마찬가지로 놀란 모습이었습니다. 그들이 궁전으로 오게 된 사연은 이렇습니다. 모두가 사냥을 하고 있는데 말들이 모여들어 하나의 무리를 이루더니 그들이 아무리 발버둥질을 쳐도 멈추지 않고 궁전까지 전속력으로 달려온 것이었습니다.

벨은 모두를 안심시켜야 한다는 생각에만 사로잡혀 자신의 지위도 잊고 서둘러 달려나가 한 사람 한 사람을 다정하게 끌어안았습니다. 아버지인 노인도 모습을 드러냈는데 그는 차분했습니다. 전에 봤던 말이 찾아와서 울부짖기도 하고 문을 마구 긁기도 했기에 사랑스러운 딸이 말을 보낸 것이라고 확신했습니다. 무서워하지 않고 말에 올랐고, 어디로 데려갈지도 대략은 짐작을 하고 있었기에 궁전의 안뜰에 도착했을 때도 놀라지 않았습니다. 그 장소를 보는 것은 이번이 세 번째였는데 벨과 야수의 결혼식에 참석시키기 위해 데려온 것이라는 사실도 어느 정도는 짐작하고 있었습니다.

벨의 모습을 알아본 노인은 커다란 기쁨으로 달려가며 그녀를 자신의 눈으로 다시 보게 된 행복한 순간에 감사하고, 자신이 여기에 다시 오는 것을 허락해준 야수의 관대함을 축복했습니다. 야수가 자신의 가족, 특히 막내딸에게 아낌없이 베풀어준 친절에 대해 정중하게 감사의 마음을 전한 뒤, 주위를 둘러보았습니다. 야수의 모습이 보이지 않자 노인은 당황하여 자신의 추측이 틀린 것이 아닐까 걱정했습니다. 하지만 자신의 자녀들도 있었기에 역시 생각한 대로 벨과 야수의 성대한 결혼식이 아니라면 자신들을 여기로 데려왔을 리 없을 것이라고 생각했습니다.

그런 생각들이 노인의 마음속으로 오갔으나 그래도 벨을 다정하게 안으며 기쁨의 눈물을 흘려 벨의 얼굴을 적셨습니다.

기쁨에 잠겨 있는 노인의 모습을 한동안 지켜보던 요정이 마침내 말했습니다.

"노인이여, 그만하면 됐겠지요? 당신은 왕비를 충분히 안으셨어요. 아버지로서 벨을 보는 건 이번이 마지막이라는 사실을 아셨으면 해요. 그리고 벨의 아버지는 당신이 아니라는 사실, 당신은 자신의 군주에게 하는 것처럼 그녀에게 경의를 표해야 한다는 사실도 아셔야 할 거예요. 벨은 행복섬의 공주, 여기에 계시는 왕과 왕비의 딸이자, 이 왕자의 아내가 되실 분이에요.

여기에 계신 분은 왕자의 어머니인 여왕이시자, 왕의 누님 되시는 분이에요. 저는 요정인데 왕의 친구이자, 벨의 이모예요."

노인이 왕자를 응시하는 모습을 보고 요정이 말했습니다.

"왕자에 대해서 말씀드리자면, 뜻밖이라고 생각하실 테지만 당신도 알고 있는 사람이에요. 단, 당신이 전에 봤던 그와는 모습이 달라요. 다시 말해서 이 사람이 바로 그 야수예요."

놀라운 이 말에 아버지와 오빠들은 매우 기뻐했으나, 언니들은 질투의 불꽃이 온몸을 감싸는 것 같았습니다. 겉으로는 기뻐하는 듯한 모습을 보여 그것을 숨기려 했으나 속는 사람은 아무도 없었습니다. 하지만 모두는 그녀들을 믿는 척했습니다. 한편 구혼자들은 벨과 결혼하고 싶다는 생각에 한 번은 언니들을 배신했다가 벨을 손에 넣을 희망이 사라지자 다시 원래의 사람에 게로 돌아간 것인데, 지금은 어떻게 생각해야 좋을지 알 수가 없어졌습니다.

상인은 눈물을 흘리지 않을 수 없었습니다. 벨의 행복한 모습을 보고 흘리는 기쁨의 눈물인지, 아니면 그처럼 완벽한 딸을 잃었다는 슬픔에서 오는 눈물인지는 잘 알 수 없었지만. 아들들도 같은 생각 때문에 마음이 혼란스러웠습니다. 그들의 순수한 사랑에 마음속 커다란 아픔을 느낀 벨은 지금의 자신이 따라야 할 사람들과 미래의 남편이 될 왕자에게, 이토록 진실한 애정에 감사의 뜻을 표할 수 있게 허락해달라고 간청했습니다. 그녀의 소망에는 그 다정한 마음씨가 분명히 드러나 있었기에, 그것을 이루지 못할 리가 없었습니다. 그들 집안에는 커다란 재산이 내려졌고,

왕과 왕자와 왕비의 뜻에 따라서 벨은 그동안 친근하게 불러왔던 아버지, 오빠, 언니라는 호칭을 계속해서 쓸 수 있게 되었습니다. 언니들과는 혈연관계도 아니고 마음이 서로 통하는 사이도 아니라는 점은 벨도 잘 알고 있었지만.

벨은 모두가 가족이라고 생각하던 때의 이름을 앞으로도 계속해서 쓰고 싶다고 생각했습니다. 노인과 그의 자녀들은 벨의 궁정에서 일하게 되었는데, 사람들에게 존경받는 높은 지위에 올라 벨의 곁에서 생활하는 행복을 계속해서 맛보게 되었습니다. 언니들의 구혼자들은 전혀 쓸데없는 일이라는 사실을 알지 못했다면 다시 사랑의 불꽃을 불태울 만한 사람들이었으나, 노인의 딸들과 결혼하게 되었다는 사실과 벨이 자신들의 결혼상대를 전과 다름없이 소중하게 대하고 있다는 사실을 크게 기뻐했습니다.

벨이 결혼식에 참석했으면 좋겠다고 생각했던 사람들이 모두 모였기에 더 이상 지체하지 않고 식이 진행되었습니다. 야수의 결혼식이 있었던 날 밤에는 잠의 마법에 굴복했던 왕자였으나, 이 축복받은 날 밤에는 그렇지 않았습니다. 왕의 집안에 찾아온 경사를 축복하는 잔치가 며칠 동안 환락 속에서 벌어졌습니다. 그것이 간신히 끝을 맺을 수 있었던 것은, 신부의 이모인 요정이 이제 그만 이 아름다운 풍경을 뒤로 하고 나라로 돌아가 신하들에게 모습을 보여줘야 한다고 말했기 때문이었습니다.

요정이 아주 적절한 시간에 신랑신부의 왕국에 관한 일과 두 사람이 돌아가 행해야 할 중요한 의무에 대해서 상기를 시켜주었습니다. 자신들이 생활하고 있던 이곳에 매료되어 버렸고, 또 서로를 사랑하며 그 사랑을 속삭이는 기쁨에 취해 있었기에 두 사람은 왕권에 대해서도, 그에 따르는 여러 가지 고충에 대해서도 완전히 잊고 있었던 것입니다. 신랑신부는 요정에게 왕권을 포기할 테니 당신이 적당하다고 생각하는 사람에게 그 지위를 줄 수 없겠느냐고 물었습니다. 하지만 사려 깊은 요정은 백성들이 왕족을 영원히 공경해야 하는 것처럼, 그들도 백성을 다스려야 하는 운명을 받아들이지 않으면 안 된다고 냉엄하게 주의를 주었습니다.

두 사람은 요정의 지극히 당연한 말에 따르기로 했습니다만, 군주의 지위와는 떼려야 뗄 수 없는 노고를 잊기 위해 가끔 여기로 와도 좋으며, 여기에 와서는 지금까지 그들의 곁에 있어주었던 눈에 보이지 않는 숲의 정령과 동물들의 시중을 받아도 좋다는 허락을 받았습니다. 그랬기에 그 자유를 가능한 한 한껏 맛보았습니다. 세상의 모든 것들이 앞 다투어 두 사람을 기쁘게 해주려 했기에 그들이 있으면 그곳은 더욱 아름다워지는 듯했습니다. 정령들은 그들이 오기를 애타게 기다렸으며, 반갑게 맞이했고, 두 사람이 찾아온 기쁨을 온갖 방법으로 표현했습니다.

어떤 일에나 세심한 배려를 잊지 않는 요정은, 자신의 수레와 마찬가지로 황금 뿔과 황금 발톱을 가진 열두 마리의 하얀 사슴이 끄는 수레를 두 사람에게 선물했습니다. 그 하얀 사슴들이 달리는 속도는 상상 속의 속도를 뛰어넘을 정도였기 때문에 그 수레에 오르면 2시간 만에 세계를 한 바퀴 돌 수 있었습니다. 그 수레를

이용하면 이동에 시간이 걸리지 않았기에 두 사람은 여가를 1초도 허비하지 않고 활용할 수 있었습니다. 두 사람은 행복섬의 왕을 종종 찾아갔는데 그때도 이 우아한 수레를 이용했습니다. 아버지이기도 한 그 왕은 왕비가 돌아온 덕분에 놀랄 정도로 젊음을 되찾았는데, 용모와 동작 모두 사위에게도 전혀 뒤지지 않을 정도였습니다. 또한 애정에 있어서도, 그리고 아내에게 자신의 마음을 끊임없이 전하려 하는 열정에 있어서도 사위에게 전혀 뒤지지 않았습니다. 아내 역시 오랜 시간 불행의 원인이 되기도 했던 자기 사랑의 모든 것을 다해서 거기에 응했습니다.

왕비를 다시 맞아들이게 된 백성들의 환희는, 예전에 왕비의 애정을 잃었을 때 그들이 느꼈던 슬픔만큼이나 커다란 것이었습니다. 왕비는 그 백성들을 언제까지고 깊이 사랑했습니다. 이제 왕비의 권능에 대항하려는 자는 아무도 없었으며, 그녀는 백성들이 원하는 것처럼 선의의 징표로 그 권능을 몇 세기에 걸쳐서 내보였습니다. 그녀의 권능에 더해 요정 나라 여왕의 도움까지 얻어, 남편인 왕의 목숨과 건강과 젊음도 오래 유지할 수 있었습니다.

그러나 인간은 언제까지고 살 수 없는 법이기에 두 사람도 세상을 떠나고 말았습니다.

왕비와 그녀의 언니, 두 요정이 벨과 그녀의 남편과 그의 어머니인 여왕과 노인과 그 가족들에 대해서도 같은 소원을 빌었기에 모두가 아주아주 오래 살았습니다. 왕자의 어머니인 여왕은 이 멋진 역사를 후세에 전하기 위해서 그 제국과 행복섬의 공문서에 기록해두기를 잊지 않았습니다. 사람들은 그것에 대한 글을 온 세계로 보냈습니다. 벨과 야수의 믿기 어려운 일이 영원히 전해질 수 있도록.

덧붙이는 말

디즈니의 애니메이션으로 세계적 명성을 얻게 된 『미녀와 야수』는 원래 프랑스 및 유럽 각지에서 내려오던 민화를 프랑스의 작가인 가브리엘 수잔 바르보 드 빌레브가 1740년에 처음 소설의 형태로 집필하여 잡지에 발표한 작품이다. 그녀의 작품은 우리가 흔히 알고 있는 『미녀와 야수』와는 달리 구성이 매우 치밀하고 내용이 탄탄해서 아동문학의 수준을 뛰어넘는 판타지소설이라 해도 손색이 없을 정도다. 이야기 속에는 요정이 등장하고, 현실에서는 볼 수 없는 온갖 상상의 세계가 펼쳐지지만, 그 기법에 있어서는 추리소설적인 부분도 보이기에 이 작품을 읽는 현대의 독자들을 놀라게 한다. 기법뿐만 아니라 상상력 또한 우리를 놀라게 하는데, 예를 들자면 현대의 텔레비전을 연상케 하는 창문의 존재가 그 가운데 하나다.

그러나 빌레느브의 『미녀와 야수』는 인기를 얻지 못하고 세상에 묻혀버리고 마는데, 그녀가 세상을 떠난 직후 같은 프랑스 작가인 잔 마리 르 프랭스 드 보몽이 그 내용을 축약하여 어린이의 교육용으로 발표한 『미녀와 야수』가 인기를 얻으며 작품이 세상에 널리 알려지게 된다. 오늘날 우리가 알고 있는 『미녀와 야수』는 대부분이 이 보몽의 작품이다.

이 책에는 빌레느브의 원작과 보몽의 축약본을 동시에 수록했다. 특히 시대적 순서와는 상관없이 보몽의 작품을 먼저 수록했는데, 이는 그런 순서로 읽으면 빌레느브의 작품에서 볼 수 있는 추리소설적 기법이 더욱 극대화 될 것이라 생각했기 때문이다. 예를 들자면 야수의 말이 왜 어눌할 수밖에 없었는지, 왕자는 왜 야수가 되었는지, 독자들은 두 작품을 전부 읽고 나서야 그 이유를 알게 될 것이다. 두 작품의 가장 커다란 차이점은 길이뿐만 아니라, 보몽의 작품에는 선악의 존재가 뚜렷하지 않지만 빌레느브의 작품에는 선악의 존재가 뚜렷하다는 점일 것이다.

끝으로 지금까지 세계 각국의 동화책에 실렸던 삽화를 수집할 수 있는 대로 수집해서 전부 한꺼번에 실었다. 그런 이유로 삽화에 일관성이 없고 때로는 그림이 거친 것도 있으나 이 역시 『미녀와 야수』의 역사를 살펴볼 수 있는 자료라 생각하고 봐주셨으면 하는 바람이다.

〈실연에 관한 박물관〉은 2006년 크로아티아의 두 아티스트 올링카 비스티카Olinka Vištica와 드라젠 그루비시치Dražen Grubišić에 의해서 처음 시작된 전시다. 한때 연인이었던 두 사람은 헤어지면서 함께 소유했던 처치 곤란한 물건들을 정리할 아이디어로 이색적인 전시를 고안했다. 2006년 자그레브에서 작은 컨테이너 박스를 빌려 두 사람과 지인들의 실연에 관련된 물건들을 선보인 것이 첫 번째 전시였다. 이후 다른 사람들의 '실연의 기증품'을 모아 기획을 이어가며, 파리, 런던, 샌프란시스코, 베를린, 싱가포르, 타이베이, 브뤼셀, 바젤 등, 세계 22개국 35개 도시에서 순회전시를 여는 거대한 글로벌 프로젝트로 발전했다. 마침내 2010년에는 자그레브 구시가지에 상설 박물관을 개관했고, 2011년에는 유럽에서 가장 혁신적이고 선구적인 박물관에 수여하는 〈케네스 허드슨 상European Museum of the Year Kenneth Hudson Award〉을 수상했다. 〈실연에 관한 박물관〉은 오브제에 집중하는 대부분의 전시와 달리 관람자가 기증품에 덧붙여진 진솔한 사연을 읽고 기증자의 경험에 공감할 수 있는 공간을 디자인했다. '실연'은 남녀 간의 이별에 가장 많이 사용되는 단어지만, 기증되는 이야기들은 가장 가까운 인간관계의 절연부터, 고향, 계층, 지역, 반려동물, 혹은 나 자신과의 이별까지, '세상의 모든 헤어짐'을 아우른다. 그 결과 남녀 사이의 헤어짐, 세상을 떠난 부모님, 배우자의 사별, 이전의 모습에서 벗어난 나 자신 등 개인적인 이야기뿐 아니라 종교, 정치, 문화 등과 같이 넓은 범위에서 발생하는 것까지 모든 깨진 관계를 아우른다. 현재 1,000여 점이 넘는 실연박물관 컬렉션은 평범한 우리들의 삶에 새겨지는 수많은 실연의 편린들을 보여주고 있다. 전시에서는 물품과 사연, 관계가 지속된 기간, 그리고 기증자의 출신 국가와 지역만을 공개하고 그 외의 정보는 철저히 익명에 부친다. 한 줄도 안 되는 짧은 사연에서부터 몇 장을 넘는 사연까지, 비록 누가 기증했는지는 모르지만 우리 모두는 이 이야기들에 함께 울고 웃으며 때로는 가슴이 먹먹해진다. 세상에서 가장 큰 아카이브, 〈실연에 관한 박물관〉의 특별한 전시는 '만남과 헤어짐의 이야기'를 공유하고 싶어 하는 사람들이 사라지지 않는 한 어디에선가 계속될 것이다.

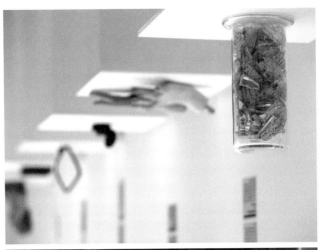

아라리오뮤지엄은 세계적인 아트 컬렉터이자 아티스트인 김창일 회장의 오랜 꿈의 결실이다. 아라리오컬렉션은 국내보다 해외에서 먼저 주목을 받아 2003년 영국 유력 일간지인《인디펜던트 The Independent》는 그를 유명 컬렉터 사치Saatchi와 비교하기도 했다. 2005년과 2006년 연이어 독일 잡지《모노폴Monopol》에 아시아인으로 유일하게 세계 100대 컬렉터에 뽑혔고, 또 한국인으로는 유일하게 미국《아트뉴스ARTnews》의 세계 파워 컬렉터 200인에 선정되었다. 아라리오컬렉션은 국내 현대미술 작가는 물론, 영국의 YBAs와 독일 라이프치히 화파와 같은 서구 현대미술부터, 중국과 인도 그리고 동남아시아의 신진작가들의 작품까지, 특정 시기, 특정 국가, 특정 미디어에 한정하지 않는 폭넓은 포용성을 가진다.

yBa로 대변되는 데미안 허스트Damien Hirst 를 포함한 영국 현대미술의 대표작가들, 트레이시 에민Tracy Emin, 제이크 앤 디노스 채프먼Jake and Dinos Chapman은 아라리오뮤지엄의 대표적인 소장 작가이다. 또한 독일의 신표현주의의 흐름을 대변하는 지그마르 폴케Sigmar Polke, A.R., 펭크A.R. Penck, 요르그 임멘도르프Jörg Immendorf, 네오 라우흐Neo Rauch 등 현대 미술을 이끄는 걸출한 작가들의 작품을 한국에 본격적으로 소개했다. 단순히 선진화된 유럽과 미국 미술을 따르는 데에 그치지 않고 신흥 미술 허브들에 눈길을 돌려 중국과 인도의 거장과 신진작가들의 작품을 다수 보유했다. 특히 중국의 동시대 젊은 작가들의 흐름을 짚을 수 있는 다양한 인스톨레이션과 조각 작품들과 인도 현대미술을 대표하는 수보드 굽타Subodh Gupta, 날리니 말라니Nalini Malani 등의 다채로운 작품들을 소장하고 있다.

2014년 아라리오뮤지엄은 서울과 제주에 총 다섯 개 관을 개관하였다. 인 스페이스, 탑동시네마, 탑동바이크샵, 동문모텔 I, II 라는 이름에서 보듯 기존의 건물을 이용하여 미술관으로 개축한 것이다. '보존과 창조'라는 콘셉트에 맞추어 다른 용도로 사용된 기존의 건물이 지닌 시간을 기억하면서 미래의 창조성을 대표하는 창의적인 현대미술 작품과의 조화를 꾀하였다. 특히 제주 원도심에 소재한 네 개의 아라리오뮤지엄은 원도심의 흔적을 보존하면서도 새로운 예술과 문화의 공간을 펼쳐 도시에 활력을 불어넣었다.

예술로 인해 꿈을 이룰 수 있었던 김창일 회장과 마찬가지로 미술관을 통해 각자의 꿈을 찾을 수 있도록 진정성이 있고 생명력이 가득한 미술관을 만들기 위해 노력하고 있다.

실연의 박물관

1판 1쇄 인쇄 2016년 5월 1일
1판 1쇄 발행 2016년 5월 5일

지은이 기증자 82인
엮은이 아라리오뮤지엄
펴낸이 김영곤
펴낸곳 아르테
책임편집 정숙경 김지영
문학출판사업본부 본부장 신우섭
문학기획팀 원미선 강소라 신주식 김지선 양한나
영업마케팅팀 권장규 김한성 최소라 엄관식 김선영

출판등록 2000년 5월 6일 제406-2003-061호
주소 (우 10881) 경기도 파주시 회동길 201(문발동)
대표전화 031-955-2100 팩스 031-955-2177
이메일 book21@book21.co.kr **홈페이지** www.book21.com
블로그 http://arte.kro.kr **페이스북** facebook.com/21arte

아르테는 (주)북이십일의 문학브랜드입니다.

ISBN 978-89-509-6481-8 03810
책값은 뒤표지에 있습니다.